中国文学史（修订本）二

游国恩　王起　萧涤非　季镇淮　费振刚　主编

高等学校文科教材

人民文学出版社

图书在版编目（CIP）数据

中国文学史. （二）/游国恩等主编；—2版（修订本）. —北京：人民文学出版社，2002（2025.8重印）
（高等学校文科教材）
ISBN 978-7-02-003922-7

Ⅰ.①中… Ⅱ.①游… Ⅲ.①文学史—中国—隋唐时代 Ⅳ.①I209

中国版本图书馆 CIP 数据核字（2002）第 048258 号

责任编辑　胡文骏
装帧设计　柳　泉
责任印制　张　娜

出版发行　人民文学出版社
社　　址　北京市朝内大街166号
邮政编码　100705

印　　刷　三河市宏盛印务有限公司
经　　销　全国新华书店等

字　　数　188 千字
开　　本　850 毫米×1168 毫米　1/32
印　　张　8.875　插页 2
印　　数　308001—311000
版　　次　1963 年 7 月北京第 1 版
　　　　　2002 年 7 月北京第 2 版
印　　次　2025 年 8 月第 38 次印刷

书　　号　978-7-02-003922-7
定　　价　12.00 元

如有印装质量问题，请与本社图书销售中心调换。电话:010-59905336

目 录

第四编　隋唐五代文学

概说 ………………………………………………… 3
第一章　隋及初唐诗歌 …………………………… 18
　第一节　隋代诗歌 ……………………………… 18
　第二节　从上官仪到沈佺期和宋之问 ………… 21
　第三节　王绩和四杰 …………………………… 26
　第四节　陈子昂 ………………………………… 32
第二章　盛唐山水田园诗人 ……………………… 39
　第一节　孟浩然 ………………………………… 40
　第二节　王维 …………………………………… 44
第三章　盛唐边塞诗人 …………………………… 52
　第一节　高适 …………………………………… 52
　第二节　岑参 …………………………………… 57
　第三节　王昌龄、李颀等诗人 ………………… 62
第四章　伟大的浪漫主义诗人李白 ……………… 71
　第一节　李白的生平和思想 …………………… 71
　第二节　李白诗歌的思想内容 ………………… 75
　第三节　李白诗歌的艺术成就 ………………… 86

1

第四节　李白在浪漫主义诗歌发展中的地位及其影响 …… 92

第五章　伟大的现实主义诗人杜甫 ……………………… 95
　　第一节　杜甫的生平和思想 ……………………………… 95
　　第二节　杜甫诗歌的思想性 ……………………………… 100
　　第三节　杜甫诗歌的艺术性 ……………………………… 107
　　第四节　杜甫在现实主义诗歌发展中的地位及其影响 …… 115

第六章　中唐前期诗人 …………………………………… 121
　　第一节　元结、顾况及其他诗人 ………………………… 121
　　第二节　刘长卿　韦应物 ………………………………… 126
　　第三节　大历十才子和李益 ……………………………… 131

第七章　现实主义诗人白居易和新乐府运动 …………… 135
　　第一节　白居易的生平和思想 …………………………… 136
　　第二节　白居易的诗论与新乐府运动 …………………… 140
　　第三节　白居易诗歌的思想性和艺术性 ………………… 142
　　第四节　新乐府运动的其他参加者——元稹、张籍、王建 … 152

第八章　古文运动和韩愈、柳宗元的古文 ……………… 159
　　第一节　古文运动 ………………………………………… 159
　　第二节　韩愈的散文 ……………………………………… 164
　　第三节　柳宗元的散文 …………………………………… 171
　　第四节　古文运动的影响 ………………………………… 177

第九章　中唐其他诗人 …………………………………… 180
　　第一节　韩愈 ……………………………………………… 180
　　第二节　孟郊　贾岛 ……………………………………… 185
　　第三节　刘禹锡　柳宗元 ………………………………… 190
　　第四节　李贺 ……………………………………………… 197

第十章　晚唐文学 ·················· 201
第一节　杜牧 ····················· 201
第二节　李商隐 ···················· 205
第三节　皮日休　聂夷中　杜荀鹤 ········· 210
第四节　陆龟蒙　罗隐 ················ 216
第五节　韦庄　司空图 ················ 220

第十一章　唐代传奇 ················· 226
第一节　唐代传奇兴起的原因 ············ 226
第二节　唐代传奇的思想与艺术 ··········· 228
第三节　唐代传奇的地位和影响 ··········· 240

第十二章　唐代通俗文学和民间歌谣 ········ 242
第一节　变文 ····················· 242
第二节　俗赋、话本和词文 ·············· 246
第三节　民间歌谣 ··················· 250

第十三章　晚唐五代词 ················ 254
第一节　词的起源、发展和民间词 ·········· 254
第二节　温庭筠和花间派词人 ············ 260
第三节　李煜及南唐其他词人 ············ 265

小结 ··························· 271

阅读书目 ························ 274

第四编

隋唐五代文学

(公元 581—978 年)

概　　说

　　源远流长的中国古代文学,到隋唐五代时期,发展到了一个全面繁荣的新阶段,整个文坛出现了自战国以来所未有的百花齐放、万紫千红的局面。其中诗歌的发展,更达到了高度成熟的黄金时代。唐代不到三百年的时间中,遗留下来的诗歌就将近五万首,比自西周到南北朝一千六、七百年中遗留下的诗篇数目多出两三倍以上。独具风格的著名诗人约有五六十个,也大大超过战国到南北朝著名诗人的总和。而李白、杜甫的成就,更达到诗歌创作的高峰。在散文方面,由于古文运动的胜利,创造出许多传记、游记、寓言、杂说等新型短篇散文。在小说方面,也出现了许多打破六朝志怪小说格局、独具机杼、富于文采与意想的传奇作品。除了这些前代所已有的文体在这个时期获得推陈出新的辉煌成就而外,变文一类通俗讲唱文体在民间的广泛流传;词的从民间到文人,从萌芽到成熟;更为后代文学的新发展开拓了道路。

　　这个前所未有的文学全面繁荣局面的形成,一方面固然是文学本身不断发展变革的结果,但更为根本的还是决定于文学发展的社会基础和历史条件。

　　经过了将近四百年的分裂动乱的痛苦之后,隋唐时代终于实现了人民所渴望的国家的统一。隋唐统治者为了巩固统治的地位,不得不扩大自己的统治基础,在政策上不得不照顾中小地主阶级的利益,限制豪门士族的势力。自隋代开始,士族势力逐渐削弱,隋末农民大起义更给士族以沉重的打击。隋唐实行均田制,把国家掌握的官田、无主地、荒地分配给无地或少地的一部分农民。对地主豪族过多地占有土地也有限制,某些豪族逾限占有的土地曾被没收,一部分农民就从地主豪族的部曲转为政府的均田户。在生产发展中,租佃剥削方式的庄园地主经济,逐渐代替了奴役部曲剥削方式的豪门地主经济。租庸调税法的实行,赋税、徭役负担有所减轻,中小地主阶级逐渐抬头,劳动人民的处境也有一些改善,再加氏族志的重修、户等的重新划定,士庶界限逐渐消失,豪门士族的势力更日益衰微了。正由于这一系列生产关系的调整变化,唐代国家迅速强大起来,从贞观至开元一百多年中,农业、手工业生产不断上升。贞观时期,斗米值三四钱,成为历史佳话。手工业方面,绫锦、陶瓷、纸张、金属制品等都达到很高的水平。杜甫《忆昔》诗描写说:

> 忆昔开元全盛日,小邑犹藏万家室。稻米流脂粟米白,公私仓廪俱丰实。九州道路无豺虎,远行不劳吉日出。齐纨鲁缟车班班,男耕女桑不相失。……

唐代极盛时期势力所及的范围,东北至朝鲜半岛,西北至葱岭以西的中亚,北至蒙古,南至印度支那,是当时世界上最强大的封建帝国。城市的空前繁荣,更标志着当时封建经济的发展水平。唐代首都长安城,周围约有三五.五公里,其规模之巨大,为当时世界所少见。全城人口共三十多万户。南城商业区布满"邸店"(旅店)和"商肆"(店铺),聚居着中亚、波斯、大食等国的外商。长安有五条大道通往全国各方。水路则"旁通巴汉,前诣闽越","控引河洛,兼包淮海"。除长安外,洛阳、扬州、广州、成都、凉州等城市也都非常繁华富庶。对外交通也非常发达,陆路有北、中、南三条路通往中亚和印度。水路上,中国海船可以远航至红海、印尼、日本。当时所有的亚洲国家都和中国有经济文化上的往来。而朝鲜、日本、印度、中亚各国和中国的关系尤为密切。

隋唐统治者为了扩大统治基础,除经济方面采取措施而外,在用人方面也一反魏晋以来保护士族特权的九品中正制,实行科举,通过明经、进士等常科以及其他种种名目的制科考试,选取官吏。许多宰相、大将都是科举出身,这就在许多中下层地主阶级文人面前展开了比较宽广的出路,激发了他们对功名事业的种种幻想。在宗教和文化上,唐统治者对儒、道、释三家思想都很重视,儒、道经典都列为科举考试的重要内容,佛教也得到武后、宪宗等的提倡,其他宗教和学说也未受排斥,这对文人思想的活跃也是很有利的条件。作家的队伍扩大了,许多作家都来自中下层地主阶级,生活上都经历过不同程度的磨练,他们对社会情况、人民生活都比魏晋六朝那些上层文人更为熟悉,思想感情、精神面貌也比他们充实而健旺。"遍观百家"、"好语王霸大略"、"喜纵横任侠"成为唐代许多文人共同的风尚,在政治上,他们更往往高谈"济苍生"、"安社稷"、"致君尧舜"。韩愈的辟佛老,俨然以天下为己任,柳宗元的《封建论》更在肯定君权前提下倡言"公天下"。这种思想活跃的状况,对文学有相当深刻的影响。儒家的仁政思想,对杜甫、白居易等现实主义诗人的创作有明显的好影响,道家蔑视礼法,独与天地精神往来的思想,在李白等浪漫主义诗人的作品里也焕发了光彩。此外佛教的流传,除对王维等作家的思想有影响外,对变文及其他讲唱文体也有很大的作用。当然,儒道释思想对文学也各有消极的影响。

国家空前规模的统一,对文学繁荣也提供了有利的条件。过去由于南北对立,文化发展殊途。在学术上是"南人约简,得其英华;北学深芜,穷其枝叶"。在文学上是"江左宫商发越,贵于清绮;河朔词义贞刚,重乎气质"。但自隋代统一,双方就开始互相吸收。唐初文人更明确地提出南北文学应"各去所短,合其所长"(《隋书·文学传叙》)的要求。这种愿望终于在统一局面下实现了。盛唐的诗歌,中唐的古文,正体现出南北文化汇流的汪洋浩瀚的局面。同时国家的统一,水陆交通的发达,也使作家生活视野扩大了。唐代作家如李、杜、高、岑、元、白、韩、柳等都走过很多地方,都有许多出身地位、思想性格不同的朋友,这是六朝文人,乃至许多两汉文人所不及的。尤其值得注意的,是唐代国内各民族关系比过去更为融洽,中外文化的交流,也比过去更为活跃。中国传统的音乐、舞蹈、绘画、雕塑乃至日常生活的饮食、服饰,都受到其他民族文化的影响而有重要的发展。唐代在中国各民族音乐的基础上吸收外来音乐,建立了燕乐、清乐、西凉、高昌等十部乐曲。舞蹈方面,剑器舞、胡旋舞等也来自西域。绘画方面也吸收外国色彩、晕染的技巧,出现了敦煌许多壮丽的壁画,也出现了阎立本、吴道子、李思训、王维等绘画大师。各种艺术的发展,大大地促进了文学的发展。王维的山水诗,号称"诗中有画",显然受到山水画的积极影响。音乐的发展,不仅有助于诗歌的入乐传唱,还直接促成了词的诞生。更值得注意的是吸收其他民族文化的精华,使唐人精神生活大大地丰富了。我们读李颀、岑参、杜甫等人描写音乐、舞蹈、绘画的诗歌,可以看出当时艺术创作饱满的内容,新鲜的活力,也可以看出当时作家们勇于接受新鲜事物的时代精神。鲁迅说:"遥想汉人多少闳放,新来的动植物,即毫不拘忌,来充装饰的花纹。唐人也不算弱。例如汉人墓前石兽,多是羊、虎、天禄、辟邪。而长安的昭陵上,却刻着带箭的骏马,还有一匹鸵鸟,则办法直前无古人。……汉唐虽也有边患,但魄力究竟雄大,人民具有不至于为异族奴隶的自信心,或者竟毫未想到,绝不介怀。"(《坟·看镜有感》)这种魄力和信心,正是来自国家的强大和统一。

唐代文学的繁荣,也是文学本身不断发展的结果。从先秦到汉魏六朝,文学经历了长远的历史发展过程,诗歌、散文、小说等方面都积累了丰富的遗产。现实主义和浪漫主义的光辉传统的建立和发展,不同思想倾向的表现,不同题材领域的开拓,不同文体特征的探索,以及声律的运用,语言风格的创造,手法技巧的革新,都为唐代文学的发展提供了值得借鉴的财富,同时,也留下了不少深刻的教训。这些都是唐代文学繁荣的必要条件。但是,更值得重视的是唐代作家对文学遗产所采取的批判继承、推陈出新的态度。隋及初唐时期,齐梁形式主义诗风虽然还占统治地位,但初唐四杰已开始对它表示反对,到了陈子昂,更大力扫荡齐梁诗风,标榜"风雅比兴"、"汉魏风骨"的传统,在复古之中实现革新。李白继承着陈子昂的革新精神,一面说"自从建安来,绮丽不足珍",一面又学习楚辞和乐府,创造了独特的浪漫主义的诗风,完成诗歌革新的使命。到了杜甫,更总结自己的创作经验,明确提出"别裁伪体亲风雅,转益多师是汝师"的主张,既有批判,又有继承,既注意内容精神,又注意声律形式。正因为如此,他的现实主义的诗歌才能够"尽得古今之体势,而兼人人之所独专",负起了继往开来的任务。白居易"文章合为时而著,歌诗合为事而作"的理论,更深刻地揭示了中国诗歌的现实主义的传统。在散文方面,韩愈一方面指责六朝文风:"其声清以浮,其节数以急,其辞淫以哀,其志弛以肆,其为言也乱杂而无章",但是他并不全废骈俪,而且他的"陈言务去"的主张,也受南朝文人"辞必穷力而追新"的启发。这些唐代杰出作家在对待遗产上,都体现了一种既批判又继承的共同精神。虽然他们批判的标准、继承的目的和我们显然不同,但是这种既不拜倒在古人脚下,又能虚心向古人学习的精神,使他们借鉴而不流于模仿,继承而又能有所创造。这是非常值得珍贵的。

唐代的君主,很重视诗歌,也大都能诗,太宗、玄宗的诗曾为某些文人所称赞。武后宴集群臣,宋之问赋诗最佳,曾获御赐锦袍;王维死后,代宗曾关心他诗集的编纂工作;宣宗并曾写诗悼念白居易,这对倡导作诗风气,提高诗人声誉,是颇有作用的。另一方面,他们对诗人创作的干涉也相对较少。宋人洪迈说:"唐人歌诗,其于先世及当时事,直辞咏寄,略无避隐,至宫禁嬖昵,非外间所应知者,皆反复极言,而上之人亦不以为罪。"在列举了白居易、元稹等人,尤其是杜甫的诸多诗作诗句作为例证后,洪迈感叹道:"今之诗人不敢尔也。"(《容斋续笔卷二·唐诗无避讳》)我们知道,唐代特重进士之科,故有"三十老明经,五十少进士"(《摭言》)的谚语。在进士科考试中,诗歌是重要内容之一,所谓"丹霄路在五言中"。这种制度对一般文人普遍重视诗歌技巧的训练及诗歌形式的掌握,也是有一定作用的。

唐代人民群众爱好诗歌成为普遍风气。《全唐诗》中收录了很多和尚、道士、尼姑、宫人、歌妓,以及无名氏的作品,可以看到诗歌在唐代的确不是少数文人的专利品。唐代小说不少引用诗歌,变文和其他通俗文学大量应用五言、七言诗歌作唱词,都说明群众对诗的喜爱。高适、王昌龄、王之涣在旗亭听歌妓唱诗的故事,以及白居易的诗传诵于"王公、妾妇、牛童、马走之口"的事实,更可以想见著名诗人作品在人民群众中广泛流传的盛况。这种诗歌和群众之间的亲密关系,是过去的诗人所无法想象的。这固然是唐诗繁荣的结果,但反过来对诗歌创作也是一种促进的力量。

上面是隋唐五代文学(主要是唐诗)所以繁荣的一般原因。但是,隋唐五代文学的发展过程中,不同时期还有不同的特色。

隋文帝统一全国,结束了汉末以来四百年的分裂混乱局面,社会一度出现繁荣的景象。到了隋炀帝继位,却穷奢极欲,又多次发动侵略战争,严重地破坏社会生产力,不数年便弄得经济凋敝,民怨沸腾,隋王朝也就在四面八方的人民起义中灭亡了。

隋朝前后只统治三十多年,作家大半是南北朝旧人,受南朝文风影响极深,加上隋炀帝大力提倡梁陈宫体,因此浮艳淫靡文风仍然泛滥文坛。但是,由于隋初国势增强,对外战争取得一定胜利,隋文帝又曾提倡改革文风,隋初的一些诗歌,尤其是边塞诗歌中也曾出现了一些比较清新刚健的作品。这又表明隋代文风开始向唐代过渡的特点。

唐开国以后,唐太宗吸取了隋末农民起义的教训,并采取了隋文帝行之有效的均田、租庸调、府兵、科举等一系列的减轻人民负担、缓和阶级矛盾、安定社会秩序、发展经济生产、加强国家力量的措施,同时整顿吏治,改革政府机构,使社会很快走向安定和繁荣。从贞观到开元一百多年中,国家政治、经济达到了我们前面所描述的昌盛繁荣的顶点。

伴随着经济的繁荣,国家实力也日益加强。从太宗、高宗到玄宗时代,取得了一系列对外战争的胜利,解除了东、北边境的威胁,并使广大的西域地区各国纷纷内附。在帝国四境先后设置了六个都护府,使边境长期保持巩固安定的局面,并以积极友善的种种政策措施,促进了和各民族经济、文化的交流,促进我国文化的全面繁荣发展。

但是封建社会不可调和的矛盾也继续存在,继续发展。这首先突出地表现在土地兼并问题上。唐代虽然有过均田的措施,占田的限制,但到高宗时代,洛阳豪贵占田逾限者已很多。到玄宗天宝年间,更"法令弛坏,兼并之弊,有逾于汉成哀之间"。在经济繁荣外衣下面阶级矛盾日趋尖锐。玄宗早年虽颇能"励精图治",晚年却沉湎酒色,信任奸相李林甫、杨国忠,内政日趋腐败,对外穷兵黩武。天宝十载、十三载两次征南诏,全军覆没,更给人民带来巨大灾难。玄宗为加强边防,设置节度使,更种下了边镇节帅拥兵作乱的祸根。天宝十四载(755)终于爆发了"安史之乱"。这一变乱持续了八年,唐帝国的统治力量受到严重打击,开始由盛而衰,逐渐走向没落。

唐初诗歌,并没有随着政治经济的统一繁荣而迅速转变,相反地齐梁诗风凭借着帝王的势力还继续统治着诗坛。唐太宗时的虞世南、高宗时的上官仪,都是皇帝优宠的专写浮艳的宫廷诗的代表人物。武后时的沈佺期、宋之问也写了大量宫廷诗,但是他们继承前人的成绩,完成了五、七言律诗形式的创造,对诗歌发展有一定的贡献。唐代诗风转变的关键,在于代表中下层地主阶级利益的新起诗人和宫廷诗人展开了斗争。高宗时,"初唐四杰"崛起于诗坛,他们虽然还没有脱尽齐梁诗风的影响,但是已经提出了轻"绮碎",重"骨气"的主张,对以上官仪为代表的宫廷诗风,深表不满。他们的诗或表现从军报国的壮志,或揭发贵族生活的荒淫空虚,或抒发自己怀才不遇的悲愤,题材内容扩大了,思想感情也开始变化了。武后时代,陈子昂更高地举起了诗歌革新的旗帜,有破有立,提出了在复古中实现革新的主张。而且在创作实践上完全摆脱了齐梁浮艳习气,反映了当时社会、政治上存在的种种矛盾。显示了刚健的风骨。终于改变了齐梁诗风统治的局面。端正了唐诗发展的方向。

盛唐时代,唐诗的发展达到了繁荣的顶峰。充满蓬勃向上精神的浪漫主义的诗风是这时期诗坛的主流。以高适、岑参为主,并有王昌龄、李颀等人共同形成了边塞诗派,这是浪漫主义中一个重要流派。他们的诗表达了将士们从军报国的英雄气概,不畏边塞艰苦的乐观精神,描绘了雄奇壮丽的边塞风光,也反映了战士们怀土思家的情绪,揭露了将士之间苦乐悬殊的不合理现象,使唐诗增加了无限新鲜壮丽的光彩。以王维、孟浩然为代表的山水诗派,受佛老思想影响较深,在政治失意后过着退隐生活。他们的作品以描写悠闲宁静的山水田园生活为主,艺术上很有成就。他们的诗使晋宋以来形成的田园、山水诗更加丰富,在文学史上也具有一定的地位。

伟大的诗人李白,具有进步的理想,宏伟的抱负。但他生活在唐代统治阶级开始走向腐化,社会各种矛盾逐渐显露的时代,理想无法实现。他写出许多热烈追求光明理想,猛烈抨击黑暗现实,极度蔑视腐朽无能的权贵人物,勇敢冲击封建礼教制度的光辉诗篇,表现出强烈的叛逆精神。他的诗风壮浪纵恣,摆脱拘束,丰富多采,千变万化,不愧是屈原以后另一个伟大的浪漫主义诗人。

伟大的现实主义诗人杜甫生在唐代社会由盛而衰的时代。在天宝年间,他已经密切注意社会的种种矛盾,揭露了统治阶级的专横骄奢、穷兵黩武以及贫富对立的黑暗现实。安史之乱发生后,许多盛唐诗人的浪漫豪情消失了,对动乱的现实也很少反映,杜甫却和人民一起经历了一段饥寒流浪的生活,写出了很多惊心动魄的诗篇,愤慨外敌的入侵,期待国家的中兴,描绘了人民深重的灾难。他的诗像一面镜子,照见了安史之乱前后社会生活的各个方面,赢得了"诗史"的称号。宏深博大的思想内容,海涵地负的艺术才力,"转益多师"的学习态度,"毫发无遗憾"的严肃创作精神,使他成为中国现实主义诗人的伟大代表。

安史之乱,是唐代社会由盛而衰的转折点。这次动乱虽然最后被平定,国家元气已经大伤。原来存在的社会矛盾,一个也没有解决,而且随着历史的发展日趋尖锐。首先,王朝统治的力量衰微了,无力改变藩镇割据的局面。这些藩镇拥有土地、人民、甲兵、财富,"喜则连衡以叛上,怒则以力相并"(《新唐书·方镇表序》)。王朝权力所及的地域大大缩小,百姓们饱受他们的屠杀掠夺。在王朝内,宦官也掌握了军政大权,任意废立皇帝,政治极度腐朽混乱。在官僚中,旧门阀世族的代表和新科举出身的代表又分成两派,势同水火,这就是所谓"牛李党争"。这一斗争一直延续到晚唐,对许多文人的生活也有很大影响。宦官和官僚之间,有时互相勾结,有时又彼此对立,使中唐以后中央政权长期处在动荡不安的局面之下。帝国的边患,也日益严重,使唐王朝疲于应付。

为安史之乱所破坏的社会经济,虽然到贞元、元和时代逐渐恢复,但整个北方已今非昔比,经济重心逐渐转向南方。德宗时权德舆说:"江淮田一善熟,则旁资数道。故天下大计,仰于东南。"(《新唐书·权德舆传》)南方的扬州、苏州、杭州、广州、鄂州、洪州、成都等城市比以前更加繁华,歌楼妓馆,更加发达。但是这种畸形的繁荣,更助长官僚、地主的享乐欲望。安史乱后,由于土地兼并的加剧,地主的庄园经济日益发展。以前的许多均田户,逐渐沦为庄园地主的佃户,有很多农民则流亡道路,衣食无着。王朝的税收办法,也不能不适应土地兼并迅速、无数田园易主的形势,在德宗建中元年,改租庸调为两税法。这个新的税法解除了一部分失去土地的农民的负担,一度保证了国家财政的收入。加以航运的恢复,江淮物资能够顺利北运。宪宗时,国家实力有所增强,曾经先后平定了剑南、淮西两个藩镇,其馀藩镇也开始表面上归附中央。这就是史家所谓的"中兴",对中唐文学的繁荣有很大的刺激作用。但这个局面没有维持很久,随着政治的日益腐败,两税法的弊端百出,人民的负担又越来越加重了。到穆宗时,人民的赋税负担比德宗时增加了三倍。其他杂税徭役,更有增无已。皇帝公开奖励各地官僚进奉"羡馀",立"月进"、"日进"等名目。各地藩镇官僚更借进奉为名,残酷搜刮,"唯思竭泽,不虑无鱼"。人民起义反抗的浪潮,此伏彼起,终于在僖宗乾符元年在山东爆发了王仙芝、黄巢的大起义。这支势力雄厚的起义军,风驰电掣地扫遍了黄河、长江、珠江流域的各个地区,诛杀贪官、摧毁暴政,并攻入长安,沿途受到人民的热烈欢迎。起义虽然被唐王朝和藩镇的联合力量镇压下去,但唐帝国也终于在藩镇割据势力更加猖狂的火并中灭亡了。

初盛唐文学主要是诗歌,中晚唐文学却有多方面的发展。除诗歌风格流派更加复杂多样而外,古文运动在这时期取得了胜利,传奇小说也发展到了全盛的时期。变文等通俗民间文学也有更大的发展,从民间诞生的词,也逐渐转入文人手中成为新的诗歌形式。

在社会矛盾复杂尖锐的形势下,诗歌创作中的现实主义潮流形成了波澜壮阔的局面。安史乱后,元结、顾况等揭发社会矛盾的诗歌,成为杜甫的同调。中唐时代,白居易、元稹、张籍、王建等更继承杜甫的传统,进一步主张"文章合为时而著,歌诗合为事而作",掀起新乐府运动。他们的新乐府诗揭发了统治阶级的骄奢淫逸、残酷剥削,对人民的深重疾苦表示同情,对国势的削弱也深感不安。他们的诗在当时就产生了广泛而深刻的影响。除了以白居易为首的现实主义诗派而外，中唐时代诗歌的风格流派比盛唐更多了。大历年间，刘长卿、韦应物的山水诗，李益、卢纶的边塞诗，都是盛唐诗风的馀响。贞元、元和之际，韩愈、孟郊以横放杰出的诗笔，开创了奇险生新的新风格。青年诗人李贺，更融合楚辞、乐府的浪漫幻想的传统，以秾丽的色彩，出人意表的想象，写出了精神上的种种苦闷和追求。刘禹锡的学习巴楚民歌，柳宗元的借山水以抒幽愤，艺术上也有独到的成就。

晚唐诗歌，随着国势的衰危动乱，风格面貌也有很大的变化。杜牧、李商隐的诗歌，在艺术上有一些新的发展，但无论写忧国忧民，或写爱情生活，都有相当浓厚的感伤情调。皮日休、聂夷中、杜荀鹤在黄巢起义前后写的一些揭露社会黑暗的诗篇，继承了白居易新乐府的传统，但感情更愤激，批判的锋芒也更尖锐，从他们诗里，我们看见了唐朝国势摇摇欲坠的景象。

古文运动的胜利，也是中唐文学发展的重大成就。六朝骈文统治文坛的局面，虽然自隋代李谔、王通，到初唐陈子昂、盛唐李华、萧颖士等都曾经努力反对，却一直很少改变。到中唐时代，由于社会矛盾的发展，政治思想的斗争趋于尖锐，骈文已经无法适应这种要求。韩愈首先发起了复兴儒学的运动，幻想通过加强儒学思想的统治，遏制佛老思想的流行，加强中央集权，并改变藩镇割据的局面。在文章上他也反对六朝骈俪的文风，主张恢复先秦两汉的散文传统。他的政治主张虽然受到一些人拥护，并没有获得成功。但是在文体改革上，却得到和他政治见解颇不相同的柳宗元等人的支持，产生了更大的影响,形成了规模宏大的古文运动。韩、柳二人除写了许多政论外,还写了不少传记、杂文、寓言、游记之类的文学散文,以深厚的功力,独特的风格,锤炼精粹的语言,显示了散文在艺术表现上的优越性,终于使骈文在文坛上失去了统治的地位。

晚唐骈文虽然继续流行,但皮日休、陆龟蒙、罗隐等人继承韩、柳散文的传统写出了许多富有战斗锋芒的讽刺小品,也显示了散文的艺术力量。

唐代传奇小说,其源出于六朝志怪。初盛唐时期的传奇,作品不多,并且还有六朝志怪的浓厚影响。到了中唐时期,作者增多,创作达到了极盛阶段。由于城市的繁荣,社会生活的复杂,作品也更多地表现社会现实生活,志怪的色彩渐渐淡薄。文人对功名富贵的梦想,文人和妓女的爱情,成为新的题材,有的作品还流露浓厚的市民生活情调。情节的委曲细腻,人物的生动鲜明,也大大超过了初盛唐时期。这是我国短篇小说达到成熟的标志。

由于唐代帝王提倡佛教,当时寺庙中讲唱佛经故事之风相当盛行,于是产生了变文。后来更产生了讲唱历史故事和时事的变文。这种讲唱文学,初盛唐已经存在,中晚唐更为盛行。除讲唱结合的变文外,还有只唱不讲的词文,以及只讲不唱的话本。这些通俗讲唱的文学,故事情节多想象夸张,语言多铺排渲染,艺术比较粗糙。但对后来的白话小说、讲唱文学有较大的影响。唐代民歌流传下来的虽然不多,但形式短小,现实性很强,值得我们重视。

在唐代城市繁荣,音乐发达,歌楼妓馆大量出现的情况下,出现了配合"胡夷里巷"歌曲的曲子词。现存敦煌曲子词,多数是中晚唐时代歌妓们传唱的民间词。内容相当广泛,有歌楼妓女的辛酸,也有征夫思妇的痛苦。中唐时代开始有文人词出现。到晚唐时代,以温庭筠为代表的文人词,内容偏于艳情,成就不大,但艺术上有独创性,影响较深远。

唐亡后,藩镇割据的局面延续下来,成为五代十国分裂混战的局面。当时北方战争频繁,文学毫无成就。南方十国之间,虽然也有战争,局势仍相当稳定。南唐、后蜀两国国势较强,历史较久,经济、文化都有所发展。

五代十国时期,词的创作成就有新的发展。后蜀在温庭筠直接影响下,出现了花间派词人。他们的作品绝大多数是绮罗香泽之词,但有少数词人风格颇有变化。韦庄词有较多个人抒情意味,风格清丽疏雅,有一定意义。南唐词人有冯延巳和李璟、李煜。他们的词内容仍然很狭窄,感情也不够健康,但较少浓艳的脂粉气。李煜在亡国以后写的一些词,能直抒胸臆,写个人国破家亡的感受,扩大了词的表现范围,艺术上也有独特的成就,对词的发展有一定的贡献。

第一章 隋及初唐诗歌

隋及初唐是诗歌史上的过渡时期。在全国统一局面下，反对统治诗坛的齐梁诗风的斗争，经过曲折，终于取得了决定性的胜利。随着斗争的深入，诗的内容和形式也逐渐发生新的变化。

第一节 隋代诗歌

隋文帝统一南北后，国势渐趋富强。但是，在文学上，直承南北朝的浮艳文风，依然占着统治地位。

北周时代苏绰在文风改革上曾提倡过复古，隋文帝在公元五八四年，又继续诏令"公私文翰，并宜实录"。还惩罚了文表写得华艳的泗州刺史司马幼之。后来治书御史李谔上书指斥南朝文风是"连篇累牍，不出月露之形；积案盈箱，唯是风云之状"(《隋书·李谔传》)。文帝又把这篇奏书颁示天下。这两次诏令虽然不可能从根本上改变文坛风气，但也产生了一定的积极影响。

隋朝前期，有一些原是北朝的诗人如卢思道、杨素、薛道衡等，曾经写了一些较好的边塞诗。质量虽然不够高，但这类作品在较短时期内先后出现，的确反映了一些新的风气。这里也多少说明了庾信、王褒诗风的影响。

卢思道(约530—582),主要生活在北朝。他的诗曾得到庾信的赞美。《从军行》是他的代表作:

> 朔方烽火照甘泉,长安飞将出祁连。犀渠玉剑良家子,白马金羁侠少年。平明偃月屯右地,薄暮鱼丽逐左贤。谷中石虎经衔箭,山上金人曾祭天。天涯一去无穷已,蓟门迢递三千里。朝见马岭黄沙合,夕望龙城阵云起。庭中奇树已堪攀,塞外征人殊未还。白雪初下天山外,浮云直上五原间。关山万里不可越,谁能坐对芳菲月?流水本自断人肠,坚冰旧来伤马骨。边庭节物与华异,冬霰秋霜春不歇。长风萧萧渡水来,归雁连连映天没。从军行,军行万里出龙庭。单于渭桥今已拜,将军何处觅功名?

诗中抒写了征人思妇互相思念的痛苦,并对追求功名的将军作了委宛的讽刺。语言清丽流畅,句法多用对偶,具有早期七言歌行的特色。

杨素(544—603)是隋朝开国大臣,非一般的文人。但诗写得很不错。他的《出塞》描写塞外荒寒景色:"荒塞空千里,孤城绝四邻,树寒偏易古,草衰恒不春。……风霜久行役,河朔备艰辛。薄暮边声起,空飞胡骑尘。"在一定程度上反映了他领兵出塞同突厥作战的生活体验。这首诗曾得到虞世基、薛道衡等著名诗人的酬和。他的《赠薛播州十四首》,回忆身世,怀慕知己,颇有隐微难言之痛。《隋书》本传说这组诗"词气宏拔,风韵秀上",是有一定根据的。

薛道衡(539—609),字玄卿,河东汾阴(今山西荣河县北)

人。曾官至襄州总管,播州刺史,后因连逆炀帝,被害。他是隋代艺术成就最高的诗人。《昔昔盐》是他的最著名的作品:

> 垂柳复金堤,蘼芜叶复齐。水溢芙蓉沼,花飞桃李蹊。采桑秦氏女,织锦窦家妻。关山别荡子,风月守空闺。恒敛千金笑,长垂双玉啼。盘龙随镜隐,彩凤逐帷低。飞魂同夜鹊,倦寝忆晨鸡。暗牖悬蛛网,空梁落燕泥。前年过代北,今岁往辽西。一去无消息,那能惜马蹄。

诗虽然是写思妇悬念征人的传统主题,又夹杂了一些齐梁轻靡的词句,但是"暗牖悬蛛网,空梁落燕泥"一联,却能透过环境细节的描写,刻划出思妇孤独寂寞的心境,显出了艺术上的独创性。他的七言长诗《豫章行》,描写了闺中思妇缠绵悱恻的感情,结尾点出"不畏将军成久别,只恐封侯心更移",深刻地揭示了妇女内心的悲哀和恐惧。他和杨素的《出塞》中"绝漠三秋暮,穷阴万里生。寒夜哀笳曲,霜天断雁声"等句,也有边塞的悲壮气氛。他还有一首著名的小诗《人日思归》:

> 入春才七日,离家已二年。人归落雁后,思发在花前。

以计算归期的细微思想活动,委宛地表达思家的深情,颇有含蓄不尽的风味。

以上诗篇可以看出隋初诗风的确多少显示南北文学开始合流的一点新气象。在形式格律上,隋诗也有进一步的发展。其中七言诗形式的发展尤为显著。除了前面提到的卢思道、

薛道衡的七言歌行而外,如隋炀帝的《江都宫乐歌》,形式上比庾信的《乌夜啼》更接近唐代的七律,而无名氏的《送别诗》:

  杨柳青青著地垂,杨花漫漫搅天飞。柳条折尽花飞尽,借问行人归不归。

其悠扬的声调,更宛然是唐代很成熟的七言绝句了。

  但是,在整个隋代,齐梁影响都是比较根深蒂固的,不仅来自南朝的诗人江总、虞世基、虞世南等,带着很深的积习,而且北朝文人之趋慕南朝文风,也是长期形成的风气。隋炀帝即位以后,更有意识提倡那种荒淫享乐、粉饰太平的宫体诗风。《隋书·文学传叙》说:"炀帝初习艺文,有非轻侧之论,暨乎即位,一变其风。"其实他早年的"非轻侧",只是为了迎合他父亲隋文帝的意旨。他骨子里对南朝文化一向非常醉心,他"好为吴语","三幸江都",带头写了《宴东堂》、《嘲司花女》等等宫体诗,其他醉心南朝宫体的文人,也就更肆无忌惮地写起轻侧浮艳的诗歌来了。隋初诗坛的那点清新刚健气息,本来就薄弱,经这种齐梁诗风的冲击,很容易就被冲散了。

  总的说来,隋诗是从南北朝向唐诗过渡的最初阶段。

第二节 从上官仪到沈佺期和宋之问

  初唐时代,当政的文臣多半都是深受齐梁影响的前朝遗老,唐太宗本人对齐梁文风也很爱好。他自己就带头写淫靡浮艳的宫体诗,富丽呆板的宫廷诗。他命令魏征、房玄龄、虞世南等大臣编纂《北堂书钞》、《艺文类聚》、《文馆词林》等等类书，其目的之一也是为了供给当时文人们采集典故词藻之用。

虞世南是这时期遗老诗人的代表。他在陈朝，就因为"文章婉缛"，"徐陵以为类己"而知名。在隋代他就写过《应诏嘲司花女》等宫体诗。入唐以后的作品几乎全部是奉和、应诏、侍宴等类的作品。只有《咏蝉》的"居高声自远，非是借秋风"等个别诗句尚有兴寄。但他死后，唐太宗却叹息说："今其云亡，石渠东观无复人矣！"（新旧《唐书》本传）从这句话，我们就可以看出贞观年间的诗坛，实在比隋代还要空虚。倒是诗坛以外的魏征，还写了一首《述怀诗》，表现了他在隋末群雄起义中的经历和豪情。而且他也是当时文臣中对唐太宗、虞世南等人的诗风深表不满的唯一人物。

正是在这种形势下，齐梁诗风就继续蔓延下来，即使有少数新起的优秀诗人，也很难扭转这种颓风。

上官仪（？—664），字游韶，陕州（今河南陕县）人。他是继虞世南之后受到太宗、高宗宠信的诗人。他的诗，十之八九也是奉和应诏之作。例如《八咏应制》一诗就是典型的齐梁宫体诗。"瑶笙燕始归，金堂露初晞。风随少女至，虹共美人归"，完全是一派浮华的宫庭生活气息。"残红艳粉映帘中，戏蝶流莺聚窗外"，更是极尽暗示色情的能事。但是，他也有被唐人赞美仿效的名作。宋计有功《唐诗纪事》卷六说："高宗承贞观之后，天下无事，（上官）仪独持国政，尝凌晨入朝，巡洛水堤步月徐辔，咏诗曰：'脉脉广川流，驱马入长洲。鹊飞山月曙，蝉噪野风秋。'音韵清亮，群公望之犹神仙焉。"这首名作，不仅见称于当时，而且屡次为初、盛、中唐诗人步其韵而师其词,如王勃的"猿吟山漏晓,萤散野风秋";张说的'雁飞江月冷,猿啸野风秋";裴迪的"鸟飞争向夕,蝉噪已先秋";柳宗元的"壁空残月曙,门掩候虫秋"。他除了写这种"绮错婉媚"的诗而外,还把作诗的对偶,归纳为六种对仗的方法。这虽是为他的宫廷诗服务,但对律诗形式的发展多少起了一点促进作用。

继上官仪之后出现在武后时代的宫廷诗人是号称"文章四友"的李峤、苏味道、崔融、杜审言。"四友"之中,杜审言的成就较高。杜审言(645?—708?),字必简,河南巩县人,是杜甫的祖父。他虽然也写了许多应制诗,但是他身居宫廷的时间较短,在"十年俱薄宦,万里各他方"(《赠崔融二十韵》)的游宦中写过一些较有生活实感的好诗。如《登襄阳城》:

  旅客三秋至,层城四望开。楚山横地出,汉水接天回。冠盖非新里,章华即旧台。习池风景异,归路满尘埃。

这首诗气魄相当雄浑。"楚山"两句,笔力尤其横壮。他的《春日京中有怀》,是一首更接近成熟的七律:

  今年游寓独游秦,愁思看春不当春。上林苑里花徒发,细柳营前叶漫新。公子南桥应尽头,将军西第几留宾?寄语洛城风日道,明年春色倍还人。

从以上两诗以及他的另一名作《和晋陵陆丞早春游望》,我们可以看出他的诗风貌开始变化,而且在五律、七律的形式创造上,曾经用过不少的功夫。他的《守岁侍宴应制》、《大酺》两诗,已完全符合七律的规格。

和四友同时而稍晚,在武后的宫廷里出现了沈佺期、宋之问这两个在律诗形式上有重要贡献的诗人。沈佺期(卒于开元初),字云卿,相州内黄(今河南内黄)人。宋之问(?—712),字延清,虢州弘农(今河南灵宝)人。他们都媚附张易之等权贵,并以善写应制诗得到武后的赏识。但两人都曾经贬谪荒远之地,他们所写的非宫廷应制的作品中,也有一些优秀的篇章:

闻道黄龙戍,频年不解兵。可怜闺里月,长在汉家营。少妇今春意,良人昨夜情。谁能将旗鼓,一为取龙城?
——沈佺期《杂诗》三首之一

卢家少妇郁金堂,海燕双栖玳瑁梁。九月寒砧催木叶,十年征戍忆辽阳。白狼河北音书断,丹凤城南秋夜长。谁为含愁独不见,更教明月照流黄。
——沈佺期《古意》

阳月南飞雁,传闻至此回。我行殊未已,何日复归来?江静潮初落,林昏瘴不开。明朝望乡处,应见陇头梅。
——宋之问《题大庾岭北驿》

岭外音书断,经冬复历春。近乡情更怯,不敢问来人。
——宋之问《渡汉江》[①]

[①] 《渡汉江》一诗在《全唐诗》中虽重出于宋之问、李频两个诗人名下,但汉江地理位置距宋之问家乡虢州弘农更近。《唐诗三百首》将此诗当作浙江睦州人李频的作品,显然不妥。

尽管沈、宋两人都还没有摆脱齐梁的影响,但这些诗都有一定的生活体验作基础。语言的锤炼,气势的流畅,和齐梁浮艳之作不同。在格律形式的完整上,更为历代批评家所推崇。

沈、宋对诗歌的贡献,主要是在声律方面。《新唐书·宋之问传》说:

> 魏建安迄江左,诗律屡变。至沈约、庾信,以音韵相婉附,属对精密。及之问、佺期,又加靡丽,回忌声病,约句准篇,如锦绣成文。学者宗之,号为沈、宋。

沈、宋两人关于诗律的言论,我们已经看不到了。但是,从现存南北朝、隋、唐诗歌来看,南北朝阴铿的《夹池竹》、《昭君怨》,徐陵的《关山月》、《斗鸡》,庾信的《蒲州刺史中山公许乞酒一车未送》、《舟中望月》等约二十多篇诗,已暗合五律规格。隋及唐初以来,暗合格律的五律更增加了。至于七律,则庾信的《乌夜啼》,隋炀帝的《江都宫乐歌》、《江都夏》等篇已具雏形,到杜审言已完全合格。由此可见,沈、宋在诗律上的贡献,并不在他们自己制定一套格律,而在于从前人和当代人应用形式格律的各种实践经验中,把已经成熟的形式,肯定下来,最后完成律诗"回忌声病,约句准篇"的任务,使以后作诗的人有明确的规格可以遵循。律诗形式的定型,在诗歌发展史上是有重要意义的。自此以后,近体诗和古体诗的界限有了更明确的划分,诗人在创作上,专工新体和专工古体也渐渐有了分道扬镳之势。这的确是"词章改革之大机"(《诗薮》内篇卷四)。

第三节　王绩和四杰

在上述初唐宫廷诗人之外,先后或同时,还陆续出现了一些新起的诗人。他们在创作上努力突破宫廷诗风的统治,取得了一定的成就。唐开国初年的王绩和高宗武后时期的四杰,便是这一批诗人的代表。

王绩(585—644),字无功,自号东皋子,绛州龙门(今山西稷山县)人,郡望太原祁县(今山西太原)。他是隋代学者文中子王通之弟,在隋唐两代都曾经出仕。他早年有过一些事业抱负,但是仕途一失意,就心灰意冷了,在群雄逐鹿的隋唐之际,他并没有什么积极的作为。归田以后,常以阮籍、陶潜自比,作诗也处处模仿他们,但缺乏陶诗那种内在的理想和热情。结果只剩下一种封建士大夫闲适懒散的生活情调,如"阮籍生涯懒,嵇康事业疏"(《田家三首》),"有客谈名理,无人索地租。三男婚令族,五女嫁贤夫"(《独坐》)之类。此外,他还从庄子学来一套既愤世又混世的人生哲学。如《过酒家》:

此日长昏饮,非关养性灵。眼看人尽醉,何忍独为醒?

这和他的"礼乐囚姬旦,诗书缚孔丘"(《赠程处士》)等都是表现对现实的不满,不过这种不满并没有多大的积极意义。

但是,比之同时虞世南的宫廷诗,王绩这些有一定生活内容,风格清新朴素的诗就显得难能可贵了。以下两首诗,更可以显出他的诗歌艺术的成就:

东皋薄暮望,徙倚欲何依?树树皆秋色,山山唯落辉。牧人驱犊返,猎马带禽归。相顾无相识,长歌怀采薇。

——《野望》

北场芸藿罢,东皋刈黍归。相逢秋月满,更值夜萤飞。

——《秋夜喜遇王处士》

这两首诗不仅生动地写出田园景色和他的闲适生活,而且在风格上也是唐诗中最早摆脱齐梁浮艳气息的近体诗。他的《在京思故园见乡人问》一诗,在一连串的问话里,也洋溢着一种关怀家园的殷切心情。无论从思想或艺术来说,他都是唐代山水田园诗派的先驱人物。

在高宗至武后初年,出现了"以文章齐名天下"的"初唐四杰":王勃、杨炯、卢照邻、骆宾王。他们地位都比较低下,但在唐诗开创时期,都肩负起时代的使命,努力摆脱齐梁诗风的影响,积极开拓诗歌的思想题材的领域,对诗的格律形式也有所探索。

王勃(649—676),字子安,是王通的孙子,王绩的侄孙。青年时代就"迫乎家贫,道未成而受禄"。出仕以后,又两次因事废官,一生处于下位。最后溺海而死。他是一个才学兼富的青年诗人,写过很多学术著作。在诗歌创作上,他和那些宫廷诗人走着不同的道路。杨炯《王勃集序》说:"(勃)尝以龙朔初载(661年左右),文场变体。争构纤微,竞为雕刻。糅之金玉龙凤,乱之朱紫青黄。影带以徇其功,假对以称其美。骨气都尽,刚健不闻。思革其弊,用光志业,……遂使繁综浅术,无藩篱之固;纷绘小才,失金汤之险。积年绮碎,一朝清廓。"可以看出他对"龙朔初载"以上官仪为代表的宫廷诗人所持的反对态度以及诗歌革新的初步成绩。

从他现存的数量不多的诗篇来看,内容虽然还开拓得不够广,但的确已经形成了自己的独特风格。如他的名篇《送杜少府之任蜀川》:

城阙辅三秦,风烟望五津。与君离别意,同是宦游人。海内存知己,天涯若比邻。无为在歧路,儿女共沾巾!

"同是宦游人"的赠别,心情本来是复杂的,但他却用"海内存知己,天涯若比邻"这样开朗壮阔的诗句把缠绵的儿女之情一笔撇开,变悲凉为豪放,表现了他不平凡的胸怀抱负。他还有一首小诗《山中》:

长江悲已滞,万里念将归。况复高风晚,山山黄叶飞。

用寥寥二十字,表现出一种悲凉浑壮的气势。此外,他的《滕王阁诗》、《采莲曲》等,在七言、杂言诗体形式上也有所探索和创造。他的创作,初步地实践了他诗歌革新的主张,他的优秀诗篇是有充沛的思想感情、真实的生活阅历作基础的。有风有骨,摆脱了齐梁浮华补假的习气,显露唐诗的独特风貌。

杨炯(650—693?),陕西华阴人,曾官盈川令。在四杰中,他的诗数量最少,成就也最低。只有几首写边塞的五律较有特色。《从军行》是他的名作：

> 烽火照西京，心中自不平。牙璋辞凤阙，铁骑绕龙城。雪暗凋旗画，风多杂鼓声。宁为百夫长，胜作一书生。

这首诗反映了许多士人向往边塞生活的慷慨心情。

卢照邻(637?—689?)，字升之，号幽忧子，河北范阳(今北京附近)人。他一生只作过几任小官，很不得意。他在《释疾文》中说："先朝好吏，予方学孔墨；今上好法，予晚爱老庄。"晚年又得恶疾，卧病十馀年，最后自沉颍水而死。

他的诗以七言歌行最为擅长。《长安古意》是他著名的代表作。在这篇长诗里，他以纵横奔放、富丽铺陈的诗笔揭露了长安上层社会的生活面貌：

> 长安大道连狭斜，青牛白马七香车。玉辇纵横过主第，金鞭络绎向侯家。龙衔宝盖承朝日，凤吐流苏带晚霞。百丈游丝争绕树，一群娇鸟共啼花。啼花戏蝶千门侧，碧树银台万种色。复道交窗作合欢，双阙连甍垂凤翼。梁家画阁中天起，汉帝金茎云外直。楼前相望不相知，陌上相逢讵相识？借问吹箫向紫烟，曾经学舞度芳年。得成比目何辞死，愿作鸳鸯不羡仙……

这里有如云的车骑，壮丽的宫馆，也有贵族们豢养的歌姬舞女。诗里还写出游侠子弟、廷尉、御史、执金吾、乃至骄横的将相等形形色色的人物，纷纷来到市井娼家："娼家日暮紫罗裙，清歌一啭口氛氲。北堂夜夜人如月，南陌朝朝骑似云。"但是诗里又指出这一切繁华狂热、堕落颠狂的生活终于会发展到空虚幻灭的结局："节物风光不相待，桑田沧海须臾改。昔时金阶白玉堂，即今唯见青松在。"为了对这种繁华堕落生活保持清醒批判的态度，在长诗的结尾，诗人故意用萧疏清冷的诗句，写他在长安的寂寞清贫的生活："寂寂寥寥扬子居，年年岁岁一床书。独有南山桂花发，飞来飞去袭人裾。"这首诗的题材、辞句和萧纲的《乌栖曲》等齐梁宫体非常接近，但思想感情却大不相同。它虽然继承了宫体诗，但也变革了宫体诗。

骆宾王(640？—684)，婺州义乌(今浙江义乌)人。作过长安县主簿、临海县丞等小官，曾遭事下狱，最后因参加徐敬业起兵反对武后的活动，写了著名的《讨武曌檄》，事败被杀。他的生活经历很丰富，在四杰中他的诗也最多。他也擅长七言歌行，名作《帝京篇》，内容和《长安古意》相近，而篇幅更大，更多辞赋铺排的成分，在将近结尾的时候，还有与卢诗互相唱和的诗句："相顾百龄皆有待，居然万化咸应改。桂枝芳气已消亡，柏梁高宴今何在？"同样流露富贵荣华转眼成空之不祥之音，而"待"、"改"、"在"三个韵脚之相同，则绝非偶然之巧合。这两位齐名的作家的的确确是既互相学习，又互相竞赛，在紧张的创作竞赛中，竟照步了对方的韵脚。他曾久戍边城，写了不少边塞诗。如《夕次蒲类津》：

二庭归望断，万里客心愁。山路犹南属，河源自北流。晚风连朔气，新月照边秋。灶火通军壁，烽烟上戍楼。龙庭但苦战，燕领会封侯。莫作兰山下,空令汉国羞。

这里不仅有立功边塞的豪情壮志,而且有边塞生活的亲切见闻。此外,如《边城落日》、《至分水戍》、《边夜有怀》等都是较好的边塞诗。他的名作《在狱咏蝉》,艺术更为成熟:

> 西陆蝉声唱,南冠客思侵。那堪玄鬓影,来对白头吟。露重飞难进,风多响易沈。无人信高洁,谁为表予心?

这首诗寄悲愤沉痛于比兴之中,宛转附物,怊怅切情。正像这首诗序所说的:"情沿物应,哀弱羽之飘零;道寄人知,悯余声之寂寞。"不愧是初唐律诗中风骨凝炼的名作。

总的来说,由于历史条件以及他们本身生活的限制,他们的诗都没有彻底洗净齐梁的习气。但是,后人所说的声律风骨兼备的唐诗,究竟是从他们才开始形成:他们开始把诗歌从宫廷移到了市井,从台阁移到江山和塞漠,题材扩大了,思想严肃了,五言八句的律诗形式也由他们开始有了初步的定型。他们"以文章齐名天下",并不是偶然的。杜甫说:"举天悲富骆,近代惜卢王"(《寄彭州高二十五使君适虢州岑二十七长史参三十韵》),"王杨卢骆当时体","不废江河万古流"(《戏为六绝句》之二),更是完全正确的评价。

继卢、骆之后,刘希夷和张若虚进一步地发展了七言歌行。刘希夷的名作《代白头吟》,虽然内容不及《长安古意》、《帝京篇》充实开阔,但音韵格调却更宛转流畅。张若虚的《春江花月夜》,风格上有了更大的变化:

31

春江潮水连海平,海上明月共潮生。滟滟随波千万里,何处春江无月明。江流宛转绕芳甸,月照花林皆似霰。空里流霜不觉飞,汀上白沙看不见。江天一色无纤尘,皎皎空中孤月轮。江畔何人初见月?江月何年初照人?人生代代无穷已,江月年年只相似。不知江月待何人,但见长江送流水……

这首诗的题目是陈后主、隋炀帝都用过的宫体题目,内容也不外游子思妇的传统主题,但是意境和情趣却完全不同了,诗情和哲理自然地融合起来了。诗中想象时间的永恒,空间的无限,对当时读者是有启示性的。当然,这里也有怅惘低沉的感伤,但它绝没有色情、堕落的成分。至于语言的清新优美,韵律的宛转悠扬,更和一般宫体诗的风貌完全不同了。

第四节 陈子昂

继四杰之后,以更坚决的态度起来反对齐梁诗风的统治,在理论和创作实践上都表现了鲜明的创造革新精神的诗人,是陈子昂。

陈子昂(661—702),字伯玉,梓州射洪(今四川射洪县)人。自幼具有豪侠浪漫的性格。少年时代曾闭门读书,遍览经史百家,树立了远大的政治抱负。二十四岁举进士,上书论政,得到武后的重视,任为麟台正字,再迁为右拾遗。他一方面支持武后的政治改革,另一方面对武后的不合理的弊政也屡次提出尖锐的指责。他曾在二十六岁、三十六岁两次从军边塞,对边防军事问题提出过一些有远见的建议。后一次出塞,因为和主将武攸宜意见不合,遭受排斥打击。三十八岁后就辞职还乡。最后被武三思指使县令段简加以迫害,冤死狱中。

陈子昂的思想是很复杂的,他既好纵横任侠,又好佛老神仙,但儒家兼善天下的精神,仍然是他思想的主导方面。从他的许多政论奏疏中,我们可以看到他洞察国家安危的远见,关怀人民疾苦的热情。例如在《上蜀川安危事》的奏疏中,他曾经对诸羌的进犯感到忧虑,对蜀川人民"失业"、"逃亡"深表同情,对"官人贪暴"、"侵渔"、"剥夺"百姓的罪恶加以愤慨的指责。《资治通鉴》引用他的奏疏、政论有四、五处之多。王夫之《读通鉴论》认为陈子昂"非但文士之选",而且是"大臣"之材,这是完全正确的。他的政治热情是他从事诗歌革新的动力。

陈子昂在著名的《脩竹篇序》里,曾经提出了诗歌革新的正面主张:

东方公足下:文章道弊,五百年矣,汉魏风骨,晋宋莫传,然而文献有可征者。仆尝暇时观齐梁间诗,彩丽竞繁,而兴寄都绝,每以永叹,思古人,常恐逶迤颓靡,风雅不作,以耿耿也。一昨于解三处见明公《咏孤桐篇》,骨气端翔,音情顿挫,光英朗练,有金石声。遂用洗心饰视,发挥幽郁。不图正始之音,复睹于兹;可使建安作者,相视而笑。

在唐诗发展史上,陈子昂这篇短文好像一篇宣言,标志着唐代诗风的革新和转变。我们知道,刘勰、锺嵘反对南朝形式主义诗风,曾经标举过"比兴"、"风骨"的传统。王勃反对龙朔前后的宫廷诗风,也指责他们是"骨气都尽,刚健不闻"。陈子昂继承了他们的主张,一针见血地指出初唐宫廷诗人们所奉为偶像的齐梁诗风是"彩丽竞繁,而兴寄都绝",指出了"风雅兴寄"和"汉魏风骨"的光辉传统作为创作的先驱榜样,在倡导复古的旗帜下实现诗歌内容的真正革新。态度很坚决,旗帜很鲜明,号召很有力量。"兴寄"和"风骨"都是关系着诗歌生命的首要问题。"兴寄"的实质是要求诗歌发扬批判现实的传统,要求诗歌有鲜明的政治倾向。"风骨"的实质是要求诗歌有高尚充沛的思想感情,有刚健充实的现实内容。从当时情况来说,只有实现内容的真正革新,才能使诗歌负起时代的使命。同时,我们还应该看到,由于"四杰"等诗人的积极努力,新风格的唐诗已经出现,沿袭齐梁的宫廷诗风已经越来越为人们所不满,诗歌革新的时机更加成熟了。陈子昂的革新主张在这个时候提出,不仅有理论的意义,而且富有实践的意义;不仅抨击了陈腐的诗风,而且还为当时正在萌芽成长的新诗人、新诗风开辟道路。

陈子昂的诗歌创作,鲜明有力地体现了他的革新主张。《感遇诗》三十八首,正是表现这种革新精神的主要作品。这些诗并不是同时之作,有的讽刺现实、感慨时事,有的感怀身世、抒发理想。内容广阔丰富,思想也矛盾复杂。首先值得注意的是那些现实性很强的边塞诗,例如:

朝入云中郡,北望单于台。胡秦何密迩,沙朔气雄哉!籍籍天骄子,猖狂已复来。塞垣无名将,亭堠空崔嵬。咄嗟吾何叹,边人涂草莱。

这是他从征塞北时的作品,诗中对将帅无能,使边民不断遭受胡人侵害的现实,深表愤慨。在从征幽州时所写的"朔风吹海树"一篇中,又对边塞将士的爱国热情遭到压抑表示深刻的同情。"丁亥岁云暮"一篇更明白地揭发了武后开蜀山取道袭击吐蕃的穷兵黩武的举动。这些内容都初步突破了泛拟古题的边塞诗传统风气。他对武后内政方面的弊端也有所讽刺。在"圣人不利己"一诗里,他指责了武后雕制佛像、建造佛寺,浪费人力物力的佞佛行为。在"贵人难得意"一诗里,他更勇敢地讽刺了武后对待臣下时而信任、时而杀戮的作风。从这些现实性很强的诗篇中,我们清晰地看到他的政治抱负和他的诗歌革新主张有着密切的内在联系。他的那些感怀身世的诗,也写得很动人:

兰若生春夏,芊蔚何青青。幽独空林色,朱蕤冒紫茎。迟迟白日晚,袅袅秋风生。岁华尽摇落,芳意竟何成?

这里,美好理想无法实现的深沉的苦闷,借楚辞草木零落、美人迟暮的意境,宛转蕴藉地表现出来。但是,他这种苦闷,在不同的时间境遇之下,又转为愤激慷慨之音。如:

本为贵公子,平生实爱才。感时思报国,拔剑起蒿莱。西驰丁零塞,北上单于台。登山见千里,怀古心悠哉!谁言未忘祸,磨灭成尘埃。

《感遇诗》里也有一些叹息人生祸福无常,赞美隐逸求仙,发挥佛老玄理的作品,例如"市人矜巧智"、"玄天幽且默"等篇,都有浓厚的佛老消极思想。

《登幽州台歌》和《蓟丘览古赠卢居士藏用》七首也是他杰出的代表作。这几首诗是他随建安王武攸宜出征契丹的时候写的。卢藏用《陈氏别传》说:

> 子昂体弱多疾,感激忠义,常欲奋身以答国士。自以官在近侍,又参预军谋,不可见危而惜身苟容。他日又进谏,言甚切至,建安谢绝之,乃署以军曹。子昂知不合,因箝默下列,但兼掌书记而已。因登蓟北楼,感昔乐生、燕昭之事,赋诗数首。乃泫然流涕而歌曰:"前不见古人,后不见来者。念天地之悠悠,独怆然而涕下!"时人莫不知也。

他在《蓟丘览古》中,曾经歌颂了礼贤下士、知人善任的燕昭王、燕太子,感激知遇、乘时立功的乐毅、郭隗等历史人物。俯仰今古,瞻望未来,他更深刻地体验到生不逢时、理想无法实现的痛苦和悲哀,也更深刻地体会了古往今来许多仁人志士在困阨境遇中激愤不平的崇高感情。也正是这种不可遏止的理想和激情,使他唱出了这首浪漫主义的《登幽州台歌》。尽管由于历史条件的限制,他的苦闷无法解决,使这首诗的情调显得相当孤独。但是,也正是这首诗,在当时和后代得到无数读者的深刻同情,卢藏用说这首诗"时人莫不知也",就是有力的证明。这不愧是齐梁以来两百多年中没有听到过的洪钟巨响。

陈子昂的律诗比较少,但是像《度荆门望楚》,也是初唐律诗中的佳作:

> 遥遥去巫峡,望望下章台。巴国山川尽,荆门烟雾开。城分苍野外,树断白云限。今日狂歌客,谁知入楚来。

诗人用气势流畅的笔调,写出了他初次离蜀途中所见的巴楚壮丽山川。风格和其他诗人是有所不同的。

陈子昂仰慕"建安作者"和"正始之音",他的诗受建安、正始诗人影响较深。唐皎然《诗式》说:"子昂《感遇》,其源出于阮公《咏怀》。"像"兰若生春夏"、"贵人难得意"等比兴托讽的诗篇,以及那些感慨人生祸福无常的诗,的确和阮籍相似。此外如《燕昭王》乃至《登幽州台歌》等,和阮诗"驾言发魏都"、"独坐空堂上"等诗也有意境相通之处。而"丁亥岁云暮"、"本为贵公子"、"朔风吹海树"、"苍苍丁零塞"等边塞诗,则和建安诗中"梗概而多气"的写时事之作比较接近。他的诗中,现实主义和浪漫主义同时存在。那些现实主义的作品,有的叙事慷慨沉痛,有的还兼有政论锋芒。那些偏于抒发理想之作,有的寄兴幽婉,有的又激情奔放,这又是浪漫主义的不同表现。

当然,陈子昂的诗在艺术上也存在一些缺点。他对汉魏南北朝的乐府民歌学习得不够。对七言诗这种新形式也不重视,集中竟没有一首七言诗[①]。《感遇诗》中甚至还有一些作

---

① 只蜀刻本《陈子昂先生全集》有《杨柳枝》七绝一首,真伪难定。

品受玄言诗影响,读起来有些枯燥乏味。但是,他的全部诗作绝没有一点齐梁浮艳的气息,这是更难能可贵的。

总之,他是唐诗开创时期在诗歌革新的理论和实践上都有重大功绩的诗人,杜甫称赞他:"有才继骚雅,哲匠不比肩。公生扬马后,名与日月悬。……千古立忠义,《感遇》有遗篇。"(《陈拾遗故宅》)韩愈称赞他:"国朝盛文章,子昂始高蹈。"(《荐士》)都对他在唐诗发展上的功绩有高度的肯定,也反映了唐代诗人的公论。至于他的《感遇诗》直接启发了张九龄《感遇》和李白《古风》的创作,李白继承他以复古为革新的理论,进一步完成唐诗革新的历史任务,更是众所周知的事实。

陈子昂在散文革新上也是有功绩的。他文集中虽然也还有一些骈文,但那些对策、奏疏,都用的是比较朴实畅达的古代散文,这在唐代,也是开风气之先。所以唐代古文家萧颖士、梁肃、韩愈都对他这方面的努力有较高的评价。

第二章 盛唐山水田园诗人

唐开元、天宝年间,经济空前繁荣,国力也极度强大,但政治、经济的危机已开始显露。唐诗也在这个时期发展到了繁荣的顶峰,这就是后人所说的盛唐时期。

这个时期,除出现了李白、杜甫两个伟大诗人外,还有很多成就很高的诗人,他们可以按思想倾向、题材内容和艺术风格的不同,大致分为两派:一派是较多地写山水田园闲适生活的山水田园诗人;一派是较多地写边塞征戍生活的边塞诗人。当然,这种划分只是相对的。

山水田园诗派的主要作家是孟浩然和王维,还有储光羲、常建、祖咏、裴迪等人。山水田园诗的盛行,有它的社会基础和思想基础。社会安定、经济繁荣给这些诗人提供了优闲生活的物质条件。统治阶级提倡佛老,也造成一种特殊的政治生活局面:对那些求仕困难的文人,由隐而仕,往往是一条"终南捷径";对那些有高官厚禄的文人,由仕而隐,既不影响生计,甚至还可以边仕边隐,名利双收。此外,统治阶级内部矛盾的发展,也促成隐逸思想的流行。因此,继承陶渊明、谢灵运传统的山水田园诗便大量地产生了。

第一节 孟浩然

孟浩然(689—740),襄阳人,前半生主要是在家闭门苦学,灌蔬艺竹,为乡里救患释纷,曾一度隐居鹿门山。四十岁才到长安,求仕失望。在江淮吴越各地漫游了几年,重回故乡。张九龄作荆州长史,曾引他作过短期的幕僚,最后还是归隐,死在家里。

孟浩然一生经历比较简单,没有入过仕途,而且完全生活在开元承平时代,没有经历很多生活风波,这就决定他的诗歌思想内容不够丰富,但他的思想也没有发展到幽冷孤独的程度。

他一生虽然基本上过着隐居生活,但他内心却相当矛盾。他的《书怀贻京邑同好》诗说:"三十既成立,嗟吁命不通。慈亲向羸老,喜惧在深衷。甘脆朝不足,箪瓢夕屡空。执鞭慕夫子,捧檄怀毛公。感激遂弹冠,安能守固穷?"这里清楚地说明了他对于仕途的热望以及期待朋友们援引的心情。但是,他四十岁北上长安,除了赢得诗坛盛名而外,求仕的希望完全落空了,他的心情开始转为愤激:

寂寂竟何待,朝朝空自归。欲寻芳草去,惜与故人违。当路谁相假,知音世所稀。只应守寂寞,还掩故园扉。
——《留别王侍御维》

北阙休上书,南山归敝庐。不才明主弃,多病故人疏。白发催年老,青阳逼岁除。永怀愁不寐,松月夜窗虚。

——《归故园作》

由于求仕失望,转而对当朝的权贵深表不满。《新唐书》本传说他曾经对玄宗朗诵后一首诗而遭到斥责,事情也许不可靠,但在说明这首诗的愤激心情上,却很合乎真实。大概到了晚年,他这种仕与隐的矛盾才渐渐冲淡下来。

孟浩然的代表作品是山水田园诗。这些诗,有一部分是漫游秦中、吴越等地所写的。例如:

木落雁南渡,北风江上寒。我家襄水曲,遥隔楚云端。乡泪客中尽,孤帆天际看。迷津欲有问,平海夕漫漫。

——《江上思归》

百里闻雷震,鸣弦暂辍弹。府中连骑出,江上待潮观。照日秋云迥,浮天渤澥宽。惊涛来似雪,一坐凛生寒。

——《与颜钱塘登障楼望潮作》

在前诗中,旅途思归的心情和初冬江上凄寒的景色很自然地融合在一起,怅惘迷茫之中,隐含着一种身世落拓之感。后一首诗,写惊涛如雷如雪,也颇具壮观。其他如《宿建德江》、《宿桐庐江寄广陵旧游》、《晚泊浔阳望庐山》等篇,也都是漫游中的名作。

他多数的山水诗,都是写故乡襄阳的鹿门山、万山、岘山、鱼梁州、高阳池等名胜景物。例如:

北山白云里,隐者自怡悦。相望试登高,心随雁飞灭。愁因薄暮起,兴是清秋发。时见归村人,沙平渡头歇。天边树若荠,江畔舟如月。何当载酒来,共醉重阳节。

——《秋登兰山寄张五》

山寺鸣钟昼已昏,鱼梁渡头争渡喧。人随沙岸向江村,余亦乘舟归鹿门。鹿门月照开烟树,忽到庞公栖隐处。岩扉松径长寂寥,惟有幽人自来去。

——《夜归鹿门歌》

诗中流露的怀慕隐逸的思古幽情,和我们已经很隔膜疏远了。但是,襄阳一带的景物:点缀着归村人影的平沙远渡,像一弯新月的江畔小舟,鹿门山的烟树,庞公松径下的月光,经他这个熟悉故乡的诗人不经意地叙述出来,却历历如画,使我们感到平凡而又亲切。

他虽然写过"我年强以仕,无禄尚忧农"这样的诗句,他未必就亲身参加过劳动,但他究竟是半生住在农村的,他的田园诗数量虽不多,生活气息却相当浓厚:

故人具鸡黍,邀我至田家。绿树村边合,青山郭外斜。开轩面场圃,把酒话桑麻。待到重阳日,还来就菊花。

——《过故人庄》

出谷未停午,到家日已曛。回瞻下山路,但见牛羊群。樵子暗相失,草虫寒不闻。衡门犹未掩,伫立待夫君。

——《游精思观回王白云在后》

这些诗虽然缺乏陶诗的那种理想境界,也缺乏劳动生活的体验,但前一首写农家生活,简朴而亲切;写故人情谊,淳淡而深厚,能给人历久难忘的印象。后一首,更是"淡到看不见诗"的家常话,但是,乡村黄昏的景色气氛,却写得非常真实。又如他的小诗《春晓》:

> 春眠不觉晓,处处闻啼鸟。夜来风雨声,花落知多少?

意境也很新鲜,得到了人们广泛的传诵。

苏轼曾经说过,孟浩然的诗,"韵高而才短,如造内法酒手,而无材料"(《后山诗话》引)。他所说的"才"和"材料",主要是指才学,指在诗中博采成语典故。这严格说,并不能成为孟浩然的缺点。如果按我们的理解,把"无材料"解释为生活经历的简单,思想内容不丰富,那么苏轼这几句评语就更切中孟浩然的弱点。孟浩然的好诗不仅数量不多,而且篇幅也多半很简短,他所擅长的诗体,主要是五古和五律。但是,从艺术的完整、精美来说,他却完全可以和王维并驾齐驱,各标风韵。杜甫说他:"赋诗何必多,往往凌鲍谢。"(《遣兴》五首之五"吾怜孟浩然")皮日休说他:"遇思入咏,不钩奇抉异,龊龊束人口,若公输氏当巧而不巧者"(《郢州孟亭记》)。都完全合乎事实。他在盛唐诗人中,年辈较高,比李白、王维大十二岁。他诗集里,还残留着从初唐到盛唐过渡的痕迹。如《美人分香》、《同张明府碧溪赠答》等诗,还有宫体影响。他的某些诗句,也有化用鲍照、谢朓、阴铿、薛道衡的地方,但是,他化用前人诗句,往往能青出于蓝,不着痕迹。在创造盛唐诗歌浑融完整的共同风格上,他是有不小贡献的。因此,李白、杜甫、王维等盛唐诗人对他都深怀敬意,并给他的诗以相当高的评价。

第二节 王 维

王维(701—761),字摩诘,祖籍太原祁县(今山西太原),其父徙官蒲州,遂为河东(今山西永济)人。他是一个多才多艺的人,不仅能诗,而且精通书画和音乐。二十一岁举进士,作大乐丞,因伶人舞黄狮子的事,贬为济州司库参军。后来回长安,得张九龄的提拔,任右拾遗,累迁监察御史,吏部郎中、给事中等官职。由于张九龄罢相等原因,他大约在四十岁以后就开始过着一种亦官亦隐的生活。最初隐居终南别业,后来在蓝田辋川得到宋之问的别墅,生活更为优闲,"与道友裴迪,浮舟往来,弹琴赋诗"。并吃斋奉佛,"退朝之后,焚香独坐,以禅诵为事"(并见《旧唐书》本传)。安史之乱,他追随玄宗不及,为安禄山所获,强迫他作给事中伪官。肃宗回京后,他一度被贬官,最后又升至尚书右丞,卒于官。

王维的思想,可以四十岁左右为界限,分为前后两期。前期具有一定的向往开明政治的热情,对当时社会上的一些不合理现象,曾经表现了一些不满。对张九龄的"所不卖公器,动为苍生谋"(《献始兴公》)的开明政治,则积极表示支持。但是,由于家庭环境的影响,他早年就信奉佛教,贬官济州时已有了隐居思想的萌芽。再加张九龄罢相、李林甫上台的政局变化,他渐渐觉得仕途生活"既寡遂性欢,恐遭负时累"(《赠从弟司库员外绦》),就开始了他"晚年惟好静,万事不关心"(《酬张少府》)的亦官亦隐的生活。甚至对他个人生活有很大影响的安史之乱,在他诗里也几乎没有什么积极的反映。他后期对现实基本是抱着一种"无可无不可"的漠不关心的态度。他说:"君子以布仁施义、活国济人为适意,纵其道不行,亦无意为不适意也。苟身心相离,理事自如,则何往而不适?"他甚至嘲笑陶渊明弃官以后又乞食,是"一惭之不忍",以至弄得"屡乞而多惭"(以上均见《与魏居士书》)。到了晚年,他更是抱着"一生几许伤心事,不向空门何处销"(《叹白发》)的心情,完全变成一个"以禅诵为事"的佛教徒了。

王维的诗,保留下来的有四百多首。虽然他的诗多半无法编年,但我们还大致可以看出他前后期诗风的不同。像盛唐许多诗人一样,王维前期也写了一些关于游侠、边塞的诗篇。这些诗或写少年的豪迈,或写大将的英武,或叙征戍之苦,或写凯旋之乐,都表现了那个时代人们的英雄气概和爱国热情。例如《少年行》:

新丰美酒斗十千,咸阳游侠多少年。相逢意气为君饮,系马高楼垂柳边。

写少年游侠的昂扬意气,很有浪漫主义的气息。《从军行》、《燕支行》等诗也是有浪漫豪情的边塞诗。

他的名作《老将行》,写一个自幼英勇、身经百战、终于被统治者弃置不用的老将,当外族侵略的时候,又雄心勃勃地奉诏出征:"莫嫌旧日云中守,犹堪一战取功勋。"诗中既表现了老将的令人感动的爱国精神,又指责了封建统治者对一个身经百战的将军的冷漠无情,抒发了他仕途失意的不满。

在《济上四贤咏》里,他赞扬了"少年曾任侠,晚节更为儒"

的崔录事,"使气公卿座,论心游侠场"的成文学,和"著书盈万言"、"饮水必清源"的郑、霍二山人。他们都是"解印归田里"或"中年不得意"的有志之士,诗里有意识地把他们正直高尚的形象和那些"幸有先人业,早蒙明主恩"的"翩翩繁华子"作对比,指谪了当时社会的不合理的一面。《寓言》二首也是这一类的诗。

王维善于描写自然景物的艺术才能,在前期的诗里已经有了出色的表现。例如:"宛洛望不见,秋霖晦平陆。田父草际归,村童雨中牧"(《宿郑州》)。"天寒远山净,日暮长河急"(《齐州送祖三》)等诗句,或以素描见长,或以刻画见工。特别是他的《使至塞上》:

单车欲问边,属国过居延。征蓬出汉塞,归雁入胡天。大漠孤烟直,长河落日圆。萧关逢候骑,都护在燕然。

全篇气势流畅,"大漠"两句写景尤为壮丽。《出塞作》的"暮云空碛时驱马,秋日平原好射雕",气象也很开阔。

王维后期的诗,主要是写隐居终南、辋川的闲情逸致的生活。例如:

斜光照墟落,穷巷牛羊归。野老念牧童,倚杖候荆扉。雉雊麦苗秀,蚕眠桑叶稀。田父荷锄至,相见语依依。即此羡闲逸,怅然吟式微。

——《渭川田家》

中岁颇好道,晚家南山陲。兴来每独往,胜事空自知。行到水穷处,坐看云起时。偶然值林叟,谈笑无还期。
——《终南别业》

前诗所描绘的薄暮农村的景色气氛,以及那种游离于现实之外的优闲情调,都使我们很自然地联想到王绩的《野望》。后一首中"行到水穷处,坐看云起时"两句,曾经被人认为是最得理趣的名句,但这不过是他观赏流水行云时所流露出来的"万事不关心"的生活情趣罢了。

他后期诗中最为人们称道的《辋川集》绝句,尤其值得我们注意:

新家孟城口,古木馀衰柳。来者复为谁?空悲昔人有。
——《孟城坳》
空山不见人,但闻人语响。返景入深林,复照青苔上。
——《鹿柴》
独坐幽篁里,弹琴复长啸。深林人不知,明月来相照。
——《竹里馆》
木末芙蓉花,山中发红萼。涧户寂无人,纷纷开且落。
——《辛夷坞》
古人非傲吏,自阙经世务。偶寄一微官,婆娑数株树。
——《漆园》

像《鹿柴》这样的诗,如果单独地来看,所写的空山中偶然听到的人声,深林里偶然照到青苔上的一缕斜阳,的确能给人一种无比清幽的美感。《竹里馆》、《辛夷坞》也同样写得很幽美。但是,我们如果把"空山不见人"、"深林人不知"、"涧户寂无

47

人"等句联系起来,就不能不惊讶诗人感情的幽冷和孤独了。无怪胡应麟要说《辛夷坞》是"入禅"之作,"读之身世两忘,万念皆寂"(《诗薮》)了。至于《孟城坳》一首,从为辋川别墅过去的主人宋之问感叹,联想到自己也不能和辋川山水同在,更表现了他这个庄园主人空虚没落的心情。《漆园》一首中,他以自己亦官亦隐、"无可无不可"的萧散优游的自画像来代替古人心目中的漆园傲吏的形象,思想也同样是消极的。这些诗在艺术上的成功,并不能掩饰他思想上的严重缺点。

王维后期的诗,在他诗集里占有大半数的篇幅,他的山水田园的名篇如《田园乐七首》、《过香积寺》、《鸟鸣涧》、《积雨辋川庄》等,都是归隐以后的作品,都在闲静孤寂的景物中流露了对现实非常冷漠的心情。至于《夏日青龙寺谒操禅师》、《谒璿上人》等充满佛家空无寂灭的唯心哲理的诗篇,就更不必说了。但是,他后期这些几乎和现实生活绝缘的、"萎弱少骨气"的山水田园诗,却因为和后代文人们的消极思想发生共鸣,受到许多文人无保留的赞美。有人甚至推尊他为"诗佛",以与"诗仙"李白、"诗圣"杜甫相并提,但在文学史的总体评价上,他很难与李、杜等量齐观。

当然,他后期的山水田园诗里,也有少数诗篇,佛老消极思想流露得比较少,并且具有一定的活泼自然的生活气息。例如《春中田园作》:

  屋上春鸠鸣,村边杏花白。持斧伐远扬,荷锄觇泉脉。归燕识故巢,旧人看新历。临觞忽不御,惆怅远行客。

写农民们心情愉快地迎接春天的欣欣向荣的气象,是很动人的。其他如《山居秋暝》、《送梓州李使君》等,也是较有生气的好诗。

王维还写过一些著名的赠别朋友的抒情绝句。例如以下两首:

渭城朝雨浥轻尘,客舍青青柳色新。劝君更尽一杯酒,西出阳关无故人。

——《渭城曲》

杨柳渡头行客稀,罟师荡桨向临圻。惟有相思似春色,江南江北送君归。

——《送沈子福归江东》

前一首被谱成《阳关三叠》的送行乐曲,早就成为众所周知的名作。后一首把对朋友惜别的心情,比作遮拦不住的江南江北的春色,想象也非常新鲜。两诗的思想感情也是健康自然的。《云溪友议》记载盛唐音乐家李龟年在安史乱后流落江南所唱的"红豆生南国"、"清风明月苦相思"两首诗,也是王维写爱情的名作。

王维的诗在艺术上有很高的成就。从前面所举的那些山水田园诗,我们可以看到他既能概括地写雄奇壮阔的景物,又能细致入微地刻画自然事物的动态。正因为他观察自然的艺术本领很高,所以他能够巧妙地捕捉适于表现他生活情趣的种种形象,构成独到的意境。以《山居秋暝》这首名作为例:

> 空山新雨后,天气晚来秋。明月松间照,清泉石上流。竹喧归浣女,莲动下渔舟。随意春芳歇,王孙自可留。

这里,空山雨后的秋凉,松间明月的清光,石上清泉的声音,浣纱归来的女孩子们在竹林里的笑声,小渔船缓缓地穿过荷花的动态,和谐完美地融合在一起,给人一种丰富新鲜的感受。它好像一只恬静优美的抒情乐曲,又像一幅清新秀丽的山水画。《东坡志林》说:"味摩诘之诗,诗中有画;观摩诘之画,画中有诗。"的确说出了王维山水诗最突出的艺术特色。像"日隐桑柘外,河明闾井间"(《淇上即事田园》),"渡头馀落日,墟里上孤烟"(《辋川闲居赠裴秀才迪》)等,取景上深具画家构图的匠心。而"开畦分白水,间柳发红桃"(《春园即事》),"漠漠水田飞白鹭,阴阴夏木啭黄鹂"(《积雨辋川庄》)等,更表现了画面色彩映衬的优美。他的诗既有陶诗浑融完整的意境,又有谢诗精工刻画的描写。语言也高度清新洗炼,朴素之中有润泽华采。的确深得陶诗"清腴"的特色(沈德潜《说诗晬语》)。

正因为他的山水诗在艺术上有这样高的成就,所以在当时和后代取得了很高的声誉,同时也产生了较大的影响。

其他的山水田园诗人,成就都不够高。

储光羲(707—760?)的田园诗,曾被人认为得陶诗之质朴,但这只是看到他诗的表面。例如《田家即事》:

> 蒲叶日已长,杏花日已滋。老农要看此,贵不违天时。迎晨起饭牛,双驾耕东菑。蚯蚓土中出,田乌随我飞。群合乱啄噪,嗷

嗷如道饥。我心多恻隐,顾此两伤悲。拨食与田乌,日暮空筐归。亲戚更相诮,我心终不移。

诗的前半,的确写得朴素真切,具有一定特色。但后段写"拨食与田乌"的"恻隐"之心,却很无聊。《田家杂兴》八首,其中也有一些朴实可喜的片段,但是像"既念生子孙,方思广田圃"等诗句,却流露了相当庸俗的地主意识。倒是《钓鱼湾》小诗还清新可喜。

常建(708—765?)的山水诗艺术上比较完整,但意境非常孤僻。《题破山寺后禅院》是他的名作:

清晨入古寺,初日照高林。曲径通幽处,禅房花木深。山光悦鸟性,潭影空人心。万籁此都寂,但馀钟磬音。

其他诗如"松际露微月,清光犹为君"(《宿王昌龄隐处》),"夜久潮侵岸,天寒月近城"(《泊舟盱眙》),都是他的名句。

祖咏(生卒年不详)的山水田园诗,只有《终南积雪》那首应试诗传诵较广。但从他的《清明宴司勋刘郎中别业》诗"田家复近臣,行乐不违亲"等句,可以看出他们诗中所说的"田家",往往是住在农村的地主官僚。裴迪(生卒年不详)和王维在辋川唱和的诗颇为人们所注意,但是除了"好闲早成性"(《漆园》)的思想和王维合拍而外,在艺术上就相形见绌了。

第三章 盛唐边塞诗人

隋唐以来一百几十年中,由于边境战争的频繁,疆土的扩大,以及民族经济、文化的交流,人们对边塞生活渐渐关心,对边塞的知识也丰富了,他们对边塞不仅不感到那么荒凉可怕,而且还感到新奇。一部分仕途失意的文人,更把立功边塞当作求取功名的新出路。

在这些社会历史条件下,从隋代以来,边塞诗不断增多,四杰和陈子昂对边塞诗又有新的发展。到盛唐时期,边塞生活已经成为诗人们共同注意的主题。但在这方面成就最高的是有边塞生活体验的高适和岑参,王昌龄、李颀等也有值得注意的成绩。他们从各方面深入表现边塞生活,在艺术上也有新的创造,大大地促进了盛唐诗歌的繁荣。但上述诗人的优秀作品也并不限于边塞诗。

第一节 高 适

高适(702?—765),字达夫,史称渤海蓨(今河北沧县)人,似指其郡望。二十岁曾到长安,求仕不遇。于是北上蓟门,漫游燕赵,想在边塞寻求报国立功的机会,也没有找到出路。此后,他在梁宋一带过了十几年"混迹渔樵"的贫困流浪生活。这一时期,他曾经和李白、杜甫在齐赵一带饮酒游猎,怀古赋诗。天宝八载,他已经将近五十岁,才由宋州刺史张九皋推荐,举有道科,任封丘尉。他不甘作这个"拜迎长官"、"鞭挞黎庶"的小官,因弃官客河西,由于河西节度使哥舒翰的推荐,掌幕府书记。安禄山之乱发生,他被拜为左拾遗,转监察御史,佐哥舒翰守潼关。潼关失守后,他奔赴行在,见玄宗陈述军事,得到玄宗、肃宗的重视,连续升迁,官至淮南、剑南西川节度使,最后任散骑常侍,死于长安。

高适诗中的优秀作品大多数都作于北上蓟门、浪游梁宋时期。《旧唐书》说他"年过五十,始留意诗什",并不符合事实。

他是一个"喜言王霸大略,务功名,尚节义"的诗人。在蓟门所写的《塞上》诗里,他对当时的边事表示了深深的忧虑:"边尘满北溟,虏骑正南驱。转斗岂长策?和亲非远图。"同时,他表示了"常怀感激心,愿效纵横谟"的功业抱负。在《塞下曲》里,他更豪迈地说:"万里不惜死,一朝得成功,画图麒麟阁,入朝明光宫。大笑向文士,一经何足穷。古人昧此道,往往成老翁。"但是,他的壮志落空了。他的《蓟中作》说:"岂无安边书?诸将已承恩。惆怅孙吴事,归来独闭门。"

更值得注意的是他在蓟门时期,对边塞士卒的生活有了实际的观察。在《蓟门五首》中,他描写了士卒的游猎生活,也歌颂了士卒们在战斗中的英勇精神:"胡骑虽凭陵,汉兵不顾身!"但是他对士卒的久戍不归,也表示同情:"羌胡无尽日,征战几时归?"当他把士卒的生活和降虏的生活作比较后,他更感到非常愤慨:"士卒厌糟糠,降胡饱衣食。关亭试一望,长欲涕沾臆!"他后来回到梁宋时,还对一个在军中任职的朋友指责这种纵容降虏,养痈遗患的政策,并且希望朋友把他的意见转达帅府(见《睢阳酬别畅大判官》一诗)。

开元二十六年,他在梁宋创作了他边塞诗中最杰出的代表作《燕歌行》:

> 汉家烟尘在东北,汉将辞家破残贼。男儿本自重横行,天子非常赐颜色。摐金伐鼓下榆关,旌旆逶迤碣石间。校尉羽书飞瀚海,单于猎火照狼山。山川萧条极边土,胡骑凭陵杂风雨。战士军前半死生,美人帐下犹歌舞。大漠穷秋塞草腓,孤城落日斗兵稀。身当恩遇常轻敌,力尽关山未解围。铁衣远戍辛勤久,玉箸应啼别离后。少妇城南欲断肠,征人蓟北空回首。边风飘飖那可度,绝域苍茫更何有?杀气三时作阵云,寒声一夜传刁斗。相看白刃血纷纷,死节从来岂顾勋。君不见沙场征战苦,至今犹忆李将军。

开元二十六年,御史大夫兼河北节度副大使张守珪的部将在和叛变的奚族人作战中打了一次败仗,"守珪隐其败状,而妄奏克获之功"(见《旧唐书·张守珪传》)。从诗的序来看,这首诗和张守珪的事是有关系的,但诗中所写的也并不完全是这次战役,而是融合他在蓟门的见闻,以更高的艺术概括,表现他对战士们的深刻同情。他热情地歌颂了战士们英勇爱国的精神,描写了战斗的激烈和艰苦,并且以"战士军前半死生,美人帐下犹歌舞"这样沉痛的诗句,揭露了将军和士兵苦乐悬殊的生活以及他们对卫国战争的不同态度。也描绘了战局的危险和战士们思念亲人的复杂心情。"相看白刃"两句,在表现战士们英勇无私的爱国精神的同时,也对"妄奏克获之功"的张守珪作了委婉的讽刺。结尾回忆李广,希望将军体恤士卒,点出了全诗的主题。诗的思想内容极为复杂,但写得宾主分明。错综交织的诗笔,把荒凉绝漠的自然环境,如火如荼的战争气氛,士兵在战斗中复杂变化的内心活动融合在一起,形成了全诗雄厚深广、悲壮淋漓的艺术风格。全诗四句或八句一转,虽语多对偶而能避免整齐呆板的缺点,显出跳跃奔放的气势,也很有创造性。不愧是唐代边塞诗中的现实主义的杰作。

高适在浪游梁宋到作封丘尉的时期,他的作品内容相当丰富。其中有些作品深入地反映了农民的疾苦。例如《自淇涉黄河途中作》的第九首:

> 朝从北岸来,泊船南河浒。试共野人言,深觉农夫苦。去秋虽薄熟,今夏犹未雨。耕耘日勤劳,租税兼乌卤。园蔬空寥落,产业不足数。尚有献芹心,无因见明主。

这里揭示了人民在旱灾和赋税压迫下贫困萧条的生活景象。《东平路中遇大水》描写农村的水灾景象,更令人惊心骇目:"傍沿巨野泽,大水纵横流。虫蛇拥独树,麋鹿奔行舟。稼穑随波澜,西成不可求。室居相枕藉,蛙黾声啾啾。乃怜穴蚁漂,益羡云禽游。农夫无倚着,野老生殷忧。"在开元时代诗坛上,高适是首先接触到农民疾苦的诗人。这些诗使我们看到了"开元盛世"的阴暗面。诗人在梁宋时期的生活是贫困的:"兔苑为农岁不登,雁池垂钓心长苦。"(《别韦参军》)这就是他所以能够关怀民生疾苦的生活基础。

正是由于他这一段贫困沉沦的生活体验,所以他在作封丘县尉以后,目睹官场现实,就不忍心作这种压迫人民的官吏,写下了他的名作《封丘县》:

> 我本渔樵孟诸野,一生自是悠悠者。乍可狂歌草泽中,宁堪作吏风尘下?只言小邑无所为,公门百事皆有期。拜迎长官心欲碎,鞭挞黎庶令人悲。归来向家问妻子,举家尽笑今如此。生事应须南亩田,世情付与东流水。梦想旧山安在哉?为衔君命且迟回。乃知梅福徒为尔,转忆陶潜归去来。

他不肯"拜迎长官",不能忍受小官吏的那种羁束和卑辱的生活,是受了嵇康、陶潜思想的影响。不愿意"鞭挞黎庶",不作统治阶级直接压迫剥削人民的爪牙,则是他从切身体验中产生的宝贵的思想。这里我们清晰地看到他和人民有着思想感情上的联系。他的《同颜少府旅宦秋中》诗说:"不是鬼神无正直,从来州县有瑕疵。"也是对州县官吏生活感到痛心的肺腑之言。但是,他在《过卢明府有赠》等诗中,对比较爱护人民的州县官吏也有由衷的赞美。

高适在梁宋时期,虽然生活贫困,作风却非常豪侠浪漫。他的名篇《邯郸少年行》、《古大梁行》等都充满豪士侠客的肝胆意气。就是赠别朋友的一些诗也写得豪迈动人。如《别韦参军》:"丈夫不作儿女别,临歧涕泪沾衣巾。"又如《别董大》:"莫愁前路无知己,天下谁人不识君?"这类诗,和他的边塞诗一样,也为当时和后代人所传诵。

安史乱后,他官位日高,好诗渐少。但是像《酬裴员外以诗代书》《人日寄杜二拾遗》等篇,仍然保持着前期的诗风。

总的来说,他的诗歌是现实主义多于浪漫主义。风格雄厚浑朴,笔势豪健。殷璠《河岳英灵集》说他的诗"多胸臆语,兼有气骨,故朝野通赏其文"。杜甫说他的诗"方驾曹刘不啻过"(《奉寄高常侍》),并且赞美他的诗才如"骅骝开道路,鹰隼出风尘"(《奉简高三十五使君》)。这都很切合他的诗风。

第二节 岑 参

岑参(715—770),南阳人。出身于官僚家庭,曾祖父、伯祖父、伯父都官至宰相。父亲也两任州刺史。但父亲早死,家道衰落。他自幼从兄受书,遍读经史。二十岁至长安,献书求仕。以后曾北游河朔。三十岁举进士,授兵曹参军。天宝八载,充安西四镇节度使高仙芝幕府书记,赴安西,十载回长安。十三载又作安西北庭节度使封常清的判官,再度出塞。安史乱后,至德二载才回朝。前后两次在边塞共六年。他的诗说:"万里奉王事,一身无所求。也知边塞苦,岂为妻子谋。"(《初过陇山途中呈宇文判官》)又说:"侧身佐戎幕,敛衽事边陲。自随定远侯,亦着短后衣。近来能走马,不弱幽并儿。"(《北庭西郊候封大夫受降回军献上》)可以看出他两次出塞都是颇有雄心壮志的。他回朝后,由杜甫等推荐任右补阙,以后转起居舍人等官职,大历元年官至嘉州刺史。以后罢官,客死成都旅舍。

岑参的诗题材很广泛,除一般感叹身世、赠答朋友的诗外,他出塞以前曾写了不少山水诗。诗风颇似谢朓、何逊,但有意境新奇的特色。像殷璠《河岳英灵集》所称道的"山风吹空林,飒飒如有人"(《暮秋山行》),"长风吹白茅,野火烧枯桑"(《至大梁却寄匡城主人》)等诗句,都是诗意造奇的例子。杜甫也说"岑参兄弟皆好奇"(《渼陂行》),所谓"好奇",就是爱好新奇事物。

自出塞以后,在安西、北庭的新天地里,在鞍马风尘的战斗生活里,他的诗境空前开扩了,爱好新奇事物的特点在他的创作里有了进一步的发展,雄奇瑰丽的浪漫色彩,成为他边塞诗的主要风格。

天宝后期,唐帝国内政已极腐败,但在安西边塞,兵力依然相当强大。岑参天宝十三载写的《北庭西郊候封大夫受降回军献上》一诗就曾经描写了当时唐军的声威:"胡地苜蓿美,轮台征马肥。大夫讨匈奴,前月西出师。甲兵未得战,降虏来如归。橐驼何连连,穹帐亦累累。阴山烽火灭,剑水羽书稀。"这种局面一直保持到安史之乱发生。岑参的边塞诗就是在这个形势下产生的。

《走马川行奉送出师西征》是岑参边塞诗中杰出代表作之一:

> 君不见走马川行雪海边,平沙莽莽黄入天。轮台九月风夜吼,一川碎石大如斗,随风满地石乱走。匈奴草黄马正肥,金山西见烟尘飞,汉家大将西出师。将军金甲夜不脱,半夜军行戈相拨,风头如刀面如割。马毛带雪汗气蒸,五花连钱旋作冰,幕中草檄砚水凝。虏骑闻之应胆慑,料知短兵不敢接,车师西门伫献捷。

这首诗是写封常清的一次西征。诗人极力渲染朔风夜吼,飞沙走石的自然环境,和来势逼人的匈奴骑兵,有力地反衬出"汉家大将西出师"的声威。"将军金甲"三句更写出军情的紧急,军纪的严明,用偶然听到的"戈相拨"的声音来写大军夜行,尤其富有极强的暗示力量,对照着前面敌人来势汹汹的描写,唐军这样不动声色,更显得猛悍精锐。"马毛带雪"三句写塞上严寒,也显出唐军勇敢无畏的精神。诗里虽然没有写战斗,但是上面这些描写烘托却已饱满有力地显出胜利的必然之势。因此结尾三句预祝胜利的话就是画龙点睛之笔。这篇诗所用的三句一转韵的急促的节奏,和迅速变化的军事情势也配合得很好。

《轮台歌奉送封大夫出师西征》也是写唐军出征的:"上将拥旄西出征,平明吹笛大军行。四边伐鼓雪海涌,三军大呼阴山动。"这是白昼的出师,因此写法也和前诗写夜行军不同。前诗是衔枚疾走,不闻人声,极力渲染自然;这首诗却极力渲染吹笛伐鼓,三军大呼,让军队声威压倒自然。不同的手法,却表现出唐军英勇无敌的共同精神面貌。

《白雪歌送武判官归京》可以说是和前两诗鼎足而三的杰作:

北风卷地白草折,胡天八月即飞雪。忽如一夜春风来,千树万树梨花开。散入珠帘湿罗幕,狐裘不暖锦衾薄;将军角弓不得控,都护铁衣冷难着。瀚海阑干百丈冰,愁云惨淡万里凝。中军置酒饮归客,胡琴琵琶与羌笛。纷纷暮雪下辕门,风掣红旗冻不翻。轮台东门送君去,去时雪满天山路。山回路转不见君,雪上空留马行处。

这首诗写的是军幕中的和平生活。一开始写塞外八月飞雪的奇景,出人意表地用千树万树梨花作比喻,就给人蓬勃浓郁的无边春意的感觉。以下写军营的奇寒,写冰天雪地的背景,写饯别宴会上的急管繁弦,处处都在刻画异乡的浪漫气氛,也显示出客中送别的复杂心情。最后写归骑在雪满天山的路上渐行渐远地留下蹄印,更交织着诗人惜别和思乡的心情。把依依送别的诗写得这样奇丽豪放,正是岑参浪漫乐观的本色。

岑参还有不少描绘西北边塞奇异景色的诗篇。像《火山云歌送别》的"火山突兀赤亭口,火山五月火云厚。火云满天凝未开,飞鸟千里不敢来",读之好像炎热逼人。《热海行送崔侍御还京》更充满奇情异采:

侧闻阴山胡儿语:西头热海水如煮。海上众鸟不敢飞,中有鲤鱼长且肥。岸傍青草常不歇,空中白雪遥旋灭。蒸沙烁石燃虏云,沸浪炎波煎汉月……

这是少数民族的神话,经"好奇"的浪漫诗人加以渲染,更把我们带进了一个不可思议的新奇世界。

他的诗歌中有关边塞风习的描写,也很引人注目。这里军营生活的环境是:"雨拂毡墙湿,风摇毳幕膻"(《首秋轮台》);将军幕府中的奢华生活的陈设是:"暖屋绣帘红地炉,织成壁衣花氍毹。灯前侍婢泻玉壶,金铛乱点野驼酥"(《玉门关盖将军歌》);这里的歌舞宴会的情景是:"琵琶长笛齐相和,羌儿胡雏齐唱歌,浑炙犁牛烹野驼,交河美酒金叵罗"(《酒泉太守席上醉后作》),"曼脸娇娥纤复秾,轻罗金缕花葱茏。回裙转袖若飞雪,左鋋右鋋生旋风"(《田使君美人舞如莲花北鋋歌》)。这些都是习于中原生活的岑参眼中的新鲜事物。更值得注意的是他诗中还反映了各族人之间互来往,共同娱乐的动人情景:"军中置酒夜挝鼓,锦筵红烛月未午。花门将军善胡歌,叶河蕃王能汉语"(《与独孤渐道别长句兼呈严八侍御》);"九月天山风似刀,城南猎马缩寒毛。将军纵博场场胜,赌得单于貂鼠袍"(《赵将军歌》)。

岑参也写过一些在边塞怀土思亲的诗歌,如为后人传诵的《逢入京使》:

> 故园东望路漫漫,双袖龙钟泪不干。马上相逢无纸笔,凭君传语报平安。

事情很平凡,情意却很深厚。而他的《发临洮将赴北庭留别》一诗:

> 闻说轮台路,年年见雪飞。春风曾不到,汉使亦应稀。白草通疏勒,青山过武威。勤王敢道远,私向梦中归。

更表现了他把国事放在首位的动人心情。

安史乱后,他虽然也在《行军二首》等个别诗篇中,发出了一些伤时悯乱的感慨,但比之前面说的那些边塞诗,就未免有些逊色了。他的《西蜀旅舍春叹寄朝中故人呈狄评事》诗说:

"四海犹未安,一身无所适。自从兵戈动,遂觉天地窄。"这种心情也可以说明他浪漫豪情消失,对安史之乱反映得很少的原因。

岑参的诗歌,以慷慨报国的英雄气概和不畏艰苦的乐观精神为其基本特征,这和高适是一致的。所不同的是他更多地描写边塞生活的丰富多采,而缺乏高适诗中那种对士卒的同情。这主要是因为他的出身和早年经历和高适不同。

岑参的诗,富有浪漫主义的特色:气势雄伟,想象丰富,色彩瑰丽,热情奔放,他的好奇的思想性格,使他的边塞诗显出奇情异彩的艺术魅力。他的诗,形式相当丰富多样,但最擅长七言歌行。有时两句一转,有时三句、四句一转,不断奔腾跳跃,处处形象丰满。在他的名作《凉州馆中与诸判官夜集》等诗中,我们还可以看出他也很注意向民歌学习。

杜确《岑嘉州诗集序》说他的诗"每一篇绝笔,则人人传写,虽闾里士庶,戎夷蛮貊,莫不讽诵吟习焉"。可见他的诗当时流传之广,不仅雅俗共赏,而且还为各族人民所喜爱。殷璠、杜甫在他生前就称赞过他的诗。宋代爱国诗人陆游更说他的诗"笔力追李杜"(《夜读岑嘉州诗集》)。评价虽或过当,岑诗感人之深却可以由此想见。

第三节 王昌龄、李颀等诗人

王昌龄(约698—757),字少伯,长安人。开元十五年进士,二十二年中宏词科。初补秘书郎,调汜水尉,谪岭南。后任江宁丞,又因事贬龙标尉,世称王江宁、王龙标。后弃官隐居江夏,安史乱后为刺史闾丘晓所杀,结局很悲惨。

王昌龄的边塞诗,大部分都是用乐府旧题抒写战士爱国立功和思念家乡的心情。诗体多用易于入乐的七绝。和高、岑多用七言古诗不同。

他的《从军行》向来被推为边塞的名作。其中有的诗写出了战士爱国的壮志豪情:

> 青海长云暗雪山,孤城遥望玉门关。黄沙百战穿金甲,不破楼兰终不还。
>
> 大漠风尘日色昏,红旗半卷出辕门。前军夜战洮河北,已报生擒吐谷浑。

前诗借雪山、孤城作背景,有力地显示出身经百战,金甲磨穿的战士们誓扫楼兰的决心。后诗极力刻画战士们将上战场时听到前军捷报的情景,透露了他们更加振奋的心情。有的诗则抒写了战士们长期戍边难免要产生的"边愁":

> 烽火城西百尺楼,黄昏独坐海风秋。更吹羌笛关山月,无那金闺万里愁。
>
> 琵琶起舞换新声,总是关山离别情。撩乱边愁听不尽,高高秋月照长城。

两诗都是写听乐曲引起愁思,善于融合情景。前诗由高楼黄昏的海风,烘托出乐曲引起的万里相思的情感,是融景入情;后诗借长城月夜的苍凉景色来衬托乐曲的离别之思,是融情入景。这些诗写的虽是"边愁",但意境雄浑开扩,情调激越悲凉,绝不是寻常温柔缱绻的儿女之情。

他的《出塞》诗曾被推为唐人七绝的压卷之作:

> 秦时明月汉时关,万里长征人未还。但使龙城飞将在,不教胡马度阴山。

诗人准确而真实地表达了士兵们共同的愿望:希望国家将帅任用得人,边防巩固,使他们能够获得和平的生活。"秦时明月汉时关"两句,不仅意境高远,而且以自秦汉以来边塞战争连续不断、无数兵士不得生还的历史,引起人们无限的沉思。因此三、四两句所表示的愿望也就显得深沉含蓄,耐人反复吟味。

除上举七绝外,他的五古《代扶风主人答》写一个战士垂老还家的痛苦,情节颇似鲍照的《代东武吟》。其中"去时三十万,独自还长安。不信沙场苦,君看刀箭瘢"。尤其为殷璠所称道。

他描写宫女、思妇的一些小诗,也很出色,如《长信秋词》:

> 奉帚平明金殿开,暂将团扇共徘徊。玉颜不及寒鸦色,犹带昭阳日影来。
>
> 真成薄命久寻思,梦见君王觉后疑。火照西宫知夜饮,分明复道奉恩时。

这里寒鸦背上带来的昭阳日影,梦后西宫夜宴的灯火,都交织着宫女们的希望和失望的心情。他正是从这些日常生活的细微感觉中,揭示了宫女们悠长而深刻的内心痛苦。《闺怨》诗的"忽见陌头杨柳色,悔教夫婿觅封侯",从当前的感受引起往事,以矛盾的心情表达怨思,更觉深刻宛转,体贴入微。此外如《芙蓉楼送辛渐》、《听流人水调子》等也是他的七绝名篇。

七言绝句亦源于民歌,魏晋之《行者歌》、《豫州歌》都是句句用韵的七言小诗。宋汤惠休的《秋思引》是最早的文人七言小诗,第三句已不用韵。梁陈北朝,作者渐多,萧纲的《夜望单飞雁》、魏收的《挟琴歌》、庾信的《代人伤往》都比较著名。隋无名氏《送别诗》,平仄已暗合规格。初唐偶作者颇多,但成就不高。盛唐作者辈出,乐府唱词,也主要用绝句。而王昌龄对七绝用力最专,成就最高,后代称为"七绝圣手"。由于他善于捕捉典型的情景,善于概括和想象,语言圆润蕴藉,音调和谐宛转,民歌气息很浓。所以他写传统的主题,能令读者感到意味深长,光景常新。

李颀(生卒年不详),东川(四川三台)人。开元十三年进士,曾任新乡尉。久未迁调,归东川别业过炼丹求仙的隐居生活。高适、王昌龄、王维、崔颢都是他的朋友。

他的诗内容也比较多方面,边塞诗虽不很多,但成就却最为突出。《古意》一首说:

> 男儿事长征,少小幽燕客。赌胜马蹄下,由来轻七尺。杀人莫敢前,须如猬毛磔。黄云陇底白云飞,未得报恩不得归。辽东小妇

年十五,惯弹琵琶解歌舞。今为羌笛出塞声,使我三军泪如雨。

诗里写少年英勇豪侠,渴望立功的气概,虎虎如生。结尾听歌落泪的描写,在悲伤之中仍不失豪侠浪漫的气息。诗风在豪壮中略带苍凉。《古从军行》一篇,更是他边塞诗中的杰出代表作:

白日登山望烽火,黄昏饮马傍交河。行人刁斗风沙暗,公主琵琶幽怨多。野云万里无城郭,雨雪纷纷连大漠。胡雁哀鸣夜夜飞,胡儿眼泪双双落。闻道玉门犹被遮,应将性命逐轻车。年年战骨埋荒外,空见蒲萄入汉家。

诗题是《古从军行》,诗中"玉门被遮"、"公主琵琶"、"蒲萄入汉"的故事,都出自《史记·大宛列传》,诗人显然是用托古讽今的手法来反映现实。诗中不仅对胡汉双方士兵怨恨战争的心情有真切的描绘,而且还尖锐地提出了统治阶级争权夺利的战争对谁有利的问题。结尾两句,尤其写得警辟深刻,动人心弦。这首诗思想的深刻、感情的沉痛、章法的整饬、音韵的宛转,都有近似高适之处。

李颀还有一些赠别朋友的诗,颇能刻画出朋友的独特性格。如写草圣张旭"左手持蟹螯,右手执丹经。瞪目视霄汉,不知醉与醒"(《赠张旭》)的兀傲狂放的形象,和杜甫《饮中八仙歌》中所写的张旭形象异曲同工。其他如写梁锽,写陈章甫都有一种落魄而又气概轩昂的性格,能给人鲜明的印象。从这些朋友的形象中,我们也可以看到李颀本人性格豪侠热情的一面。

李颀有两首写听音乐的诗,也颇为后人所传诵。特别是《听董大弹胡笳声兼寄语弄房给事》一诗,在刻画胡笳的情调、意境上,比喻形容极富于变化:

> ……董夫子,通神明,深林窃听来妖精。言迟更速皆应手,将往复旋如有情。空山百鸟散还合,万里浮云阴复晴。嘶酸雏雁失群夜,断绝胡儿恋母声。川为净其波,鸟亦罢其鸣。乌孙部落家乡远,逻娑沙尘哀怨生。幽音变调忽飘洒,长风吹林雨堕瓦。迸泉飒飒飞木末,野鹿呦呦走堂下……

在诗里,真境和幻景缤纷交织,听觉和视觉恍惚难分,弹者和听者的心情完全交融在一起,使人惊讶音乐家艺术的魅力。另一首《听安万善吹觱篥歌》,其形容比喻的奇妙变化,也和此诗约略相似。正因为李颀很关心和理解边塞生活,所以他描写这些反映边塞生活的音乐也如此动人。这里,我们还可以看到民族文化交流对唐诗发展的积极影响。

盛唐诗中七言律诗数量不多,成功的作品为数更少。但李颀的《送魏万之京》等诗却写得格律谨严,韵味婉厚,颇为后代评论家所赞美。不过他的七律总共不过七首,内容也比较单纯,还看不出他在这方面的创造变化。

盛唐时代还有一些以边塞诗闻名的诗人。

王之涣(688—742)是一个年辈较老的盛唐边塞诗人,可惜诗篇遗留下来的极少。但《凉州词》一首却是"传乎乐章,布

在人口"(《唐故文安郡文安县太原王府君幕志铭并序》)的名作:

> 黄河远上白云间,一片孤城万仞山。羌笛何须怨杨柳,春风不度玉门关。

诗中以塞外荒寒壮阔的背景,以及羌笛所吹的《折杨柳》乐曲,透露出征人久戍思家的哀怨,表现了对戍卒的深厚同情。后两句尤其含蓄双关,宛转深刻。他的另一名作是《登鹳雀楼》:

> 白日依山尽,黄河入海流。欲穷千里目,更上一层楼。

寥寥二十字写出落日山河的苍茫壮阔景色,以及登高望远、极目骋怀的一片雄心。诗思高远,很富于启示性。

王翰(生卒年不详)的《凉州词》也很驰名:

> 葡萄美酒夜光杯,欲饮琵琶马上催。醉卧沙场君莫笑,古来征战几人回?

诗里极写将军正要纵情痛饮却被催走上战场时的复杂心情。诗中流露出了一种深沉的忧郁感伤。

崔颢(704—754),"少年为诗,属意浮艳,多陷轻薄,晚节忽变常体,风骨凛然。一窥塞垣,说尽戎旅"(殷璠语)。他的边塞诗,题材风格颇有特色。例如《赠王威古》:

> 三十羽林将,出身常事边。春风吹浅草,猎骑何翩翩。插羽两相顾,鸣弓新上弦。射麋入深谷,饮马投荒泉。马上共倾酒,野中聊割鲜。相看未及饮,杂虏寇幽燕。烽火去不息,胡尘高际天。长驱救东北,战解城亦全。报国行赴难,古来皆共然。

这首诗和他另一首《古游侠呈军中诸将》,都颇似曹植的《白马篇》、《名都篇》,着力于人物意气风度的描绘。诗中春草射猎,野中割鲜的场面,尤其写得从容闲暇,富有生气。他的《雁门胡人歌》,写秋日出猎,山头野烧的代北景色以及胡人在和平时期从容醉酒的风习,也很新鲜别致。此外,他的名作《黄鹤楼》七律,抒发登临吊古、怀土思乡的心情,颇有豪放不羁的气概。

这里,我们还要提到天宝时期的刘湾和张谓。他们在天宝后期政治腐败、阶级矛盾尖锐的情况下,以相当鲜明尖锐的诗笔,写出了和上述边塞诗风格不同的新作。

刘湾的《出塞曲》,写一个应募从军的并州少年,最初幻想"百战争王公",后来在"去年桑乾北,今年桑乾东"的连年转战过程中,终于认识到封建统治者所设的骗局:"死是征人死,功是将军功!"这样一针见血的大胆揭露,在他以前的边塞诗中的确是罕见的。晚唐曹松的名句:"凭君莫话封侯事,一将功成万骨枯。"(《己亥岁二首》)正是从他这里脱胎变化的。

张谓的《代北州老翁答》,殷璠《河岳英灵集》曾提到,可知是天宝十二载以前的作品:

> 负薪老翁住北州,北望乡关生客愁。自言老翁有三子,两人

已向黄沙死。如今小儿新长成,明年闻道又征兵。定知此别必零落,不及相随同死生。尽将田宅借邻伍,且复伶俜去乡土。在生本求多子孙,及有谁知更辛苦。近传天子尊武臣,强兵直欲静胡尘。安边自合有长策,何必流离中国人!

诗中所述战争兵役给人民带来破产流亡,使我们想起杜甫在天宝十一载所作的《兵车行》。这也是前期边塞诗没有接触到的主题。朴质鲜明的自白,没有更多的渲染烘托。也是一种新的风格。

盛唐边塞诗人和山水田园诗人,虽然都没有提出各自的创作主张,但在创作实践上俨然是两个不同的流派。从思想内容到艺术形式,从题材到诗体,都各有特色,各有专长。对后代的影响也不同。

第四章 伟大的浪漫主义诗人李白

　　李白是盛唐诗坛的代表作家,同时也是我国文学史上继屈原之后又一伟大的浪漫主义诗人。在他的诗中,浪漫主义精神和浪漫主义的表现手法达到了高度的统一。他生活的时代主要是开元、天宝的四十多年,即所谓"盛唐"时期。这是唐帝国空前繁荣强盛却又潜伏着滋长着各种社会矛盾和危机的时代。这一时代特点,结合着他的独特的生活经历和思想性格,使他的诗篇表现了与杜甫诗迥然不同的浪漫主义风格,具有很鲜明的独创性。

第一节 李白的生平和思想

　　李白(701—762),字太白,祖籍陇西成纪(今甘肃天水附近),先世在隋末因罪徙居中亚。他诞生于中亚的碎叶(今苏联托克马克),五岁时随父迁居四川彰明县的青莲乡,因自号青莲居士。他的家庭可能是个富商,幼年所受的教育,除儒家经籍外,还有六甲和百家等;他的生活情趣和才能也是多样的,他不仅是一个"十五观奇书,作赋凌相如"的青年作家,同时还是一个"十五游神仙"、"十五好剑术"的少年游侠和羽客,传说他曾经为打抱不平而"手刃数人"。二十岁以后,他开始在蜀中漫游,曾登峨眉、青城诸名山。这些生活经历,对李白豪放的性格和诗风的形成有重要影响,但也造成他的思想的复杂性。

开元十四年,李白二十六岁,为了实现他的政治理想,"奋其智能,愿为辅弼,使寰区大定,海县清一"(《代寿山答孟少府移文书》),他"仗剑去国,辞亲远游",开始了一个新的漫游而兼求仕的时期。他浮洞庭,历襄汉,上庐山,东至金陵、扬州,复折回湖北,以安陆为中心,又先后北游洛阳、龙门、嵩山、太原,东游齐鲁,登泰山,南游安徽、江苏、浙江等地,游踪所及,几半中国。李白的漫游有恣情快意的一面,但也有他的政治目的。他没有也不屑于参加科举考试,因为这和他的"不屈己,不干人"的性格以及"一鸣惊人,一飞冲天"的宏愿都不相符合。因此,在漫游中,他有时采取类似纵横家游说的方式,希望凭自己的文章才华得到知名人物的推毂,如向韩朝宗诸人上书;有时则又沿着当时已成风气的那条"终南捷径",希望通过隐居学道来树立声誉,直上青云,如他先后和元丹丘、孔巢父、道士吴筠等隐居嵩山、徂徕山和剡中。他尝自言"隐不绝俗",说穿了也就是隐居以求仕。

天宝元年,李白四十二岁,终因吴筠的推荐,唐玄宗下诏征赴长安。"仰天大笑出门去,我辈岂是蓬蒿人!"(《南陵别儿童入京》)诗人的喜悦是可以理解的。李白初到长安,太子宾客贺知章一见叹为"谪仙人",声名益振。玄宗召见时,也"降辇步迎,如见绮皓"。但实际上玄宗所赏识的只是李白的才华,把他看作点缀升平和宫廷生活的御用文人,因命供奉翰林。这不能不使李白感到他的政治理想的破灭。同时,他那蔑视帝王权贵的傲岸作风,如他自己说的"揄扬九重万乘主,谑浪赤墀青琐贤"(《玉壶吟》),又招致了权臣们的谗毁,也使他感到长安不可以久留。在度过一段狂放纵酒的生活之后,他上书请还。"五噫出西京",他的心情是沉重的。三年的翰林供奉,使天真的诗人李白初步认识到统治集团的腐朽和现实政治的黑暗,开始写出一些抒发愤懑,抨击现实的诗篇。

"一朝去京国,十载客梁园。"(《书情题蔡舍人雄》)天宝三载春,李白离开长安后,再度开始了他的漫游生活。在洛阳他遇见了杜甫,在汴州又遇见高适,这三位诗人便一同畅游梁园(开封)、济南等地。李白和杜甫更结下了深厚的友谊:"醉眠秋共被,携手日同行。"(杜甫《与李十二同寻范十隐居》)天宝四载秋,李白和杜甫分手后,又南游江浙,北涉燕赵,往来齐鲁间,但以游梁宋为最久。这时期李白的生活是窘困的:"归来无产业,生事如飘蓬"(《赠从兄襄阳少府皓》),心情也很悲愤:"摧残槛中虎,羁绁韝上鹰"(《赠新平少年》),但始终没有丧失他的乐观和自信,也没有放弃他的政治理想,他相信自己"才力犹可倚,不惭世上英"(《东武吟》)。随着天宝年间政治的日益黑暗,他揭露现实的作品愈来愈多,反抗精神也愈来愈强烈,成为他这一时期创作的显著特色。

天宝十四载(755),安史之乱爆发后,李白由宣城避地剡中,不久即隐居于庐山屏风叠,密切地注视着事件的发展。次年冬,永王李璘以抗敌平乱为号召,由江陵率师东下,过庐山时,坚请李白参加幕府,李白出于一片爱国热情便接受了他的邀请。不料李璘暗怀和他的哥哥唐肃宗(李亨)争夺帝位的野心,不久即被消灭,李白也因而获罪,下浔阳狱。出狱后,又被判处长流夜郎(今贵州桐梓一带)。李白这时已五十八岁,在"世人皆欲杀"(杜甫《不见》)的残酷迫害下,经常爽朗大笑的诗人有时也不得不发出无声的垂泣:"平生不下泪,于此泣无穷。"(《江夏别宋之悌》)乾元二年(759),李白西行至巫山,因遇大赦,得放还。他经江夏、岳阳、浔阳至金陵,往来于金陵、宣城间。上元二年(761),李白六十一岁,闻李光弼率大军征讨史朝义,他由当涂北上,请缨杀敌,但行至金陵,因病折回,所以他说"天夺壮士心,长吁别吴京"(《闻李太尉大举秦兵……留别金陵崔侍御十九韵》)。次年,宝应元年,李白病死在他的族叔当涂令李阳冰家。初葬采石矶,后人遵诗人遗志,改葬青山。和杜甫一样,在安史之乱期间,李白诗歌的特征,也是爱国主义精神。

李白的一生是复杂的。作为一个天才诗人,他还兼有游侠、刺客、隐士、道人、策士、酒徒等类人的气质或行径。这和他的思想的复杂性是分不开的。一方面他接受了儒家"兼善天下"的思想,要求"济苍生"、"安社稷"、"安黎元",并且认为"苟无济代心,独善亦何益?"(《赠韦秘书子春》二首其一)但是,另一方面他又接受了道家特别是庄子那种遗世独立的思想,追求绝对自由,蔑视世间一切,有时他甚至把庄子抬高到屈原之上:"投汨笑古人,临濠得天和。"(《书情题蔡舍人雄》)与此同时,他还深受游侠思想的影响。《史记》所谓"以武犯禁"、"不爱其躯"、"羞伐其德"的游侠精神,在李白身上也是存在的。所以他又敢于蔑视封建秩序,敢于打破传统偶像,轻尧舜,笑孔丘,平交诸侯,长揖万乘。儒家思想和道家、游侠本不相容,陈子昂就曾经慨叹于"儒道两相妨"(《同宋参军之问梦赵六赠卢陈二子之作》),但李白却把这三者结合起来了。这就是他在诗文中再三重复着的"功成身退"。这是支配他一生的主导思想。所以他非常钦慕范蠡、鲁仲连、张良等历史人物。主观上的结合并不等于事实,在黑暗的现实面前,李白这种人生理想始终未能实现。但他又始终在追求,矛盾、冲突、以及遭受打击后的愤懑、狂放等便都产生了。龚自珍说:"庄、屈实二,不可以并,并之以为心,自白始;儒、仙、侠实三,不可以合,合之以为气,又自白始也。"(《最录李白集》)这对于我们理解李白思想的矛盾复杂性质是很有启发的。当然,李白的思想也有庸俗、消极的一面,如人生如梦、及时行乐等,这在他的生活和创作中都有所反映。

第二节 李白诗歌的思想内容

李白的诗现存九百多首。这些诗表现了他一生的思想和经历,也表现了盛唐时代的社会现实和精神生活面貌。

开元天宝年间,唐帝国国力极度强盛,经济文化呈现空前繁荣景象,人民创造精神也有所发扬。同时在政治经济各方面又潜伏着各种危机。李白《古风》第四十六首说:

一百四十年,国容何赫然。隐隐五凤楼,峨峨横三川。王侯像星月,宾客如云烟。斗鸡金宫里,蹴鞠瑶台边。举动摇白日,指挥回青天……

一方面是空前强大帝国的繁荣气象，一方面是统治阶级在强大繁荣外衣的掩盖下已开始走向奢侈和腐化。在《古风》第三首里，李白又用咏史的形式作了类似的描写：

秦王扫六合，虎视何雄哉！挥剑决浮云，诸侯尽西来。明断自天启，大略驾群才。收兵铸金人，函谷正东开。铭功会稽岭，骋望琅邪台。刑徒七十万，起土骊山隈。尚采不死药，茫然使心哀……

诗中所举的秦始皇故事，除收兵铸金人而外，如平定诸侯，笼驾群才，铭功会稽，起土骊山等等的举动，大唐帝国都曾经先后以不同的形式翻版重演。诗人表面是咏史，实际是对唐王朝极盛而渐衰的征象深表忧虑。诗的后段写秦始皇采药蓬莱，显然是讽刺唐玄宗好神仙求长生的荒唐梦想。

国家的强大，鼓舞他向往功名事业的雄心；政治的危机，更激发了他拯物济世的热望。这种心情，在盛唐诗人中是相当普遍的，李白则表现得更为突出。他在许多诗歌里借历史人物表达了他的政治抱负。他羡慕姜尚："君不见朝歌屠叟辞棘津，八十西来钓渭滨。宁羞白发照清水，逢时壮气思经纶。广张三千六百钓，风期暗与文王亲"（《梁甫吟》）；羡慕诸葛亮："鱼水三顾合，风云四海生。武侯立岷蜀，壮志吞咸京"（《读诸葛武侯传书怀》）；羡慕谢安："暂因苍生起，谈笑安黎元"（《书情赠蔡舍人雄》）。在这一类的诗歌里，他甚至幻想过一种君臣之间互相礼让尊敬的平等关系："如逢渭川猎，犹可帝王师"（《赠钱征君少阳》）；"剧辛乐毅感恩分，输肝剖胆效英才"（《行路难》第二）。当他意识到这种想法不现实时，他又极力称赞那些功成身退、不事王侯的清高人物。例如《古风》第十首：

> 齐有倜傥生,鲁连特高妙。明月出海底,一朝开光曜。却秦振英声,万世仰末照。意轻千金赠,顾向平原笑。吾亦澹荡人,拂衣可同调。

对鲁仲连却秦的功绩深表仰慕,对鲁仲连意轻千金、顾笑平原的风度则更倾心折服。在《古风》第十二首中赞美严子陵"身将客星隐",用意也与此诗约略相似。李白是一个自视很高的人,他屡次自比大鹏。如《上李邕》：

> 大鹏一日同风起,抟摇直上九万里。假令风歇时下来,犹能簸却沧溟水。时人见我恒殊调,见余大言皆冷笑。宣父犹能畏后生,丈夫未可轻年少。

他把完成事业,取得功名常常看得轻而易举。谈用兵,是"谈笑三军却";谈政治,也是"调笑可以安储皇"。不仅年少时如此强烈自信,就是在长安政治活动失败以后,他也说:"穷与鲍生贾,饥从漂母餐。时来极天人,道在岂吟叹？乐毅方适赵,苏秦初说韩。卷舒固在我,何事空摧残？"(《秋日炼药院赠元林宗》)但是,他一生在政治上没有作出重要的成绩,也没有留下重要的论政著作,我们也无法证明他在政治上的实际才能。他之所以这样口出大言,自信不疑,可能是出于对现实人事的不满。他的《嘲鲁儒》说:"鲁叟谈五经,白发死章句。问以经济策,茫如坠烟雾。"他到长安所见的在朝廷当权的李林甫、高

77

力士之流更是贪鄙自私、不学无术的小人,他自然也就日益佯狂自负。"一生傲岸苦不谐,恩疏媒劳志多乖"(《答王十二寒夜独酌有怀》),就是他政治失意的悲剧。

李白从少年时就喜好任侠,以后在"混游渔商,隐不绝俗"的长期生活中,又和许多民间游侠之徒往来,受到这些无名人物的感染,写了不少歌颂游侠的诗,如《侠客行》:

赵客缦胡缨,吴钩霜雪明。银鞍照白马,飒沓如流星。十步杀一人,千里不留行。事了拂衣去,深藏身与名。闲过信陵饮,脱剑膝前横。将炙啖朱亥,持觞劝侯嬴。三杯吐然诺,五岳倒为轻。眼花耳热后,意气素霓生。救赵挥金槌,邯郸先震惊。千秋二壮士,烜赫大梁城。纵死侠骨香,不惭世上英。谁能书阁下,白首太玄经。

从这首诗,我们可以看出,无论"十步杀一人"、"救赵挥金槌"的侠义行动,"事了拂衣去,深藏身与名"的慷慨无私的精神,或是不甘心过白首儒生寂寞生活的性格作风,都和他拯物济世的政治理想,不愿屈己干人的性格,以及"功成不受赏"的高尚品德,有着相当密切的内在联系。

长安三年的政治生活,对李白的生活和创作有很深刻的影响。他抱着种种的理想和幻想来到长安,表面上受到玄宗礼贤下士的优待,但是,当权的宦官外戚等等人物却暗中对他谗毁打击,他的政治理想和黑暗现实形成了尖锐的矛盾。他写了不少诗歌抒发了自己的痛苦和愤懑。如《行路难》三首之一:

金樽美酒斗十千,玉盘珍羞直(值)万钱。停杯投箸不能食,拔剑四顾心茫然。欲渡黄河冰塞川,将登太行雪满山。闲来垂钓碧溪上,忽复乘舟梦日边。行路难,行路难,多歧路,今安在。长风破浪会有时,直挂云帆济沧海!

这首诗揭示了诗人在坎坷仕途上茫然失路的强烈痛苦,但是,他并不因为失败而放弃理想的追求。有时,同样的心情,又以愤怒控诉的形式表现出来,例如《梁甫吟》:"我欲攀龙见明主,雷公砰訇震天鼓,帝旁投壶多玉女。三时大笑开电光,倏烁晦冥起风雨。阊阖九门不可通,以额叩关阍者怒。"悲愤声中充满不屈不挠的斗争精神。直到诗的结尾,他一直高扬着胜利的信心:"张公两龙剑,神物合有时。风云感会起屠钓,大人峫屼当安之!"

昏庸腐朽的幸臣权贵,始终是他的对立面,他想起屈原所痛恨的那些"党人":"殷后乱天纪,楚怀亦已昏。夷羊满中野,菉葹盈高门。"(《古风》第五十一)他在《雪谗诗》里,痛斥了恃宠弄权的杨贵妃,在《古风》第二十四里,揭露了因斗鸡而得权势的佞幸小人。在《答王十二寒夜独酌有怀》诗里,这种愤激憎恶的心情表现得最为突出:

……君不能狸膏金距学斗鸡,坐令鼻息吹虹霓。君不能学哥舒横行青海夜带刀,西屠石堡取紫袍。吟诗作赋北窗里,万言不值一杯水。世人闻此皆掉头,有如东风射马耳!鱼目亦笑我,谓与明月同。骅骝拳踢不能食,蹇驴得志鸣春风。折杨皇华合流俗,晋君听琴枉清角。巴人谁肯和阳春,楚地由来贱奇璞。黄金散尽交不成,白首为儒身被轻。一谈一笑失颜色,苍蝇贝锦喧谤声。曾参岂是杀人者,谗言三及慈母惊!与君论心握君手,荣辱于余亦何有!孔圣犹闻伤凤麟,董龙更是何鸡狗。一生傲岸苦不谐,恩疏媒劳志多乖。严陵高揖汉天子,何必长剑拄颐事玉阶!达亦不足贵,穷亦不足悲,韩信羞将绛灌比,祢衡耻逐屠沽儿。君不见李北海,英风豪气今何在?君不见裴尚书,土坟三尺蒿棘居!少年早欲五湖去,见此弥将钟鼎疏。

诗中提到李邕、裴敦复被杀,哥舒翰屠石堡的事,发生于天宝六载和八载。在这首长诗里,他对以斗鸡媚上的幸臣,以屠杀邀功的武将,投以憎恶轻蔑的嘲笑。对自己光明磊落而遭受谗言诽谤,被逐出朝,怀着满腹的悲愤。末尾对被杖杀的李北海,更称赞其"英风豪气",为之呼冤叫屈。他的是非爱憎,和朝廷完全处于对立地位。这不仅表现了李白的桀骜不驯的叛逆精神,同时对封建统治者"珠玉买歌笑,糟糠养贤才",颠倒黑白、残酷暴虐的种种黑暗面目,也作了尽情的揭发。他这种悲愤痛苦的心情,有时甚至发展到难以排遣的程度。他在《宣州谢朓楼饯别校书叔云》里说:

弃我去者,昨日之日不可留;乱我心者,今日之日多烦忧。长风万里送秋雁,对此可以酣高楼。蓬莱文章建安骨,中间小谢又清发。俱怀逸兴壮思飞,欲上青天揽明月。抽刀断水水更流,举杯消愁愁更愁。人生在世不称意,明朝散发弄扁舟。

这首诗起落无迹,断续无端。仰怀古人,壮思欲飞;自悲身世,愁怀难遣。好像整个人生只有驾着扁舟遨游江湖一条出路了。

李白一生大半过着浪游生活,写下了不少游历名山大川的诗篇,其中还有一些诗和他求仙学道的生活联系在一起。他那种酷爱自由、追求解放的独特性格,常常是借这类诗篇表现出来。当他政治失意之后,这种诗歌也写得特别多,特别好。他喜爱的山水往往不是宁静的丘壑,幽雅的林泉,而是奇峰绝壑的大山,天外飞来的瀑布,白波九道的江河,这些雄伟奇险的山川,特别契合他那叛逆不羁的性格,他好像要登涉这些山川和天地星辰同呼吸,和天仙神灵相往来。他的杰作《梦游天姥吟留别》就是这方面的代表。其中梦境的描写,特别令人目眩神迷:

……我欲因之梦吴越,一夜飞渡镜湖月。湖月照我影,送我至剡溪。谢公宿处今尚在,渌水荡漾清猿啼。脚著谢公屐,身登青云梯。半壁见海日,空中闻天鸡。千岩万转路不定,迷花倚石忽已瞑。熊咆龙吟殷岩泉,栗深林兮惊层巅。云青青兮欲雨,水澹澹兮生烟。列缺霹雳,丘峦崩摧,洞天石扇,訇然中开。青冥浩荡不见底,日月照耀金银台。霓为衣兮风为马,云之君兮纷纷而来下。虎鼓瑟兮鸾回车,仙之人兮列如麻……

从谧静幽美的湖月到奇丽壮观的海日,从曲折迷离的千岩万转的道路到令人惊恐战栗的深林层巅,境界愈转愈奇,愈幻愈真。最后由梦境幻入仙境,更完全是彩色缤纷的神话世界。淋漓挥洒、心花怒放的诗笔,写出了诗人精神上的种种历险和追求,好像诗人苦闷的灵魂在梦中得到了真正的解放。无怪他梦醒后发出了这样的呼声:

> 安能摧眉折腰事权贵,使我不得开心颜!

诗人从梦幻回到了现实。梦境的自由美好,更加强了他对现实中权贵人物的憎恶和反抗。餐霞饮露的求仙生活是他所神往的,但是他也很明白这种生活只是一种无可奈何的排遣忧愁的手段。他的《赠蔡山人》诗说:"我本不弃世,世人自弃我。"正说明他那种不得已的心情。有时他说:"待吾尽节报明主,然后相携卧白云"(《驾去温泉后赠杨山人》),其中心思想更完全是在从政,而不在隐逸求仙。他的思想常常前后矛盾,有时说:"功成拂衣去,归入武陵源"(《登金陵冶城西北谢公墩》),有时又说:"若待功成拂衣去,武陵桃花笑杀人"(《当涂赵炎少府粉图山水歌》)。从这种矛盾中,更可以看出他的确是"好神仙非慕其轻举"(范传正《李公新墓碑》)。

李白一千多年以来被人称为"谪仙"、"诗仙",但是,他归根到底还是一个热爱祖国、关怀人民、不忘现实的伟大诗人。我们前面所引的那些诗歌,都和他忧国忧民的思想有或深或浅的联系。

李白对国家的强大统一非常关怀,他像盛唐边塞诗人一样,对保卫祖国边疆的将士曾经作过热情的歌颂。在《塞下曲》六首之一里,他写道:

> 五月天山雪,无花只有寒。笛中闻折柳,春色未曾看。晓战随金鼓,宵眠抱玉鞍。愿将腰下剑,直为斩楼兰。

在塞外奇寒的艰苦生活里,将士们的报国雄心却丝毫不变。

其他各首里,用"横行负勇气,一战静妖氛"(《塞下曲》其六)鼓舞前方士气;用"玉关殊未入,少妇莫长嗟"(《塞下曲》其五)安慰后方家属,也同样体现了爱国的精神。

但是,到天宝年间,唐统治者穷兵黩武,不断向吐蕃和南诏用兵,发动战争,断送士卒的生命,破坏人民的生产,引起了李白极大的愤慨,他前后写了好几篇诗反对这种不义的战争。对哥舒翰屠杀邀功的行为,作了尖锐指责。对杨国忠派兵远征南诏丧师二十万的事,他写了《书怀赠南陵常赞府》、《古风》第三十四等诗,后一首说:

……渡泸及五月,将赴云南征。怯卒非战士,炎方难远行。长号别严亲,日月惨光晶。泣尽继以血,心摧两无声。困兽当猛虎,穷鱼饵奔鲸。千去不一回,投躯岂全生?如何舞干戚,一使有苗平。

这里对杨国忠分道捕捉壮丁送云南从事侵略的罪行,作了大胆的揭露。他的《战城南》更是概括了当时穷兵黩武的现象而写成的名作。安史之乱发生后,战争的性质变了,他虽远在江南,却写成了一系列的充满爱国激情的诗。在《永王东巡歌》里,他对"三川北虏乱如麻,四海南奔似永嘉"的局面,感到焦急,他对永王说:

试借君王玉马鞭,指挥戎虏坐琼筵。南风一扫胡尘静,西入长安到日边。

后来他因为从璘的事被捕入狱,流放夜郎,他的爱国之心丝毫没有减弱。他的《赠张相镐》说:"石勒窥神州,刘聪劫天子。抚剑夜吟啸,雄心日千里。誓欲斩鲸鲵,澄清洛阳水。"《经乱离后天恩流夜郎》这首长诗中也说:"桀犬尚吠尧,匈奴笑千秋。中夜四五叹,常为大国忧。"而《闻李太尉大举秦兵百万出征东南,儒夫请缨》这首诗,更说明他爱国之心至老不衰。他安史乱后能写出这些充满爱国激情的诗,也说明他和王维、高适、岑参等盛唐诗人有所不同。

从上述有关战争的诗篇里,我们已经可以看到李白对人民疾苦的密切关怀。此外,他也还有少数直接写人民生活的诗篇。例如《丁都护歌》:

云阳上征去,两岸饶商贾。吴牛喘月时,拖船一何苦!水浊不可饮,壶浆半成土。一唱都护歌,心摧泪如雨。万人凿盘石,无由达江浒。君看石芒砀,掩泪悲千古。

芒砀诸山产文石,统治者为了营建宫室甲第,强迫人民开凿搬运,这首诗对人民在夏天挽船运石的劳苦,是深表同情的。他的《宿五松山下荀媪家》也写得很动人:

我宿五松下,寂寥无所欢。田家秋作苦,邻女夜舂寒。跪进雕胡饭,月光明素盘。令人惭漂母,三谢不能餐。

这里不仅真切地写出农民秋作夜舂的劳苦生活,而且表达出诗人对劳动人民深情厚意的衷心感激。在他看来,这一盘雕胡饭,比他平时作客所吃的"兰陵美酒"、"琼杯绮食"都更值得珍贵。李白直接写劳动人民生活的作品虽然为数不多,但是他的诗歌中反映人民的生活并不限于这少数诗篇。李白曾经写过很多乐府诗,并取得很大的成就,像《长干行》、《子夜吴歌》等诗已经成为人们喜闻乐见、普遍传诵的名作。从这些诗里,我们可以看到他对人民的生活、感情、语言是多么熟悉,对乐府民歌是多么热爱。没有长期"混游渔商"的生活,他是写不出这些诗歌的。

李白是伟大的浪漫主义诗人,我们上面所说的他的政治上的远大抱负,他对祖国和人民的热爱,对权贵势力,对封建社会一切压迫和羁束毫不调和的叛逆态度,正是他诗歌浪漫主义精神的主要表现。这些思想内容,错综交织地贯穿着他的优秀作品。当然,由于内容性质、感情色彩以及表现手法的不同,他有一些作品可以说是现实主义的,例如那些描绘揭露黑暗现实面貌、幻想成分较少的作品就属于这一类。

但是,李白究竟是一个封建时代的诗人,他的理想,无法超越他的时代和阶级视野的限制;他的反抗,也更多是针对他阶级内部的黑暗现象,针对妨碍他个人自由发展的那些压迫和束缚。他的要求和当时人民的利益有一定相通的地方,但和人民的要求本质上也有区别。他那种要求个人绝对自由的倾向,今天看来,当然只是一种脱离实际的幻想。

还应该注意,李白是一个极其矛盾的诗人。他蔑视权贵人物,蔑视荣华富贵,这是主要的。但是,他往往又以接近皇帝、权贵为荣,又对荣华富贵表示羡慕或留恋。"长安宫阙九天上,此地曾经为近臣。"(《单父东楼秋夜送族弟沈之秦》)"昔在长安醉花柳,五侯七贵同杯酒。"(《流夜郎送辛判官》)这类诗句在他集中屡见不鲜。他羡慕谢安携妓享乐的生活,也见于行动,流于歌咏。至于沉迷酒杯,昏饮逃世,消极地感叹人生的诗篇诗句,为数更多,如《襄阳歌》、《春日醉起言志》,都是众所周知的。

第三节 李白诗歌的艺术成就

作为一个浪漫主义诗人,李白是伟大的,也是最典型的。他说自己的诗是"兴酣落笔摇五岳,诗成啸傲凌沧洲"(《江上吟》)。杜甫称赞他的诗也说:"笔落惊风雨,诗成泣鬼神。"(《寄李十二白二十韵》)这种无比神奇的艺术魅力,确是他的诗歌最鲜明的特色。他的诗歌,不仅具有最强烈的浪漫主义精神,而且还创造性地运用了一切浪漫主义的手法,使内容和形式得到高度的统一。

李白不是一个"万事不关心"的诗人,相反,他似乎什么都关心,很多生活他都体验过,表现过。尽管没有一种生活能永远使他满足,但他那炽热的感情,强烈的个性,在表现各种生活的诗篇中都打下了不可磨灭的烙印,处处留下浓厚的自我表现的主观色彩。他要入京求官,就宣称:"仰天大笑出门去,我辈岂是蓬蒿人!"(《南陵别儿童入京》)政治失意了,就大呼:"大道如青天,我独不得出!"(《行路难》其二)他要控诉自己的冤屈,就说:"我欲攀龙见明主,雷公砰訇震天鼓。"(《梁甫吟》)他想念长安,就是:"狂风吹我心,西挂咸阳树。"(《金乡送韦八之西京》)他登上太白峰,就让"太白与我语,为我开天关"(《登太白峰》)。他要求仙,就有"仙人抚我顶,结发受长生"(《经乱离后……书怀赠江夏韦太守良宰》)。他要饮酒,就有洛阳董糟丘"为余天津桥南造酒楼"(《忆旧游寄谯郡元参军》)。他悼念宣城善酿纪叟,就问:"夜台无李白,沽酒与何人?"(《哭宣城善酿纪叟》)这种强烈的自我表现的主观色彩,从艺术效果来说,有的地方使诗歌增加了一种排山倒海而来的气势,先声夺人的力量;有的地方又让人读来感到热情亲切。当然,这种主观色彩,并不限于有"我"字的诗句和诗篇,例如在很多诗篇里,鲁仲连、严子陵、诸葛亮、谢安等人的名字,也往往被李白当作第一人称的代用语,让古人完全成为他的化身。

和上述特点相适应,他在感情的表达上不是掩抑收敛,而是喷薄而出,一泻千里。当平常的语言不足以表达其激情时,他就用大胆的夸张;当现实生活中的事物不足以形容、比喻、象征其思想愿望时,他就借助非现实的神话和种种奇丽惊人的幻想。从前节中所引用的一些抒情诗里,已经可以感觉到这种特点,用"抽刀断水水更流",比喻"举杯消愁愁更愁",本来是极度的夸张,却让人感到是最高的真实。又如《秋浦歌》的"白发三千丈,缘愁似个长"。借有形的发,突出无形的愁,夸张也极为大胆。其他如《侠客行》:"三杯吐然诺,五岳倒为轻。"以五岳为轻来夸张侠客然诺之重。《箜篌谣》:"轻言托朋友,对面九疑峰。"又用山峰来夸张朋友之间的隔膜与猜疑。《北风行》里"燕山雪花大如席,片片吹落轩辕台",大家都很熟悉,但这首诗结尾两句"黄河捧土尚可塞,北风雨雪恨难裁",也同样是惊心动魄的。没有黄河可塞这样惊人的比喻,我们也就不会懂得阵亡士卒的妻子那种深刻绝望的悲哀。大胆的夸张,永远离不开惊人的想象。这里,我们还要着重介绍他那些最富于浪漫主义奇情壮采的山水诗,尤其是使李白获得巨大声誉的《蜀道难》:

噫,吁嚱,危乎高哉!蜀道之难难于上青天!蚕丛及鱼凫,开国何茫然。尔来四万八千岁,不与秦塞通人烟。西当太白有鸟道,可以横绝峨眉巅。地崩山摧壮士死,然后天梯石栈相钩连。上有六龙回日之高标,下有冲波逆折之回川。黄鹤之飞尚不得过,猿猱欲度愁攀援。青泥何盘盘,百步九折萦岩峦。扪参历井仰胁息,以手抚膺坐长叹。问君西游何时还?畏途巉岩不可攀,但见悲鸟号古木,雄飞雌从绕林间。又闻子规啼夜月,愁空山。蜀道之难难于上青天,使人听此凋朱颜!……

这首诗,以神奇莫测之笔,凭空起势。从蚕丛鱼凫说到五丁开山,全用渺茫无凭的神话传说,烘托奇险的气氛。高标插天可以使"六龙回日",也是凭借神话来驰骋幻想。以下又用黄鹤、猿猱、悲鸟、子规作夸张的点缀,然后插入胁息、抚膺、凋朱颜的叙述,作为全诗的骨干。"蜀道之难难于上青天"的诗句在篇中三次出现,更给这首五音繁会的乐章确定了回旋往复的基调。李白一生并未到过剑阁,这篇诗完全是凭传说想象落笔。正因为如此,他的胸怀、性格在这里更得到了最充分的表现。殷璠《河岳英灵集》说这首诗"可谓奇之又奇,自骚人以还,鲜有此体"。正反映了同时代人对这首诗的惊奇赞叹。就在蜀道畅通的今天,它仍然是具有历史价值和美学价值的不朽杰作。他的《望庐山瀑布》二首、《庐山谣》也是历来传诵的名作,后一诗中写他在庐山顶上望大江的景色:"登高壮观天地间,大江茫茫去不还。黄云万里动风色,白波九道流雪山。"完全摆脱了真实空间感觉的拘束,以大胆的想象夸张,突出了山川的壮丽,展示了诗人壮阔的胸怀。白居易《登香炉峰顶》诗:"江水细如绳,湓城小于掌。"完全出于写实。把两诗互相比较,艺术价值的高下,不言而自明。

李白的浪漫主义是有其丰富生活为基础的。他的诗歌往往呈现感情充沛,瞬息万变的特色。我们前面引用过的《行路难》第一首、《宣州谢朓楼饯别校书叔云》、《梦游天姥吟》等篇,已经可以看出这一点。他的名作《将进酒》也是这方面非常突出的例子。在诗里,他正在劝人开怀痛饮:"人生得意须尽欢,莫使金樽空对月。"好像他很安于颓废享乐的生活,但是,他那像黄河一样奔腾跳动的感情是这样变化莫测,他突然又说:"天生我材必有用,千金散尽还复来!"强烈的信心转眼又代替了消极的悲叹。他的《梁园吟》也有这种类似的情况,诗的前段尽情地描绘痛饮狂欢,甚至沉吟流泪地感慨功名富贵的无常,但是临到结尾,他突然又说:"歌且谣,意方远。东山高卧时起来,欲济苍生未应晚。"诗人的感情在转瞬之间竟判若两人。把矛盾复杂的思想感情,处理得这样洒脱灵活,并且达到艺术上的高度完美,在诗史上只有极少数的诗人达到这个水平。从这种跳脱变化的特点继续发展,于是他在有些诗篇里就同时运用浪漫主义和现实主义两种创作方法。有的诗既写实,又想象夸张,像《北风行》、《关山月》;有时竟把抒写理想愿望和描写苦难的现实结合在一篇诗里,如《古风》第十九:

西上莲花山,迢迢见明星。素手把芙蓉,虚步蹑太清。霓裳曳广带,飘拂升天行。邀我登云台,高揖卫叔卿。恍恍与之去,驾鸿凌紫冥。俯视洛阳川,茫茫走胡兵。流血涂野草,豺狼尽冠缨。

诗人仿效北魏道教徒所作的《老子化胡歌》第三首:"我昔西化时,登上华岳山。北向视玄冥,秦川荡然平。汉少杂类多,不信至真言。吾后千馀年,白骨如丘山。尸骸路(露)草野,流血成洪渊。"把这首诗悲天悯人的预言式的尾声,改成对安禄山叛军在洛阳大肆屠杀平民,建立伪朝之丑剧的揭露。

"清水出芙蓉,天然去雕饰"(《经乱离后……书怀赠江夏韦太守良宰》)。李白这两句诗是他诗歌语言最生动的形容和概括。李白的诗歌语言所以能达到这样理想的朴素自然境界,是和他认真学习汉魏六朝乐府民歌分不开的。据权德舆作的韦渠牟诗集序说,李白曾经把"古乐府学"传授给十一岁的韦渠牟。他的乐府诗中拟古乐府之作很多,众所周知,不必举例。但他最得力于乐府民歌的地方,首先还是语言。他的《长干行》、《子夜吴歌》的语言,多么酷似《孔雀东南飞》、《子夜歌》和《西洲曲》。"小时不识月,呼作白玉盘。又疑瑶台镜,飞向青云端。""清风朗月不用一钱买,玉山自倒非人推。""蜀道之难难于上青天。"写得多么活泼自然,叫人一读难忘。"君不见黄河之水天上来,奔流到海不复回。"学习汉乐府《长歌行》:"百川东到海,何时复西归?"又是多么地青出于蓝。这些初看来是最平凡的地方,但是后代摹拟李白的诗人没有一个人达到这种高度完美的境地。学腔调似难而实易,学语言似易而实难。

李白运用的诗体很多样,但贡献最大的是七古和七绝。这两种诗体在当时也是最新最自由的,和他那自由豪放的个性也特别适应。他这方面的成就也很得力于学习乐府民歌。七古无须再谈,这里只举他几首脍炙人口的七绝:

峨眉山月半轮秋,影入平羌江水流。夜发清溪向三峡,思君不见下渝州。

——《峨眉山月歌》

朝辞白帝彩云间,千里江陵一日还。两岸猿声啼不住,轻舟已过万重山。

——《早发白帝城》

故人西辞黄鹤楼,烟花三月下扬州。孤帆远影碧空尽,惟见长江天际流。

——《黄鹤楼送孟浩然之广陵》

李白乘舟将欲行,忽闻岸上踏歌声。桃花潭水深千尺,不及汪伦送我情。

——《赠汪伦》

沈德潜《唐诗别裁》说:"七言绝句以语近情遥,含吐不露为贵。只眼前景,口头语,而有弦外音,使人神远,太白有焉。"他说的这些特点,实际上也就是深得民歌天真自然的风致。即以《早发白帝城》一诗而论,全篇词意完全出于《水经注》"巫峡"一篇,但语言之自然,心情之舒畅乐观,与原文风貌,却迥然不同。他的七绝向来和王昌龄齐名,各具特色。但就接近民歌一点说,他却超过了王昌龄。他的五律,运古诗质朴浑壮气势于声律格调之中,往往不拘对偶,也很别具风格。如《夜泊牛渚怀古》、《送友人》等篇,历来为评论家所称引。

李白在创作上,继承了前代诗歌的丰富遗产。他所继承的传统,首先是楚辞和汉魏六朝乐府民歌。他受屈原的影响是多方面的,他发扬了屈原爱国主义精神和坚强不屈的斗争精神,也继承了屈原的浪漫主义的创作方法,像熔铸神话传说,大胆地幻想夸张,重视民歌遗产等方面,他都和屈原完全一致。就具体作品来说,如《远别离》、《梁甫吟》、《梦游天姥吟》乃至《蜀道难》都在精神面貌以及题材、构思、句法的形式上和屈原作品有接近的地方。他对汉魏六朝文人作品也很认真学习。段成式《酉阳杂俎》说:"李白前后三拟《文选》,不如意,悉焚之。"这个传说想必有一定根据。他称赞建安诗歌,称赞阮籍、陶渊明、谢灵运、谢朓、鲍照的话,屡有所见。他仿效、化用这些诗人的诗篇和诗句的例子,更不胜枚举。杜甫赠他的诗,也指出他的作品有近似鲍照、庾信、阴铿的地方。没有对遗产的认真学习,他不可能成为一个伟大的浪漫主义诗人。

第四节　李白在浪漫主义诗歌发展中的地位及其影响

我国文学史的现实主义和浪漫主义两个伟大的传统在唐诗中都发展到新的高度。李白的诗歌在浪漫主义诗歌发展中有着崇高的地位。

远古时代人民口头创作的神话传说,是我国文学史上浪漫主义的萌芽。到了战国时代,屈原吸取前代文学和文化的成就,在现实斗争中创造了一系列光辉的诗篇,以宏富博大的内容,奇情壮采的形式,"轩翥诗人之后,奋飞辞家之前",为浪漫主义传统创造了第一个高峰。和他同时的庄子在哲理散文中创造了许多幻想奇丽的寓言,也对浪漫主义传统有重要贡献。从两汉到唐初,浪漫主义传统在民间和进步文人创作中不断发展着,汉魏六朝乐府民歌中的《陌上桑》、《木兰诗》等等作品,曹植、阮籍、左思、陶渊明、鲍照的某些诗篇,以及六朝志怪小说中的优秀传说,都对浪漫主义传统有所丰富。到盛唐时代更出现了以李白为代表的浪漫主义诗歌高潮。

李白的诗歌,继承了前代浪漫主义创作的成就,以他叛逆的思想,豪放的风格,反映了盛唐时代乐观向上的创造精神以及不满封建秩序的潜在力量,扩大了浪漫主义的表现领域,丰富了浪漫主义的手法,并在一定程度上体现了浪漫主义和现实主义的结合。这些成就,使他的诗成为屈原以后浪漫主义诗歌的新的高峰。

李白对唐代诗歌的革新也有杰出的贡献。他继承了陈子昂诗歌革新的主张,在理论和实践上使诗歌革新取得了最后的成功。他在《古风》第一首中,回顾了整个诗歌发展的历史,指出"自从建安来,绮丽不足珍"。并以自豪的精神肯定了唐诗力挽颓风,恢复风雅传统的正确道路。在《古风》第三十五首中,又批评了当时残馀的讲求模拟雕琢、忽视思想内容的形式主义诗风:"一曲斐然子,雕虫丧天真。"在创作实践上,他也和陈子昂有相似之处,多写古体,少写律诗,但他在学习乐府民歌以及大力开拓七言诗上,成就却远远超过陈子昂。他这些努力对诗歌革新任务的完成起了巨大作用。李阳冰在他死后为他编的诗集《草堂集》序中说:"卢黄门云:'陈拾遗横制颓波,天下质文,翕然一变。'至今朝诗体,尚有梁陈宫掖之风,至公大变,扫地以尽。"这是对他革新诗歌功绩的正确评价。

李白诗歌对后代的影响也是极为深远的。他的诗名在当代已广泛传扬,到贞元时期,他的没有定卷的诗集已"家家有之"。中唐韩愈、孟郊大力赞扬他的诗歌,并从他吸收经验,以创造自己的横放杰出的诗风。李贺浪漫主义的诗风更显然是受过他更多启发的。宋代诗人苏舜钦、王令、苏轼、陆游,明清诗人高启、杨慎、黄景仁、龚自珍等也莫不从他的诗中吸收营养。此外,宋代以苏轼、辛弃疾为代表的豪放派的词,也受过他的影响。他那些"戏万乘若僚友"的事迹传说,被写入戏曲小说,流传民间,更表现出酷爱自由的人民对他的热爱。

第五章　伟大的现实主义诗人杜甫

杜甫是我国文学史上伟大的现实主义诗人。他的诗不仅具有丰富的社会内容，鲜明的时代色彩和强烈的政治倾向，而且充溢着热爱祖国、热爱人民、不惜自我牺牲的崇高精神。因之自唐以来，他的诗就被公认为"诗史"。

杜甫所处的时代，是唐帝国由盛而衰的一个急剧转变的时代。七五五年的安史之乱是这一转变的关键。杜甫经历了所谓开元盛世，也经历了安史之乱的全部过程。杜甫的一生是和他的时代、特别是安史之乱前后二十年间那"万方多难"的时代息息相关的。尖锐而复杂的阶级矛盾、民族矛盾以及统治阶级内部的矛盾，不仅造成人民的深重灾难和国家的严重危机，也把杜甫卷入了生活的底层。他曾长期生活在人民中间，这就使他有可能描绘出那整个苦难时代的生活图画，并逐渐攀登上现实主义的高峰。

第一节　杜甫的生平和思想

杜甫(712—770)，字子美，生于河南巩县的瑶湾。他的出身是一个"奉儒守官"的官僚家庭。十三世祖杜预是西晋名将，祖父审言是武则天时著名诗人，父闲曾为兖州司马和奉天县令,因此他也享有不纳租税、不服兵役等特权。这一阶级出身规定了杜甫要成为一个热爱人民的诗人不可能不是一个艰苦的过程,杜甫的生活道路和创作道路也正是这样表明着的。

杜甫一生约可分为四个时期。三十五岁以前,是他的读书和壮游时期。这时正当开元盛世,他的经济状况也较好,是他一生中最快意的时期。诗人从小就"好学",七岁时已开始吟诗,"读书破万卷"(《奉赠韦左丞丈》)、"群书万卷常暗诵"(《可叹》)的刻苦学习,为他的创作准备了充分的条件。从二十岁起,他结束了书斋生活,开始了为时十年以上的"壮游"。先南游吴越,后北游齐赵。游齐赵时,曾先后和苏源明、高适、李白等人有时呼鹰逐兽,打猎取乐,有时登高怀古,饮酒赋诗,并和李白结下了"兄弟"般的友谊。在这长期的壮游中,诗人接触到我们祖国无比丰富的文化遗产和壮丽河山,不仅充实了他的生活,也扩大了他的视野和心胸,为他早期诗歌带来相当浓厚的浪漫主义色彩。《望岳》诗可为代表。"会当凌绝顶,一览众山小",正流露了诗人对一切事业(包括创作在内)的雄心壮志。但由于这种生活方式,不可能接近人民,深入现实,因此,作为一个伟大的现实主义诗人,这只是他的创作的一个准备时期。

杜甫走向现实主义,是从第二期(三十五到四十四岁)十载长安的困守开始的。这是安史之乱的酝酿时期,当权的是奸相李林甫和杨国忠,杜甫不仅不能实现他的"致君尧舜上,再使风俗淳"的政治抱负,而且开始过着"朝扣富儿门,暮随肥马尘"(《奉赠韦左丞丈》)的屈辱生活,以至经常挨饿受冻:"饥饿动即向一旬,敝衣何啻悬百结。"(《投简成华两县诸子》)在饥寒的煎熬下,杜甫也曾经想到退隐,作一个"潇洒送日月"的巢父、许由,但他没有回避艰苦,还是坚决走上积极入世的道路。这是一个重要的契机。生活折磨了杜甫,也成全了杜甫,使他逐渐深入人民生活,看到人民的痛苦,也看到统治阶级的罪恶,从而写出了《兵车行》、《丽人行》、《赴奉先咏怀》等现实主义杰作。十年困守的结果,使杜甫变成了一个忧国忧民的诗人。这才确定了杜甫此后生活道路和创作道路的方向。

从四十五岁到四十八岁,是杜甫生活的第三期,陷贼与为官时期。这是安史之乱最剧烈的时期,国家岌岌可危,人民灾难惨重,诗人也历尽艰险。在陕北,他曾经和人民一起逃难,在沦陷了的长安,他曾经亲眼看到胡人的屠杀焚掠,和人民一同感受国亡家破的痛苦。为了献身恢复事业,他只身逃出长安,投奔凤翔。"生还今日事,间道暂时人"(《喜达行在所》三首其二),"麻鞋见天子,衣袖露两肘"(《述怀》),从这些诗句也就可以想见当时的艰险和困苦。脱贼后,他被任为左拾遗,这是一个从八品、却又很接近皇帝的谏官。就在作谏官的头一个月,他因"见时危急",上疏营救房琯的罢相,不料触怒肃宗,几受刑戮。从此他屡遭贬斥,但也因而多次获得深入人民生活的机会。在由凤翔回鄜州的途中,在羌村,在新安道上,他看到了各种惨象,他和父老们,和送孩子上战场的母亲们哭在一起。安史之乱是带有民族矛盾性质的,当时进行的战争乃是有关国家存亡的自卫战争。因此杜甫对待战争的态度也就和以前不同,不是反对,而是积极号召。他哀悼那为国牺牲的"四万义军",他告诫文武官吏要"戮力扫榛枪",他一方面大力揭露兵役的黑暗,同情人民;一方面还是勉励人民参战。由于深入人民生活,并投入实际斗争,这就使他写出了《悲陈陶》、《哀江头》、《春望》、《羌村》、《北征》、《洗兵马》和"三吏"、"三别"等一系列具有高度的人民性和爱国精神的诗篇,并达到了现实主义的高峰。

"满目悲生事,因人作远游。"(《秦州杂诗》二十首其一)七五九年七月,杜甫弃官由华州经秦州、同谷,历尽千辛万苦,于这年年底到达成都,在成都西郊盖了一所草堂,开始他最后一期"漂泊西南"的生活。七六四年,严武再镇蜀,表荐杜甫为节度参谋,检校工部员外郎(后人因称"杜工部"),他曾度过六个月的幕府生活。除此以外,在漂泊的十一年中,他经常过着"生涯似众人"的日子。他爱和劳动人民往来,而憎厌官僚,所以说:"不爱入州府,畏人嫌我真。及乎归茅宇,旁舍未曾嗔。"(《暇日小园散病将种秋菜督勒耕牛兼书触目》)在这漂泊的十一年中,杜甫的生活仍然很苦,在他逝世的那一年,还因为避臧玠之乱而挨了五天饿。可贵的是,他在生活上不论怎样苦,也不论漂泊到什么地方,他总是在关怀着国家的安危和人民的疾苦。同时也从不曾忘记或放松自己的创作,在漂泊的十一年间,他竟写了一千多首诗。《茅屋为秋风所破歌》、《闻官军收河南河北》、《又呈吴郎》、《遭田父泥饮》、《诸将》、《秋兴》、《岁晏行》等都是这时期最优秀的作品。和前期不同的,是带有更多的抒情性质,形式也更多样化。特别值得注意的,是创造性地赋予七言律诗以重大的政治和社会内容。

杜甫在四川漂泊了八、九年,在湖北、湖南漂泊了两三年,七七〇年冬,死在由长沙到岳阳的一条破船上。"战血流依旧,军声动至今"(《风疾舟中伏枕书怀三十六韵奉呈湖南亲友》），这是他对祖国和人民最后的怀念。在人民被奴役的时代，要作关怀人民疾苦的诗人，他的身后，自然是萧条的。八一三年，仅由他的孙子杜嗣业"收拾乞丐"，才把停在岳阳的灵柩归葬偃师。诗人的遗体还漂泊了四十三年。

从以上简单的叙述，我们已可看出杜甫和人民的关系和他如何成为一个伟大的现实主义诗人的过程。

杜甫深受儒家思想的影响，但他从切身生活体验出发，对儒家的消极方面也有所批判。比如，儒家说："穷则独善其身，达则兼善天下。"杜甫却不管穷达，都要兼善天下。儒家说："不在其位，不谋其政。"杜甫却是不管在位不在位，都要谋其政！尽管"身已要人扶"，然而他却说"拔剑拨年衰"。尽管"万国尽穷途"，"处处是穷途"，然而他却是"不拟哭穷途"，"艰危气益增"。前人说杜甫的许多五律诗都可作"奏疏"看，其实何止五律？我们知道，儒家也谈"节用爱人"，"民为贵"，但一面又轻视劳动，轻视劳动人民。杜甫与之不同，他接近劳动人民，也喜欢劳动，甚至愿为广大人民的幸福牺牲自己。儒家严"华夷之辨"，杜甫却在一定程度上摆脱了这种狭隘性。他主张与邻族和平相处，不事杀伐，所以说："杀人亦有限，立国自有疆。苟能制侵凌，岂在多杀伤？"（《前出塞》）因此他非常珍视民族间的和好关系："似闻赞普更求亲，舅甥和好应难弃！"（《近闻》）对玄宗的大事杀伐以致破坏这种关系则加以非难："朝廷忽用哥舒将，杀伐虚悲公主亲！"（《喜闻贼盗蕃寇总退口号》）

总之，用杜甫自己的话来说，"穷年忧黎元"，是他的中心思想，"济时肯杀身"，是他的一贯精神，"致君尧舜上，再使风俗淳"，是他的最高理想和主要手段。他拿这些来要求自己，也用以勉励朋友。他表彰元结说,"道州忧黎庶,词气浩纵横。"(《同元使君舂陵行》)他对严武说,"公若登台辅,临危莫爱身。"(《奉送严公入朝十韵》)他对裴虬也说,"致君尧舜付公等,早据要路思捐躯。"《暮秋枉裴道州手札率尔遣兴寄递呈苏涣侍御》正是这些进步思想,形成了杜甫那种永不衰退的政治热情、坚忍不拔的顽强性格,和胸怀开阔的乐观精神,使他成为我国历史上政治性最强的伟大诗人。当然,这和他的接近人民的生活实践也是分不开的。

由于时代、阶级的限制,杜甫不可能否定皇帝的地位,白居易说"蜂巢与蚁穴,随分有君臣"(《郡中春宴因赠诸客》),也是把君臣关系看作天经地义。须要指出的是,杜甫虽然接受了儒家的忠君思想,但他的忠君是从爱国爱民出发的。正因如此,他一方面对皇帝存在着很大的幻想,希望通过皇帝的"下令减征赋"来"各使苍生有环堵";另一方面,他也写了"唐尧真自圣,野老复何知?"(《二十》)"天子多恩泽,苍生转寂寥!"(《奉赠卢五丈参谋琚》)等诗句,直接讽刺皇帝,对权贵达官们祸国殃民的罪行,他更勇于揭发。

第二节 杜甫诗歌的思想性

基于上述的生活实践和思想倾向,杜甫在对待人民的态度上也达到了他以前的作家所不曾达到的高度。这就使他的作品具有高度的人民性。这有以下各方面的表现。

"穷年忧黎元,叹息肠内热!"(《赴奉先咏怀》)——对人民的深刻同情,是杜甫诗歌人民性的第一个特征。杜甫始终关切人民,只要一息尚存,他总希望能看到人民过点好日子,所以他说"尚思未朽骨,复睹耕桑民"(《别蔡十四著作》)。因此他的诗不仅广泛地反映了人民的痛苦生活,而且大胆地深刻地表达了人民的思想感情和要求。在"三吏"、"三别"中,他反映出广大人民在残酷的兵役下所遭受的痛楚。在这里,有已过兵役年龄的老汉,也有不及兵役年龄的中男,甚至连根本没有服兵役义务的老妇也被捉去。《羌村》第三首也说到"儿童尽东征"。在《赴奉先咏怀》中,他更指出了劳动人民所创造的物质财富养活了达官贵族:"彤庭所分帛,本自寒女出;鞭挞其夫家,聚敛贡城阙。"并一针见血地揭露了封建社会剥削者与被剥削者之间的阶级对立这一根本矛盾:"朱门酒肉臭,路有冻死骨!"

在《又呈吴郎》中,他通过寡妇的扑枣,更说出了穷人心坎里的话:

堂前扑枣任西邻,无食无儿一妇人。不为困穷宁有此?只缘恐惧转须亲。即防远客虽多事,便插疏篱却甚真。已诉征求贫到骨,正思戎马泪盈巾。

他不仅体贴农民的"困穷",而且还以热情酣畅的诗笔,描绘了田夫野老真率粗豪的精神面貌。如《遭田父泥饮》:

步屧随春风,村村自花柳。田翁逼社日,邀我尝春酒。酒酣夸新尹,畜眼未见有。回头指大男,渠是弓弩手。名在飞骑籍,长番岁时久。前日放营农,辛苦救衰朽。差科死则已,誓不举家走。

> 今年大作社,拾遗能住否？叫妇开大瓶,盆中为吾取。感此气扬扬,须知风化首。语多虽杂乱,说尹终在口。朝来偶然出,自卯将及西。久客惜人情,如何拒邻叟？高声索果栗,欲起时被肘。指挥过无礼,未觉村野丑。月出遮我留,仍嗔问升斗。

"指挥过无礼,未觉村野丑",在一千二百多年前,一个曾经侍候过皇帝的人,对待劳动人民竟能如此平等亲切,是极为少见而可贵的,也是富有进步意义的。白居易《观稼》诗:"言动任天真,未觉农人恶。"便是受到杜甫的教益。总之,作为一个诗人,只有在杜甫笔下才能看到如此众多的人民形象。

杜甫在多年饥寒的体验中,加深了对人民的同情。有时一想到人民的痛苦,他便忘怀了自己,甚至不惜牺牲自己的生命。在"幼子饥已卒"的情况下,他想到的却是:"生常免租税,名不隶征伐……默思失业徒,因念远戍卒。"当茅屋为秋风所破时,他却发出了这样的宏愿:

> 安得广厦千万间,大庇天下寒士俱欢颜。风雨不动安如山。呜呼,何时眼前突兀见此屋,吾庐独破受冻死亦足！

他宁愿"冻死"来换取天下穷苦人民的温暖。白居易《新制布裘》诗:"安得万里裘,盖裹周四垠。稳暖皆如我,天下无寒人。"黄彻《䂬溪诗话》说白居易"推身利以利人",不及杜甫的"宁苦身以利人",这评比也是公允的。

当然,杜甫对人民的同情是有限度的。他是一个封建士大夫,只能在维护封建制度的前提下寻求减缓人民灾难的办法,反对人民的"造反"。尽管他写过"盗贼本王臣"(《有感》五首其三),承认了"官逼民反";当元结在诗中痛恨官不如贼的时候,他也给以热烈的支持;但是当袁晁在浙东起义时,他却写出了"安得鞭雷公,滂沱洗吴越"的诗句,这就很清楚地表现了他的阶级局限。

"济时敢爱死,寂寞壮心惊!"(《岁暮》)——对祖国的无比热爱,是杜甫诗歌人民性的第二个特征。

正如上引诗句所表明的那样,杜甫是一个不惜自我牺牲的爱国主义者。他的诗歌渗透着爱国的血诚。可以这样说,他的喜怒哀乐是和祖国命运的盛衰起伏相呼应的。当国家危难时,他对着三春的花鸟会心痛得流泪,如《春望》:

  国破山河在,城春草木深。感时花溅泪,恨别鸟惊心。烽火连三月,家书抵万金。白头搔更短,浑欲不胜簪。

一旦大乱初定,消息忽传,他又会狂喜得流泪。如《闻官军收河南河北》:

  剑外忽传收蓟北,初闻涕泪满衣裳。却看妻子愁何在,漫卷诗书喜欲狂。白日放歌须纵酒,青春作伴好还乡。即从巴峡穿巫峡,便下襄阳向洛阳。

真是"泼血如水"。由于热情洋溢,一派滚出,因而也就使人忘其为戒律森严的律诗。

杜甫始终关怀着国家命运,像"向来忧国泪,寂寞洒衣巾"

(《谒先主庙》)、"安危大臣在,不必泪长流"(《去蜀》)这类诗句是很多的。随着国家局势的转变,他的爱国诗篇也有了不同的内容。比如,在安史之乱期间,他梦想和渴望的就已经不是周公、孔子,而是吕尚、诸葛亮那样的军事人物:"凄其望吕葛,不复梦周孔。"(《晚登瀼上堂》)他大声疾呼:"猛将宜尝胆,龙泉必在腰!"(《寄董卿嘉荣》)而"哀鸣思战斗,迥立向苍苍"(《秦州杂诗》),也决不只是写的一匹"老骕骦",而是蕴含着一种急欲杀敌致果的报国心情在内的诗人自己的形象。因此从最深刻的意义上来说,"三吏"、"三别"并非只是揭露兵役黑暗、同情人民痛苦的讽刺诗,同时也是爱国的诗篇。因为在这些诗中也反映出并歌颂了广大人民忍受一切痛苦的爱国精神。"勿为新婚念,努力事戎行!"(《新婚别》)这是人民的呼声,时代的呼声,也是诗人自己通过新娘子的口发出的爱国号召。黄家舒说:"均一兵车行役之泪,而太平黩武,则志在安边;神京陆沈,则义严讨贼。"(《杜诗注解》序)从战争的性质指出杜甫由反战到主战同样是从国家人民的利益出发,是有见地的。

"必若救疮痍,先应去蟊贼!"(《送韦讽上阆州录事参军》)——一个爱国爱民的诗人,对统治阶级的各种祸国殃民的罪行也必然是怀着强烈的憎恨,而这也就是杜诗人民性的第三个特征。

杜甫的讽刺面非常广,也不论对象是谁。早在困守长安时期,他就抨击了唐玄宗的穷兵黩武,致使人民流血破产。在这方面,《兵车行》是有其代表性的:

> 车辚辚,马萧萧,行人弓箭各在腰。爷娘妻子走相送,尘埃不见咸阳桥。牵衣顿足拦道哭,哭声直上干云霄。道旁过者问行人,行人但云点行频。或从十五北防河,便至四十西营田。去时里正与裹头,归来头白还戍边。边庭流血成海水,武皇开边意未已。君不闻汉家山东二百州,千村万落生荆杞。纵有健妇把锄犁,禾生陇亩无东西。况复秦兵耐苦战,被驱不异犬与鸡。长者虽有问,役夫敢伸恨?且如今年冬,未休关西卒。县官急索租,租税从何出?信知生男恶,反是生女好:生女犹得嫁比邻,生男埋没随百草。君不见,青海头,古来白骨无人收。新鬼烦冤旧鬼哭,天阴雨湿声啾啾!

在《前出塞》中,诗人也代人民提出了同样的抗议:"君已富土境,开边一何多!"

杨国忠兄妹,当时炙手可热,势倾天下,但杜甫却在《丽人行》中揭露了他们的奢侈荒淫的面目:

> 三月三日天气新,长安水边多丽人。态浓意远淑且真,肌理细腻骨肉匀。绣罗衣裳照暮春,蹙金孔雀银麒麟。头上何所有,翠微㔩叶垂鬓唇。背后何所见,珠压腰衱稳称身。就中云幕椒房亲,赐名大国虢与秦。紫驼之峰出翠釜,水精之盘行素鳞。犀箸厌饫久未下,鸾刀缕切空纷纶。黄门飞鞚不动尘,御厨络绎送八珍。箫鼓哀吟感鬼神,宾从杂遝实要津。后来鞍马何逡巡,当轩下马入锦茵。杨花雪落覆白苹,青鸟飞去衔红巾。炙手可热势绝伦,慎莫近前丞相嗔!

诗人还把杨国忠兄妹们这种生活和人民的苦难,和国家的命运联系起来:"朝野欢娱后,乾坤震荡中。"(《寄贺兰铦》)同时,他又警告统治者要节俭,认为:"君臣节俭足,朝野欢呼同。"

唐肃宗、代宗父子信用鱼朝恩、李辅国和程元振一班宦官,使掌兵权,杜甫却大骂:"关中小儿坏纪纲!"认为只有把他们杀掉,国家才能有转机:"不成诛执法,焉得变危机!"在《冬狩行》中他讽刺地方军阀只知打猎取乐:"草中狐兔尽何益?天子不在咸阳宫。"伴随着叛乱而来的是官军的屠杀奸淫,《三绝句》之一对此作了如下的无情揭露:

> 殿前兵马虽骁雄,纵暴略与羌浑同。闻道杀人汉水上,妇女多在官军中。

这时,官吏的贪污剥削也有加无已,《岁晏行》说:"况闻处处鬻男女,割慈忍爱还租庸。"针对这些现象,作为一个人民诗人,他有时就难免破口大骂,把他们比作虎狼:"群盗相随剧虎狼,食人更肯留妻子!"(《三绝句》)把他们看作凶手:"万姓疮痍合,群凶嗜欲肥!"(《送卢十四侍御护韦尚书灵榇归上都》)可惜,阶级的局限使杜甫仍只能把希望寄托在统治者身上:"谁能叩君门,下令减征赋?"同时在力所能及的范围内忠告他的朋友们要作清官:"众僚宜洁白,万役但平均!"真是"告诫友朋,若训子弟"(《杜诗胥钞》)。

除上述三方面这些和当时政治、社会直接有关的作品外,在一些咏物、写景的诗中,也都渗透着人民的思想感情。比如说,同是一个雨,杜甫有时则表示喜悦,如《春夜喜雨》:"好雨知时节,当春乃发生。随风潜入夜,润物细无声。"即使是大雨,那怕自己的茅屋漏了,只要对人民有利,他照样是喜悦:"敢辞茅苇漏,已喜禾黍高。"(《大雨》)但当久雨成灾时,他却遏止不住他的恼怒:"吁嗟乎苍生,稼穑不可救。安得诛云师,畴能补天漏!"(《九日寄岑参》)可见他的喜怒是从人民的利益出发,以人民的利益为转移的。在咏物诗中,有的直接和现实联系,如《枯棕》、《病橘》等;有的则是借物寓意,因小明大,如《萤火》刺宦官的窃弄权柄,《花鸭》刺奸相的箝制言论,至如《麂》诗:"衣冠兼盗贼,饕餮用斯须",那更是愤怒的谴责。所有这些,都可以看作政治讽刺诗。

杜甫热爱生活,热爱祖国的大自然。他那些有关夫妻、兄弟、朋友的抒情诗,如《月夜》、《月夜忆弟》、《梦李白》等,也无不浸透着挚爱和无私精神。"三夜频梦君,情亲见君意"、"世人皆欲杀,吾意独怜才",他对李白的友谊是如此深厚。我们祖国的山川风物是美不胜收的,杜甫并不是山水诗人,但他却比之一般山水诗人写出了更多的山水诗,而且自具特色。中国有五岳,杜甫用同一诗题《望岳》写了其中的三个:泰山、华山、衡山。此外像陇山、剑阁、三峡、洞庭等等也都作了出色的描绘。"秦城楼阁烟花里,汉主山河锦绣中"(《清明》),"一重一掩吾肺腑,山鸟山花吾友于"(《岳麓山道林二寺行》),从这类句子,我们也就可以看出这类诗同样饱含着诗人的爱国激情。

第三节　杜甫诗歌的艺术性

杜甫异常重视诗歌的艺术性。他对于一篇诗的要求非常严格,即所谓"毫发无遗憾(憾,一作恨)"(《敬赠郑谏议十韵》)。因此,他的诗不仅具有高度的思想性,而且具有高度的艺术性,是内容与形式高度统一的典范。

从创作方法上来看,杜甫的最大成就和特色,是现实主义。杜甫有他独特的丰富的生活经验,他的诗多取材于人民生活,和社会现实密切结合,为了真实地形象地反映现实生活,他需要采用现实主义的表现手法。这就是形成他的诗的这一特色的内在原因。

为了比较便于阐明杜诗现实主义的若干特点,我们可以分别地就叙事诗和抒情诗两方面来谈。

杜甫的叙事诗,特别值得我们珍视。在他以前,文人写的叙事诗是很少的,叙人民的事的就更少。杜甫的叙事诗,不仅数量多,而且质量高,现实主义特色也表现得最为突出,最为充分。这有以下几点:

第一,善于对现实生活作典型的艺术概括。在杜甫许多著名的叙事诗中,我们可以看到他很善于选择和概括有典型意义的人物,通过个别,反映一般。比如《兵车行》中那个"行人"的谈话,便说出了千万个征夫戍卒的相同或相似的遭遇;"三吏"、"三别"更是典型概括的最好的范例。例如《无家别》里,写乱后乡里的面目,写无家可归的士兵的心理:"近行只一身,远去终转迷。家乡既荡尽,远近理亦齐";写士兵对死于沟壑的母亲的回忆,都有极其深广的现实内容。就以《羌村》来说,虽然是叙述诗人自己乱后回乡的经历,但是,诗中所写的"妻孥怪我在,惊定还拭泪","夜阑更秉烛,相对如梦寐"等家人相逢的情景,以及"邻人满墙头,感叹亦歔欷"的场面,绝不只是反映了诗人自己的生活经历。杜甫这些诗所以千百年来都一直能令人读后感到惊心动魄,其秘密也就在于它是现实生活的高度集中的概括。杜甫还善于把巨大的社会内容集中在一两句诗里,"朱门酒肉臭,路有冻死骨"之所以震撼人心,就因为它是诗人以如椽的诗笔,概括了社会现实中的尖锐的矛盾,写出了统治集团的铁案如山的罪证。他如:"十室几人在,千山空自多"(《征夫》),"战血流依旧,军声动至今"(《风疾舟中伏枕书怀三十六韵奉呈湖南亲友》)等,同样是以高度集中概括而"力透纸背"的名句。卢世㴶评"万姓疮痍合,群凶嗜欲肥"二句说:"合字肥字,惨不可读。诗有一字而峻夺人魄者,此也!"合、肥二字所以具有"峻夺人魄"的力量,便是高度集中的结果。

第二,寓主观于客观。也就是将自己的主观意识、思想感情融化在客观的具体描写中,而不明白说出。这是杜甫叙事诗最大的特点,也是杜甫最大的本领,因为必须具有善于克制自己的激动的冷静头脑。这方面最典型的例子是《石壕吏》:

> 暮投石壕村,有吏夜捉人。老翁逾墙走,老妇出门看。吏呼一何怒!妇啼一何苦!听妇前致词:"三男邺城戍,一男附书至,二男新战死。存者且偷生,死者长已矣。室中更无人,惟有乳下孙。孙有母未去,出入无完裙。老妪力虽衰,请从吏夜归。急应河阳役,犹得备晨炊。"夜久语声绝,如闻泣幽咽。天明登前途,独与老翁别。

除"吏呼一何怒"二句微微透露了他的爱憎之外,便都是对客观事物的具体描写。他把自己的主观感受和评价融化在客观的叙述中,让事物本身直接感染读者。只如"有吏夜捉人"这一句,无疑是客观叙述,但同时也就是作者的讽刺、斥责。不必明言黑暗残暴,而黑暗残暴之令人发指,已自在其中。此外,《丽人行》中对杨国忠兄妹的荒淫,只是从他们的服饰、饮馔和行动上作具体的刻画,不显加谴责,而讽意自见。白居易也是现实主义诗人,我们如果拿他同样是反对穷兵黩武的名诗《新丰折臂翁》来和杜甫的《兵车行》对照,马上就可以发现它们之间的差异。在《兵车行》里,杜甫始终没有开腔,"行人"的话说完,诗也就结束了。但在《新丰折臂翁》中,白居易在叙述那折臂翁的谈话之后,却自发议论,明白点破作诗的主旨。白诗的讽刺色彩虽然很鲜明,但杜诗寓讽刺于叙事之中,更觉真挚哀痛,沁人心脾。

第三,对话的运用和人物语言的个性化。为了把人物写得生动,杜甫吸收了汉乐府的创作经验,常常运用对话或人物独白,并作到了人物语言的个性化。这类作品很多,现以《新婚别》为例。这是写的一位新娘子的独白:

> 兔丝附蓬麻,引蔓故不长。嫁女与征夫,不如弃路旁。结发为君妻,席不暖君床。暮婚晨告别,无乃太匆忙!君行虽不远,守边赴河阳。妾身未分明,何以拜姑嫜!父母养我时,日夜令我藏。生女有所归,鸡狗亦得将。君今往死地,沉痛迫中肠。誓欲随君去,形势反苍黄。勿为新婚念,努力事戎行!妇人在军中,兵气恐不扬。自嗟贫家女,久致罗襦裳。罗襦不复施,对君洗红妆。仰视百鸟飞,大小必双翔。人事多错迕,与君永相望。

新婚竟成生离死别,本是痛不欲生,但一想到自己还是刚过门的新娘子,所以态度不免矜持,语带羞涩,备极吞吐,这是完全符合人物的特定身分和精神面貌的。所以我们读起来,总有一种如见其人、如闻其声的感觉。

第四,采用俗语。这是杜诗语言的一大特色。杜甫在抒情的近体诗中即多用俗语,但在叙事的古体诗中则更为丰富,关系也更为重要。因为这些叙事诗许多都是写的人民生活,采用一些俗语,自能增加诗的真实性和亲切感,并有助于突出人物性格和语言的个性化。比如同是一个呼唤妻子的动作,在《病后过王倚饮》一诗中,杜甫用的是"唤妇出房亲自馔",而在《遭田父泥饮》中,却用的是"叫妇开大瓶","叫妇"这一俗语,便显示了田父的本色。其他如《兵车行》的"爷娘妻子走相送","牵衣顿足拦道哭",《新婚别》的"生女有所归,鸡狗亦得将",也是很生动的例子。至如《前出塞》的"挽弓当挽强,用箭当用长。射人先射马,擒贼先擒王",更是有同谣谚了。

第五,细节描写。杜甫善于捕捉富于表现力的、能够显示事物本质和人物精神面貌的细节。例如《兵车行》:"长者虽有问,役夫敢伸恨?"便是这样一个细节。它不仅揭示了那个役夫"敢怒而不敢言"的痛苦心情,而且也揭露了封建统治阶级的残酷压迫。又如《石壕吏》用"夜久语声绝,如闻泣幽咽"这一细节暗示出老妇竟被拉走的惨剧,《丽人行》用"犀筋厌饫久未下"这一小动作来刻画那班贵妇人的骄气,都是很好的例证。他细节描写最出色的是《北征》中写他妻子儿女的一段:

……经年至茅屋,妻子衣百结。恸哭松声回,悲泉共幽咽。

> 平生所娇儿,颜色白胜雪。见爷背面啼,垢腻脚不袜。床前两小女,补绽才过膝。海图坼波涛,旧绣移曲折。天吴及紫凤,颠倒在短褐。老夫情怀恶,呕泄卧数日。那无囊中帛,救汝寒凛冽。粉黛亦解苞,衾裯稍罗列。瘦妻面复光,痴女头自栉。学母无不为,晓妆随手抹。移时施朱铅,狼藉画眉阔。生还对童稚,似欲忘饥渴。问事竞挽须,谁能即嗔喝。翻思在贼愁,甘受杂乱聒……

这里不仅生动地描绘了小儿女的天真烂漫,而且也烘托出了他自己的悲喜交集的复杂心情。前人说杜甫"每借没要紧事,形容独至",其实就是细节描写。

应该指出:上述诸特点,在杜甫的叙事诗中往往是同时出现的。

作为一个现实主义诗人,杜甫的抒情诗也有他自己的风格。他往往像在叙事诗中刻画人物那样对自己曲折、矛盾的内心世界进行深入的解剖,《赴奉先咏怀》头一大段就是最典型的例子。《闻官军收河南河北》是杜甫生平第一首快诗,乍一看好像很抽象,其实仍很具体,他用"涕泪满衣裳"来写他的喜极而悲,并抓住"漫卷诗书"这一小动作来表现他的大喜欲狂,下面四句虽然属于幻想,但在幻想中仍有丰富的形象性。在叙事诗中,杜甫寄情于事,在抒情诗中,则往往寄情于景,融景入情,使情景交融。这也有两种情况:一种是情景同时出现,如他的名句:"感时花溅泪,恨别鸟惊心","江山如有待,花柳更无私"(《后游》)。另一种是只见景,不见情,如《登慈恩寺塔》:"秦川忽破碎,泾渭不可求。俯视但一气,焉能辨皇州。"其中便包含着忧国忧民的心情。"五更鼓角声悲壮,三峡星河影动摇"(《阁夜》),"高江急峡雷霆斗,古木苍藤日月昏"(《白帝》),其中也同样有着诗人跳动的激情和那个混乱时代的阴影。在叙事诗中,杜甫尽量有意识地避免发议论,在抒情诗,具体地说在政治抒情诗中,却往往大发议论,提出自己的政见和对时事的批评,如"由来强干地,未有不臣朝"、"安得务农息战斗,普天无吏横索钱"之类。为了适应内容的要求,杜甫的叙事诗概用伸缩性较大的五、七言古体,而抒情诗则多用五、七言近体。对于杜甫的古体和律诗,鲁迅说:"杜甫的律诗,后人还可以模拟,古体的内容深厚,风力高昂,是不许模拟的。"(据刘大杰《鲁迅谈古典文学》,见1956年《文艺报》第20号)

  杜甫是一个具有远大政治抱负的诗人,这就决定了他的现实主义是有理想的现实主义。因此在他的某些叙事兼抒情的诗中往往出现现实主义和浪漫主义相结合的作品。《洗兵马》可以作代表。诗一开始就以飘风急雨的笔调写出了大快人心的胜利形势,热情地歌颂了祖国的中兴:"中兴诸将收山东,捷书夜报清昼同。河广传闻一苇过,胡危命在破竹中。"但一面又以唱叹的语气提醒统治者要安不忘危:"已喜皇威清海岱,常思仙仗过崆峒。三年笛里关山月,万国兵前草木风。"并幽默地讽刺了那些因人成事、趋炎附势的王侯新贵:"攀龙附凤势莫当,天下尽化为侯王。"也没有忘记人民的生计:"田家望望惜雨干,布谷处处催春种。"诗的结尾更通过"安得壮士挽天河"的壮丽幻想,提出了"净洗甲兵长不用"的希望。全诗基调是乐观的,气势磅礴,色彩绚丽,充满鼓舞人心的力量,但又兼有清醒的现实主义的批判精神。王安石选杜诗以此诗为压卷,是有眼光的。此外《凤凰台》、《茅屋为秋风所破歌》也都是较突出的现实主义和浪漫主义相结合的作品。

　　杜诗的风格,多种多样。但最具有特征性、为杜甫所自道且为历来所公认的风格,是"沉郁顿挫"。时代环境的急遽变化,个人生活的穷愁困苦,思想感情的博大深厚,以及表现手法的沉着蕴藉,是形成这种风格的主要因素。比如同是鄙薄权贵,李白说"安能摧眉折腰事权贵,使我不得开心颜",杜甫却说"野人旷荡无覥颜,岂可久在王侯间";同是写友情,李白说"我寄愁心与明月,随风直到夜郎西",杜甫却说"故凭锦水将双泪,好过瞿塘滟滪堆",一飘逸,一沉郁,是很明显的。

　　杜甫所以能取得这样高的艺术成就,绝非偶然,而是用尽他毕生的心血换来的。这表现在以下几方面:第一是虚心的学习。他向古人学习,也向同时代人学习;向作家学习,也向民歌学习。所以他说"不薄今人爱古人"、"转益多师是汝师"。虚心的学习,使杜甫奄有众长,兼工各体,并能推陈出新,别开生面,做到像元稹所说的"尽得古今之体势,而兼人人之所独专"(《杜君墓系铭》)。但是他也不是无批判的学习,所以又说"别裁伪体亲风雅",而在肯定"清词丽句必为邻"的同时,就提醒人们不要滑进形式主义的泥坑:"恐与齐梁作后尘"。第二是苦心的写作。尽管杜甫称赞他的诗友李白是"敏捷诗千首",但却不讳言自己写诗的"苦用心"。为了诗语"惊人",他的苦用心竟达到这样的程度:"语不惊人死不休!"可贵的是,杜甫还坚持了这种苦心孤诣的写作态度,他说"他乡阅迟暮,不敢废诗篇"(《归》),又说"老去渐于诗律细"(《遣闷戏呈路十九曹长》)。他的作品,不是愈老愈少,而是愈老愈多,直到死亡前夕,还力疾写出《风疾舟中伏枕书怀》那样长篇的排律。

他真是学到老、写到老。第三是细心的探讨。盛唐诗人很多,谈论诗的却少。杜甫与之相反,他好论诗,而且细心。他对李白说"何时一樽酒,重与细论文",对严武说"吟诗好细论",对高适、岑参说"会待妖氛静,论文暂裹粮",此类甚多。他对于论诗,很自负,也很感兴趣,所以说"论文或不愧","说诗能累夜"。他的《戏为六绝句》、《偶题》等专门论诗的诗,其中就可能包括他和朋友们"细论文"的一部分内容。此外,对书、画、音乐、舞蹈等艺术的广泛爱好和吸收,也有助于他的诗歌艺术的提高。在《剑器行》的序文中,他就曾提到张旭草书的"长进"和"豪荡感激",是得到公孙大娘"剑器舞"的启发这样一个事例。他从一幅画中所领会的"咫尺应须论万里"的画境,和他要求一首诗所应达到的"篇终接混茫"的诗境,正是近似的、相通的。

第四节　杜甫在现实主义诗歌发展中的地位及其影响

"天意君须会,人间要好诗"(《读李杜诗集因题卷后》)!白居易说得对,人民的确是要好诗的,杜甫也确实没有辜负人民的期望,留下了许多好诗。他的诗是我国最可宝贵的文学遗产的一部分。

在我国现实主义诗歌的发展过程中,杜甫占有继往开来的重要地位。我国诗歌的现实主义传统是最早从周代民歌就开始了的。像《诗经》风诗中的《伐檀》、《七月》、《氓》等,都是极其优秀的代表。到两汉乐府民歌,现实主义精神和表现手法更有了很大的发展,出现了大量的"缘事而发"的叙事诗,如《陌上桑》、《东门行》等,而产生在建安时代的长诗《孔雀东南飞》,更是一个特出的奇峰。对话的运用,人物性格的刻画,细节的描写等,都益趋成熟和完善,人物和情节的典型化也有很高的水平。

由于周民歌,尤其是汉乐府民歌的直接哺育,汉末建安时期,文人们开始写出一些现实主义的诗,如辛延年的《羽林郎》、曹操的《薤露行》,以及王粲、陈琳、曹植、蔡琰等人的一些作品。但他们都未能充分发扬现实主义的传统。建安后,现实主义更逐渐转入低潮,晋宋之间,是"庄老告退,山水方滋",梁陈以后,宫体猖獗,更脱离现实。至初唐陈子昂倡导汉魏风骨,反对齐梁的"采丽竞繁",现实主义诗歌才略见起色。大诗人李白虽也写了一些现实主义的诗,但他的最大成就和贡献还是在浪漫主义方面。因此,总结并发扬我国现实主义优良传统这一历史任务,是由杜甫来完成的。他把现实主义推向了一个新的更高更成熟的阶段。

作为一个伟大的现实主义诗人,杜甫的影响是巨大的、深远的、多方面的。这突出地表现在那些反映现实的乐府叙事诗上。他没有遵循建安以来沿袭乐府古题的老一套办法,而是本着汉乐府"缘事而发"的精神自创新题,即所谓"即事名篇",或者说"因事命题"。对这类作品,白居易在《与元九书》中作了很高的评价,而元稹在《乐府古题序》中更叙述了他们所受到的启发:"近代惟诗人杜甫《悲陈陶》、《哀江头》、《兵车》、《丽人》等,凡所歌行,率皆即事名篇,无复依傍。予少时与友人白乐天、李公垂辈谓是为当,遂不复拟赋古题。"由此可见,中唐的新乐府运动,正是由杜甫直接开导的。用不用古题,并不只是一个单纯的形式问题,因为实质上无异于为后代诗人指出一条通向现实、通向人民生活的创作道路。这一影响,一直贯穿到清末黄遵宪等诗人的创作中。

高度的爱国精神,是杜甫现实主义诗歌一大特色,这不仅在文学史上而且也在历史上起着积极的教育作用。爱国诗人陆游就深受杜甫影响,他从杜诗领会到"诗出于人"的道路,所谓"工夫在诗外",从而纠正了他早年学诗"但欲工藻绘"的偏差,创作出许多可歌可泣的爱国诗篇。民族英雄文天祥,也是一生酷爱杜诗,在燕京坐牢的三年间,更是专读杜诗,并集杜诗为五言绝句二百首,说是"但觉为吾诗,忘其为子美诗"(《文山全集》卷十六《集杜诗自序》)。爱国诗人顾炎武也同样从杜诗得到鼓舞。

现实是复杂的。为了全面地反映现实,杜甫掌握了利用了当时所有的一切诗体,并创造性地发挥了各种诗体的功能,为各种诗体树立了典范。诗,在他手中几乎是无所不能的。他用诗写传记,写游记,写自传,写奏议,写书札,写寓言,写诗文评,总之,凡是别人用散文来写的,他都可以用诗的形式来写。这方面的影响也是很大的。只以七律而论,杜甫之前,大都是用来歌功颂德或倡和应酬的,但他却用来反映民生疾苦和国家大事,成了讽刺武器。胡震亨《唐音癸签》卷十说杜甫七律与诸家异者有五,其中之一就是"诗料无所不入",足见这确是一个大有关系的革新。只是七律的影响要略晚于他的乐府诗,到李商隐才显示出来。李作如《重有感》等便很像杜甫《诸将》。王安石说"唐人知学老杜而得其藩篱者惟义山一人",便是指的七律。

为了生动而真实地反映社会生活,在表现手法上杜甫也为后人开示不少法门。如学习民歌运用对话和口语,就大大提高了诗的表现力和俗语在诗中的地位,使诗歌更接近生活,接近人民群众。元稹《酬李甫见赠》诗说:"杜甫天才颇绝伦,每寻诗卷似情亲。怜渠直道当时语,不着心源傍古人。"看来元稹和白居易诸人诗歌的趋向通俗化,也是受杜甫的影响。在提炼口语的另一面,杜甫还通过千锤百炼创造出字字敲打得响、"字字不闲"的诗句,所以皮日休说杜诗"纵为三十车,一字不可捐"(《鲁望昨以五百言见贻因成一千言》)。这对于提高诗的语言艺术也有所启发。但如宋代"江西诗派"那样片面强调杜诗"无一字无来处",专门在字句上下功夫,"以故为新,以俗为雅",欲以奇句硬语惊人,就未免舍本逐末了。

韩愈说得好:"李杜文章在,光焰万丈长。"的确,我们不能不为在我们祖国文学史上同时出现这样两位伟大的诗人而感到自豪。

百馀年来,我国内忧外患日深,政治、经济、学术均呈旷古未有之变局。学习世界先进潮流,创造中国新文化,已成必然趋势。但是,中华民族本来就是一个饱经忧患而能自立之民族,我国文化中并不缺乏鼓舞人民在忧患中奋进之传统。杜甫的诗,正因为代表着这个优秀传统,并未随历史之巨变而减价。梁启超《饮冰室诗话》说,康有为"最嗜杜诗,能诵全杜集,一字不遗"。马一浮则说陈独秀"能背诵杜诗全集而不遗一字"(引自郑逸梅《千百年后之杜陵知己》,见《草堂》1982年第2期)。这两位历史风云人物,一在清末首倡变法,一在民国初年领导"五四"政治文化新潮流。两人不仅时代背景不同，思想学术虽皆同向西方学习，但亦罕有共同语言，唯其嗜爱杜诗之深，能背诵杜诗一字不遗，则先后无殊。康有为之大弟子梁启超，在变法失败后，赴日本创办《新民丛报》，以"笔锋常带感情"之政论文字风靡一时，不啻为"五四"白话文运动之前驱，晚年为后生说诗，亦特标"情圣杜甫"以为号召。陈独秀于"五四"运动之前，创办《新青年》，刊载胡适"文学改良"之"刍议"，举"文学革命"之大旗以为响应，打开白话文运动之新局面。而在答胡适论文学革命之书信中，则谓"诗中之杜，文中之韩，均为变古开今之大枢纽"（《陈独秀选集》第53页）。胡适撰《白话文学史》，亦独将杜甫一人辟为专章，其比较李杜则曰："（李白）在云雾里嘲笑那瘦诗人杜甫，然而我们终觉得杜甫能了解我们，我们也能了解杜甫。杜甫是我们的诗人，而李白则终于是'天上谪仙人'而已。"曾经加入《新青年》，以《狂人日记》等名作参与发动"五四"文化革命之鲁迅，到三十年代，岿然成为众望所归之革命文学导师，晚年与友人讨论中国文学史，以为中古之陶潜、李白、杜甫皆第一流诗人，继而又说："我总觉得陶潜站得稍稍远一点，李白站得稍稍高一点，这也是时代使然。杜甫似乎不是古人，就好像今天还活在我们堆里似的。"（刘大杰《鲁迅谈古典文学》，见《文艺报》1956年20号）众所周知，鲁迅晚年在政治上已与胡适分道扬镳，惟此评论杜甫之寥寥数语，仍然与胡适笙磬同音。一九二八年，新诗人闻一多在《新月》杂志上发表《杜甫》一文，称杜甫为"中国有史以来第一个大诗人"。此后，陈寅恪在《书杜少陵〈哀王孙〉后》中也说"少陵为中国第一诗人"。新中国成立后，郭沫若称杜甫为"诗中圣哲",毛泽东主席参观杜甫草堂,更称杜甫为"政治诗人"。从这一系列事实可以看出,杜诗的影响,不仅不因新文学之胜利而消失,而且会随着新文学之胜利发展而长存。

第六章　中唐前期诗人

中唐大历前后的诗歌呈现一种过渡状况。元结、顾况等人用诗歌反映现实,是杜甫的同调,也是新乐府运动的先驱。刘长卿、韦应物主要以山水诗见称。李益则继承了盛唐边塞诗的传统。他们在艺术上都具有自己的特色。此外,在当时还有影响较大而实际成就较差的"大历十才子"。由于社会的动乱和王朝的衰微,这个时期的诗歌多半都染上了感伤的色彩。

第一节　元结、顾况及其他诗人

元结(719—772),字次山,河南(今洛阳附近)人。早年入长安应试不第,曾经历过一段"耕艺山田""与丐者为友"的生活。天宝十二年登进士第。安史之乱,曾率邻里一起逃难。肃宗乾元二年,由苏源明推荐,召入长安,上《时议》三篇,陈述兵势,遂擢山南东道节度参谋,后拜道州刺史。

元结是一个"尝欲济时难"的诗人。他曾多次上书,指责朝廷官吏,陈述民生疾苦,提出了"救世劝俗"的政治改革主张。他在文学上,反对"拘限声病,喜尚形似"(《箧中集序》)的淫靡诗风。要求诗歌能"极帝王理乱之道,系古人规讽之流"

(《二风诗论》),达到"上感于上,下化于下"(《系乐府序》)的政治目的。这正是白居易现实主义诗歌理论的先声。

元结的诗歌创作实践了他的主张。他的《悯荒诗》写于天宝五载,《系乐府十二首》写于天宝十载,是盛唐时较早的新乐府诗。《悯荒诗》是诗人见了淮阴一带水灾,便托言采录"冤怨时主"的隋代民歌,谴责帝王的穷奢极欲。诗里有云:"更歌曲未终,如有怨气浮。奈何昏王心,不觉此怨尤。遂令一夫唱,四海欣提矛。"这种愤怒情绪和大胆思想在当时是少见的。又如他《系乐府》里的《贫妇词》:

> 谁知苦贫夫,家有愁怨妻。请君听其词,能不为酸嘶?所怜抱中儿,不如山下麑。空念庭前地,化为人吏蹊。出门望山泽,回顾心复迷。何时见府主,长跪向之啼。

写出了贫妇在封建官府压榨下的痛苦心情。《去乡悲》写人民离乡背井的逃难生活,《农臣怨》写农民在灾荒年月的哭诉无门,也都表现了对人民的深刻同情。

元结这种同情人民、批判现实的精神,到安史之乱以后有了更为深刻的发展。在《喻瀼溪乡旧游》里,他以痛苦不安的心情写出自己作官前后和人民关系的变化:

> 往年在瀼溪,瀼人皆忘情。今来游瀼乡,瀼人见我惊。我心与瀼人,岂有辱与荣?瀼人异其心,应为我冠缨。

他这种喜欢接近人民,不喜欢作官吏的心情和杜甫"不爱入州府,畏人嫌我真。及乎归茅宇,旁舍未曾嗔"(《暇日小园散病》)的思想基本一致。广德二年他作道州刺史时写的《舂陵行》和《贼退示官吏》是他这一时期的代表作。《舂陵行》形象地描写了战乱之后道州人民伤亡疲敝的情形:

> ……州小经乱亡,遗人实困疲。大乡无十家,大族命单羸。朝餐是草根,暮食乃木皮。出言气欲绝,意速行步迟。追呼尚不忍,况乃鞭扑之……

诗中谴责了官吏们的严刑苛敛,也表现了自己宁肯违诏待罪也不愿逼迫人民鬻儿卖女的高尚感情。诗末说,"何人采国风,吾欲献此词",说明他是有意为民请命的。《贼退示官吏》一首,语意更为沉痛:

> ……今来典斯郡,山夷又纷然。城小贼不屠,人贫伤可怜。是以陷邻境,此州独见全。使臣将王命,岂不如贼焉?今彼征敛者,迫之如火煎。谁能绝人命,以作时世贤?思欲委符节,引竿自刺船。将家就鱼麦,归老江湖边。

他不仅指责那些强迫地方官横征暴敛的朝廷使臣比盗贼还不如,而且表示自己宁愿弃官,绝不肯"绝人命"以博得统治者的宠爱。因此,杜甫在《同元使君舂陵行》中热情地称赞了他这两首诗:"道州忧黎庶,词气浩纵横。两章对秋月,一字偕华星。"其他如《舂官引》、《酬孟武昌苦雪》、《喻常吾直》等诗,也都富于批判现实的精神。他的山水诗如《石鱼湖上醉歌》、《欸乃曲》也写得比较真朴自然。

元结的诗,大都是古体诗,用质朴的语言抒情叙事。乾元三年,他编了一本《箧中集》,收录了沈千运、孟云卿等人的一些反映现实的诗,这些都体现了他的文学主张,对白居易新乐府有影响。但是他的诗有时过于古朴,不够形象。他几乎不写律诗,并且在理论上反对"拘限声病",也作得有些过分。

元结的散文如《丐论》、《化虎论》、《恶圆》等篇,对韩愈、柳宗元的讽刺散文有一定影响,《右溪记》、《茅阁记》等,又是柳宗元山水记的先声。

顾况(727—815?),字逋翁,苏州人。至德二年进士。德宗时官秘书郎。李泌做宰相时,他迁著作郎,泌死,他作《海鸥咏》一诗嘲诮权贵,被贬为饶州司户参军。晚年隐于茅山。

顾况与元结同时而略晚。他也是一个关心人民痛苦的新乐府作者。作诗能注意"声教"而不仅仅追求"文采之丽"(《悲歌序》)。他根据《诗经》的讽谕精神写了《上古之什补亡训传十三章》,都是讽刺劝戒之作,其中也有直接反映现实的,如《囝》:

> 囝生南方,闽吏得之,乃绝其阳。为臧为获,致金满屋。为髡为钳,如视草木。天道无知,我罹其毒。神道无知,彼受其福。郎罢别囝,吾悔生汝。乃汝既生,人劝不举。不从人言,果获是苦。囝别郎罢,心摧血下。隔地绝天,及至黄泉,不得在郎罢前。

唐代闽中官吏常取闽童做阉奴,顾况这首诗,揭发了闽吏这种残害人民的罪行。其他如《上古》一章同情农民稼穑之苦;《采蜡》一章讽刺统治者的享乐生活,同情采蜡者的悲惨遭遇,也是为现实而发的。这些诗形式上模拟《诗经》四言体,但能自立新题,描写时事。他效法《诗经》"小序"体例,取诗中首句一二字为题,并标明主题,如"囝,哀闽也"、"采蜡,怨奢也",开了白居易新乐府"首章标其目"的先例。他学习古乐府写的《公子行》、《弃妇词》也是富有现实意义的作品。

顾况的新乐府诗没有元结的多,反映现实也不够广泛,但他在诗体上比较多样,由于吸收了民歌俚曲的特点,语言也较通俗流畅。他的《竹枝词》更是直接学习江南民歌的作品。

元结、顾况之外,戎昱和戴叔伦也写过新乐府。戎昱(740—787?)颇多边塞之作。他的《苦哉行》写唐王朝借回纥兵镇压安史之乱给人民带来的灾难;《咏史》诗"社稷依明主,安危托妇人。岂能将玉貌,便拟静胡尘。"讽刺肃宗的和亲政策,也表现了民族自尊心。

戴叔伦(732—789)的《女耕田行》也是这一时期新乐府的佳作:

> 乳燕入巢笋成竹,谁家二女种新谷。无人无牛不及犁,持刀砍地翻作泥。自言家贫母年老,长兄从军未娶嫂。去年灾疫牛囤空,截绢买刀都市中。头巾掩面畏人识,以刀代牛谁与同。姊妹相携心正苦,不见路人唯见土。疏通畦陇防乱苗,整顿沟塍待时雨。日正南冈午饷归,可怜朝雉扰惊飞。东邻西舍花发尽,共惜馀芳泪满衣。

诗中以典型的事例，显示了安史乱后壮丁稀少、民生雕敝的农村面貌。另一首《屯田词》也写出了农民在旱灾、蝗灾威胁下，在官府繁重徭役压迫下，辗转辛酸的生活情景。

第二节 刘长卿 韦应物

刘长卿（709—780?），字文房，河间（今河北河间）人。开元二十一年进士，大历中，官至鄂岳转运留后，为观察使诬奏，系姑苏狱，后贬南巴尉。终随州刺史。

刘长卿"以诗驰名上元、宝应间"（《唐诗纪事》）。他的诗多写贬谪飘流的感慨和山水隐逸的闲情。擅长近体，尤工五律，曾自称为"五言长城"。风格含蓄温和，清雅洗炼，接近王孟一派。

他集中也有少数反映现实的诗，如《穆陵关北逢人归渔阳》，用很简练浑括的诗笔，写出安史乱后荒凉雕敝的景象：

> 逢君穆陵路，匹马向桑干。楚国苍山古，幽州白日寒。城池百战后，耆旧几家残。处处蓬蒿遍，归人掩泪看。

此外，如《疲兵篇》、《送李中丞归襄州》等诗，或写久戍边塞不得归家的兵士，或写被罢归乡里的老将，也令人深感同情。

他写山水隐逸生活的诗，成就较高。用严格的律诗写景抒情，能作到凝炼自然，造意清新。其代表作如《寻南溪常山人山居》：

一路经行处,莓苔见履痕。白云依静渚,芳草闭闲门。过雨看松色,随山到水源。溪花与禅意,相对亦忘言。

诗中写他寻访道人,在南溪山中一路所见的幽静景色,洗炼清新,颇饶风致。结尾写空寂的禅意,思想感情却是消极的。又如《碧涧别墅喜皇甫侍御相访》:

　　荒村带返照,落叶乱纷纷。古路无行客,寒山独见君。野桥经雨断,涧水向田分。不为怜同病,何人到白云?

荒僻幽静的别墅,无人肯到,皇甫侍御独远来相访,欣慰之情,不言而自见。他的绝句《逢雪宿芙蓉山主人》也是历来传诵的名作:

　　日暮苍山远,天寒白屋贫。柴门闻犬吠,风雪夜归人。

雪夜投宿山中贫寒人家所见的情景,只短短几句话就刻画烘托出来,让人感到含蓄亲切。

　　他还写过一些怀古伤今的作品。这些诗往往和他自己受贬谪的失意心情融合在一起。如《长沙过贾谊宅》:

　　三年谪宦此栖迟,万古惟留楚客悲。秋草独寻人去后,寒林空见日斜时。汉文有道恩犹薄,湘水无情吊岂知。寂寂江山摇落处,怜君何事到天涯。

托古喻今,寓情于景,写得很浑成深厚。三四两句,于写景中融入贾谊《鵩鸟赋》的词语和意境,尤见艺术功力。

但是,他的思想生活都比较狭窄,因此诗境也缺乏更多的变化。高仲武《中兴间气集》说他的诗"大抵十首以上,语意稍同",很能切中他诗歌艺术上的弱点。

韦应物(737—790?),长安人。天宝末年,以三卫郎侍玄宗,放浪不检。后来悔悟,折节读书。永泰时任洛阳丞,转京兆功曹等职,建中年间出任滁州、江州刺史,后转左司郎中,贞元初任苏州刺史。

他的生活道路经过颇为曲折。他少年狂放不检的生活在晚年写的《逢杨开府》等诗曾有所回忆,中年以后,思想性格有较大的变化。从他多数的诗篇来看,他的思想是进步的。如《睢阳感怀》、《经函谷关》等诗写安史之乱,颇露壮怀。他在历任官职中都想努力作一个清廉刚直的地方官,并对民间疾苦经常表示关怀。他叹息京兆百姓:"兵凶久相践,徭赋岂得闲?"(《高陵书情寄三原卢少府》)对江州百姓的流亡更感同情:"斯民本乐生,逃逝竟何为?旱岁属荒歉,旧逋积如坻。到郡方逾月,终朝理乱丝。……岂待干戈戢,且愿抚惸嫠。"(《始至郡》)他《杂体五首》的二、三两首,态度尤为鲜明:

> 古宅集袄鸟,群号枯树枝。黄昏窥人室,鬼物相与期。居人不安寝,搏击思此时。岂无鹰与鹯,饱肉不肯飞。既乖逐鸟节,空养凌云姿。孤负肉食恩,何异城上鸱。

这里不仅斥责了危害人民的奸邪官吏,而且对那些身当肃清奸邪重任而失职的官吏也给以辛辣的讽刺。

> 春罗双鸳鸯,出自寒夜女。心精烟雾色,指历千万绪。长安贵豪家,妖艳不可数。裁此百日功,唯将一朝舞。舞罢复裁新,岂思劳者苦?

这里对比"寒夜女"的劳苦和贵家姬妾舞女的奢侈无度,同情劳动人民的思想更为真切。他的乐府诗和《采玉行》写被官府征逼在深山绝岭中采玉的劳动人民的痛苦。《夏冰歌》写凿冰人的辛劳。《长安道》、《贵游行》讽刺豪门贵族奢华享乐、醉生梦死的生活。都是白居易所说的"才丽之外,颇近兴讽"(《与元九书》)的作品。

韦应物的山水田园诗很多,过去批评家把陶、韦并称,王、孟、韦、柳并称都是根据这类诗歌。但是,他和王、孟毕竟不同。由于"身多疾病思田里,邑有流亡愧俸钱"(《寄李儋元锡》)的生活体验,他的田园诗并不仅仅是寄托洁身自好、乐天知命的思想,而且还流露对农民劳苦的关怀。如《观田家》:

> 微雨众卉新,一雷惊蛰始。田家几日闲,耕种从此起。丁壮俱在野,场圃亦就理。归来景常晏,饮犊西涧水。饥劬不自苦,膏泽且为喜。仓廪无宿储,徭役犹未已。方惭不耕者,禄食出闾里。

这比王维《渭川田家》、孟浩然《过故人庄》更接近劳动人民的感情,生活气息也比较浓厚。

韦应物的山水诗,"高雅闲淡,自成一家之体"(白居易《与元九书》),形式多用五古,如《寄全椒山中道士》:

今朝郡斋冷,忽念山中客。涧底束荆薪,归来煮白石。欲持一瓢酒,远慰风雨夕。落叶满空山,何处寻行迹?

内容远离现实,趣味也过于孤寂。但艺术上却值得注意,诗中有人,语无虚设。虽然比不上陶诗那样淳淡浑厚,却能作到锤炼而近于自然。又如《淮上即事寄广陵亲故》:

前舟已渺渺,欲渡谁相待。秋山起暮钟,楚雨连沧海。风波离思满,宿昔容鬓改。独鸟下东南,广陵何处在?

平常的宦游中思念亲人的心情,却借江上暮钟烟雨、独鸟归飞的独特景色饱满地表现出来,绝不令人感到雷同单调。他的五律也颇有佳作,如《淮上喜会梁川故人》:

江汉曾为客,相逢每醉还。浮云一别后,流水十年间。欢笑情如旧,萧疏鬓已斑。何因不归去,淮上对秋山。

既是严格的五律,又写得像行云流水一样的灵活自然。他的山水诗中也有一些流传的佳句。如"微雨夜来过,不知春草生"(《幽居》),意境比谢灵运"池塘生春草"更丰富新鲜,饶有生意。其他如"绿阴生昼静,孤花表春余"(《游开元精舍》),"乔木生夏凉,流云吐华月"(《同德寺雨后寄元侍御李博士》)

等,在自然景物的观察上,也别有会心。他的七绝《滁州西涧》也很有名:

> 独怜幽草涧边生,上有黄鹂深树鸣。春潮带雨晚来急,野渡无人舟自横。

他不仅把春雨中荒山野渡的景色,写得优美如画,而且传达出行人待渡的怅惘心情。

第三节　大历十才子和李益

"大历十才子",根据《新唐书·卢纶传》包括:卢纶、吉中孚、韩翃、钱起、司空曙、苗发、崔峒、耿湋、夏侯审、李端。他们的诗歌很少反映社会的动乱和人民疾苦,大多数是唱和、应制之作。歌颂升平,吟咏山水,称道隐逸是他们诗歌的基本主题。他们在艺术方面都有一定修养,擅长五言律诗,但大都缺乏鲜明的艺术特色,有形式主义的倾向。《四库全书总目钱仲文集提要》说:"大历以还,诗格初变。开、宝浑厚之气,渐远渐漓。风调相高,稍趋浮响,升降之关,十子实为之职志。"这个批评是恰当的。其中仅钱起、卢纶的一些小诗艺术上尚有一定成就。

钱起(722—780?),在十才子中年辈较老,曾和王维、裴迪等人唱和。诗风也略似王维,以"体格清新,理致清淡"(《中兴间气集》)为特色。如"牛羊下山小,烟火隔云深"(《题玉山村叟屋壁》),"孤村凝片烟,去水生远白"(《登胜果寺南楼雨中望严协律》)等诗句就是例证。他的《省试湘灵鼓瑟》颇为前人称道。末两句"曲终人不见,江上数峰青",不仅点明环境气氛,而且能引起对曲终人杳的惆怅。

卢纶(748—800?),在十才子中,诗风较为雄壮。《和张仆射塞下曲》两首最有名:

> 林暗草惊风,将军夜引弓。平明寻白羽,没在石棱中。
> 月黑雁飞高,单于夜遁逃。欲将轻骑逐,大雪满弓刀。

两首诗都是歌颂将士英勇的,第一首暗用李广故事,写出边塞射猎生活的片断。第二首写轻骑雪夜追击敌人,更充满战争生活的气息。他还有一首《逢病军人》:

> 行多有病住无粮,万里还乡未到乡。蓬鬓哀吟古城下,不堪秋气入金疮。

也是边塞绝句中具有现实主义精神的作品。

李益(748—827),字君虞,陇西姑臧(今甘肃武威)人。曾北游河朔,为幽州刘济从事,居边塞十馀年。太和初官至礼部尚书。

李益比十才子时代略晚。他的边塞诗多写于建中、贞元时期。他的《从军诗序》说:"吾自兵间,故为文多军旅之思。或军中酒酣,塞上兵寝,投剑秉笔,散怀于斯文,率皆出乎慷慨意气。"因为他的诗以七绝见长,后人往往把他和王昌龄相提并论。但是,他从军所到的幽州河朔,中唐时代已成为藩镇割据的地方。这里的边塞士卒们,迫于连年不断的内外战争,卫国立功的英雄气概已黯然消失。李益诗:"今日边庭战,缘赏不缘名。"(《夜发军中》)清楚地说明这种军心士气的变化。在这种情况下,士卒们对战争厌倦不满是很自然的:"寝兴倦弓甲,勤役伤风露。来远赏不行,锋交勋乃茂。未知朔方道,何年罢兵赋。"(《五城道中》)李益的边塞诗,主要抒写战士们久戍思归的怨望心情,并不是偶然的。例如:

> 回乐烽前沙似雪,受降城外月如霜。不知何处吹芦管,一夜征人尽望乡。
> ——《夜上受降城闻笛》

> 天山雪后海风寒,横笛偏吹行路难。碛里征人三十万,一时回首月中看。
> ——《从军北征》

> 胡风冻合鸊鹈泉,牧马千群逐暖川。塞外征行无尽日,年年移帐雪中天。
> ——《暖川》

这些诗里已经没有盛唐边塞诗那种乐观豪放的情调,即使和王昌龄《从军行》中描写"边愁"的诗相比,也有凄凉感伤和雄浑悲壮的差别。这个差别虽然不只是诗人风格不同的问题。但他这些绝句在艺术上成就很高。形象的完整丰富,韵味的含蓄深长,音韵的和谐宛转,语言的精炼自然,都接近王昌龄。据史传说,他的绝句一类的诗,"每作一篇,为教坊以赂求取,唱为供奉歌词"。而"回乐烽前"一篇，更是"天下以为歌词"的名作。

李益在其他诗体上，也偶有佳作。如《从军次六胡北饮马磨剑石为视殇辞》，杂用屈原、李白的浪漫主义手法写出为阵亡将士招魂的长歌。他的七律如《盐州过胡儿饮马泉》，也是比较好的边塞作品。此外，他的五律《喜见外弟又言别》，虽非边塞诗，也颇为人所传诵：

十年离乱后，长大一相逢。问姓惊初见，称名忆旧容。别来沧海事，语罢暮天钟。明日巴陵道，秋山又几重。

这首诗语简情深，非经历离乱生活的人写不出。

第七章　现实主义诗人白居易和新乐府运动

　　以七五五年的安史之乱为分界线的唐代文学,随着社会经济、政治、军事等方面的急剧变化,也起了一个很大的转变。这转变,总的说来,便是由浪漫主义转向现实主义。杜甫是这一转变的旗手。经中唐前期到贞元、元和年间,现实主义已逐渐进入一个全面发展的新阶段。散文方面有韩柳的古文运动,小说方面则传奇达到空前的繁荣,特别值得注意的是诗歌方面出现了白居易诸人倡导的新乐府运动。

　　贞元、元和年间,内则藩镇割据,宦官专权,战乱频仍,赋税繁重,外则吐蕃回纥,不断入侵,阶级矛盾和民族矛盾的日益尖锐化,迫使诗人们不能不正视现实;另一方面,社会比较稳定,并曾一度在形式上获得全国的统一,也为诗人们的改革现实带来一线希望。这就是以批判现实为主旨的新乐府运动产生的社会根源。元稹《和李校书新题乐府二十首》序文说:"予友李公垂贶予乐府新题二十首,雅有所谓,不虚为文,予取其病时之尤急者列而和之,盖十二而已。昔三代之盛也,士议而庶人谤,又曰:'世理(治)则词直,世忌则词隐。'予遭理(治)世而君圣盛,故直其词以示后,使夫后之人谓今日为不忌之时焉。"元诗写于元和四年,正足以说明这种情况。

"新乐府"一名是白居易提出的,宋郭茂倩纂辑《乐府诗集》,分乐府为十二类,其最后一类标名为"新乐府辞",即本于白居易。所谓新乐府,就是一种用新题写时事的乐府式的诗。这里有三点须说明:一是用新题。从建安时代起,文人乐府也有少数写时事的,但多借用古题,反映现实范围既受限制,题目和内容也不协调。新乐府则自创新题,故又名"新题乐府"。二是写时事。建安后也有一些自创新题的,但内容又往往不关时事,既用新题,又写时事,是从杜甫创始的,但还不是所有新题都写时事。新乐府则专门"刺美见(现)事",所以白居易的《新乐府》五十首便全都列入"讽谕诗"。三是新乐府并不以入乐与否为衡量的标准。因此尽管实际上它们全是"未尝被于声"的徒诗,但仍自名为乐府,并加上一个"新"字以示区别。这从音乐上来说,是徒有乐府之名;但从文学上来说,却又是真正的乐府,因为体现了汉乐府精神。

　　概括地说,由汉乐府的"缘事而发",一变而为曹操诸人的借古题而写时事,再变而为杜甫的"因事立题",这因事立题,经元结、顾况等一脉相承,到白居易更成为一种有意识的写作准则,所谓"歌诗合为事而作",这就是新乐府运动形成的一般历史过程。元稹、张籍、王建是这一运动中的重要作家。

第一节　白居易的生平和思想

　　白居易是杜甫的有意识的继承者,也是杜甫之后的杰出的现实主义诗人。他继承并发展了《诗经》和汉乐府的现实主义传统,沿着杜甫所开辟的道路进一步从文学理论上和创作上掀起了一个波澜壮阔的现实主义诗歌的高潮。

白居易(772—846),字乐天,晚居香山,自号香山居士,又曾官太子少傅,后人因称白香山、白傅或白太傅。原籍太原,后迁下邽(陕西渭南县),他出身于一个小官僚家庭,世敦儒业,祖、父皆以明经出身。

白居易的青年时代是在颠沛流离中度过的。由于战乱,他十一岁时就离家避难越中,常常是"衣食不充,冻馁并至",以至"常索米丐衣于邻郡邑"。贫困的生活,使白居易接近了人民,这对他的诗歌创作差不多一开始就走上现实主义的道路有着重大的作用。

白居易的思想带有浓厚的儒、释、道三家杂糅的色彩,但主导思想则是儒家的"穷则独善其身,达则兼善天下"。他说:"仆虽不肖,常师此语。"又说:"仆志在兼济,行在独善,奉而始终之则为道,言而发明之则为诗。谓之讽谕诗,兼济之志也;谓之闲适诗,独善之义也。"(《与元九书》)可见这一思想不仅支配了他的政治态度,同时也支配了他的创作方向。他的一生,大体上即可依此分为前后两期,而以四十四岁贬江州司马为分界线。

(一)前期——即从入仕到贬江州司马以前。这是白居易"志在兼济"的时期。这一时期,他在仕途上可以说是一帆风顺。二十九岁,一举成进士,三十二岁又以"拔萃"登科,为校书郎,三十五岁复应制举"才识兼茂明于体用科",以第四等入选,由校书郎为盩厔尉,不久入为翰林学士,又做了三年的左拾遗。所以诗人曾不无自负地说:"十年之间,三登科第,名入众耳,迹升清贵。"

137

社会现实和个人闻见,既使诗人深感有"为民请命"的必要,而最高统治者的信任又使他觉得有此可能,于是"兼济天下"的思想便占了主导地位:"丈夫贵兼济,岂独善一身!"(《新制布裘》)为了实现这种宏愿,他非常积极、勇敢,也不怕牺牲自己:"勿轻直折剑,犹胜曲全钩!"(《折剑头》)"正色摧强御,刚肠嫉喔咿。常憎持禄位,不拟保妻儿。养勇期除恶,输忠在灭私!"(《代书诗一百韵寄微之》)这不仅是他的政治态度,也是他的创作态度。当校书郎秩满时,他"闭户累月,揣摩当代之事",写成《策林》七十五篇,针对当时经济、政治、军事、文教各方面存在的弊端提出了改革意见。他指出人民的贫困是由于"官吏之纵欲"、"君上之不能节俭"、"财产不均,贫富相并"。他要求统治者"以天下之心为心","以百姓之欲为欲"。为了了解人民的"心",他建议统治者"立采诗之官,开讽谏之道"。在元和三年至五年做左拾遗期间,他一方面利用谏官的职位,"有阙必规,有违必谏,朝廷得失无不察,天下利害无不言";一方面又利用诗歌的特点来配合斗争,凡"难于指言者,辄咏歌之"。《秦中吟》和《新乐府》等讽谕诗便是这时写出的。这些诗像连弩箭似的射向黑暗的现实,几乎刺痛了所有权豪们的心,使得他们"变色"、"扼腕"、"切齿"。然而诗人却是"不惧权豪怒"!

元和十年(815),盗杀宰相武元衡,白居易认为是书籍以来未有的"国辱",首先上书请捕贼,权贵们怒其越职奏事(白居易时为赞善大夫),造谣中伤,遂被贬为江州司马。实际上得罪的原因还是在于那些讽谕诗,所以他自己说:"始得名于文章,终得罪于文章。"

（二）后期——即自贬江州到死。这是他"独善其身"的时期。江州之贬是对诗人一个沉重的打击，"换尽旧心肠"，诗人虽未免言之过分，但比之前期确有了显著的不同。在江州司马期间，他还有某些激情，写出《琵琶行》和《与元九书》，唱出"不分气从歌里发，无明心向酒中生"（《元和十三年淮寇未平诏停岁仗愤然有感率尔成章》）这样的诗句。但已转向消极。随着政治环境的日益险恶，在前期还只是偶一浮现的佛、道思想，这时也就逐渐滋长。他糅合儒家的"乐天安命"、道家的"知足不辱"和佛家的"四大皆空"来作为"明哲保身"的法宝。他悔恨自己"三十气太壮，胸中多是非"（《自云期黄石岩下作》），而力求做到"面上灭除忧喜色，胸中消尽是非心"（《咏怀》）。他缄默了，不敢再过问政治了："世间尽不关吾事"（《读道德经》）、"世事从今口不言"（《重题》），他认为"多知非景福，少语是元亨"（《江洲赴忠州至江陵已来舟中示舍弟五十韵》）。为了避免牛李党争之祸，他为自己安排下一条"中隐"的道路。这就是不做朝官而做地方官，以地方官为隐。因此他力求外任，在任杭州和苏州刺史之后，又"求致身散地"，以太子宾客分司东都，在洛阳度过最后的十八年"似出复似处"的生活。所以刘禹锡称道他说："吏隐情兼遂，儒玄道两全。"（《酬乐天醉后狂吟十韵》）其实是可悲的。在这种消极思想的支配下，白居易的诗歌也丧失了它的战斗性和光芒。大量的"闲适诗"、"感伤诗"代替了前期的"讽谕诗"。

但也应指出：白居易的消极毕竟不同于王维的"万事不关心"。他的兼济之志并未完全消失，在力所能及而又不触怒权贵们的情况下还是为人民做了不少好事，如在杭州时的筑隄浚井。人民对他也很有好感："苏州十万户,尽作婴儿啼。"(刘禹锡《白太守行》)他晚年在洛阳也时常想到人民："心中为念农桑苦,耳里如闻饥冻声。"(《新制绫袄成感而有咏》)只是老百姓"饥冻"的根源,他再也不去追究、揭露了。会昌六年八月,诗人病死在洛阳,葬洛阳龙门山。

第二节　白居易的诗论与新乐府运动

作为一个杰出的现实主义诗人,白居易还有其独特贡献,这就是在总结我国自《诗经》以来现实主义诗歌创作经验的基础上,建立了现实主义的诗歌理论。新乐府运动的形成和开展,白居易先进的诗论起着直接的指导作用。他的《与元九书》,便是一篇最全面、最系统、最有力的宣传现实主义、批判形式主义的宣言。

首先,他认为诗歌必须为政治服务,必须负起"补察时政""泄导人情"的政治使命,从而达到"救济人病,裨补时阙"、"上下交和、内外胥悦"的政治目的。他响亮地提出了"文章合为时而著,歌诗合为事而作"的口号。所谓"为时而著"、"为事而作",也就是他在《新乐府序》中说的"为君为臣为民为物为事而作"。针对当时的社会特征,他特别强调"为民",认为诗歌应该反映人民疾苦："惟歌生民病"、"但伤民病痛"。将诗歌和政治、和人民生活密切结合,这是白居易诗论的核心。在他以前,还没有谁如此明确地提出过。

这种观点,不仅是他自己的创作指南,而且也是他衡量古代作家作品的标准和领导新乐府运动的纲领。对六朝以来那种脱离现实脱离政治的"嘲风雪、弄花草"的东西,他作了彻底的否定。历来风骚并称,李杜齐名,但白居易却说屈原"泽畔之吟,归于怨思",只"得风人之什二三";说李白之作"才矣奇矣,人不逮矣,索其风雅比兴,十无一焉",不及杜甫的"尽工尽善";而且即使是杜甫,他也认为为时为事而作的作品还不够多。这样的持论虽不免偏激狭隘,但也说明他的大胆和坚决。对廓清大历以来逐渐抬头的逃避现实的诗风来说,也有其现实意义。

其次,白居易还认识到文学植根于现实生活,是现实生活的反映。《策林》六十九说:"大凡人之感于事,则必动于情,然后兴于嗟叹,发于吟咏,而形于歌诗矣。"并认为像《诗经》中《北风》之刺威虐,《硕鼠》之刺重敛,汉童谣"广袖高髻"之刺奢荡等,都是由"感于事""动于情"而产生的。因此,他指出要写作为政治服务的诗就必须关心政治,主动地从现实生活中汲取创作泉源。《秦中吟序》说:"贞元、元和之际,予在长安,闻见之间,有足悲者,因直歌其事。"《与元九书》也说:"自登朝来,年齿渐长,阅事渐多,每与人言,多询时务。"便是这一理论的实践。

第三,他阐发了诗歌的特性,并结合这种特性强调诗的教育作用和社会功能。《与元九书》说:"感人心者,莫先乎情,莫始乎言,莫切乎声,莫深乎义。诗者:根情,苗言,华声,实义。上自贤圣,下至愚骏,……未有声入而不应,情交而不感者。"他以果木成长过程为喻,形象地、系统地提出了诗的四要素。"情"和"义"是内容,"言"和"声"是形式,其中尤以"实义"为最重要。"义"即《诗经》的"六义",主要是指那种"美刺"精神。

141

"实义"即以义为果实,也就是要"经之以六义",使诗具有美刺的内容。因为只有这样的诗才能感人至深,并感人为善,从而收到"补察时政"、"泄导人情"的效果。所以说"莫深乎义"。白居易强调诗歌应为政治服务,也正因有见于诗歌的巨大感染力。

第四,为了充分地发挥诗的功用,更好地达到"救济人病,裨补时阙"的政治目的,白居易强调内容与形式的统一,主张形式必须服从内容,为内容服务。《新乐府序》说:"其辞质而径,欲见之者易谕也;其言直而切,欲闻之者深诫也……其体顺而肆,可以播于乐章歌曲也。"所以他"不求宫律高,不务文字奇",而力求做到语言的通俗平易,音节的和谐婉转。这对于"雕章镂句"的时代风尚以及"温柔敦厚"、"怨而不怒"的传统诗教都是一个革新。

新乐府运动,便是在上述诗论的指导下开展起来的。元稹、张籍、王建等人的新题乐府和少数古题乐府也都体现了或符合于这些理论精神。

第三节 白居易诗歌的思想性和艺术性

白居易是唐代诗人中创作最多的一个。他曾将自己五十一岁以前写的一千三百多首诗编为四类:一讽谕、二闲适、三感伤、四杂律。这个分类原不够理想,因为前三类以内容分,后一类又以形式分,未免夹杂,但基本上还是适用的。同时从他把杂律诗列为一类来看,也反映了律诗这一新诗体到中唐元和年代已发展到可以和古体诗分庭抗礼了。他晚年又曾将五十一岁以后的诗只从形式上分为"格诗"和"律诗"两类，也说明这一情况。

四类中，价值最高，他本人也最重视的是第一类讽谕诗。这些讽谕诗，是和他的兼善天下的政治抱负一致的，同时也是他的现实主义诗论的实践。其中《新乐府》五十首、《秦中吟》十首更是有组织有计划的杰作，真是"篇篇无空文，句句必尽规"，具有高度的人民性和丰富的现实内容。

从"惟歌生民病"出发，讽谕诗的第一个特点是广泛地反映人民的痛苦，并表示极大的同情。这首先是对农民的关切。在《观刈麦》中，他描写了"足蒸暑土气，背灼炎天光"的辛勤劳动的农民，和由于"家田输税尽"不得不拾穗充饥的贫苦农妇，并对自己的不劳而食深感"自愧"。在《采地黄者》中更反映了农民牛马不如的生活，他们没有"口食"，而地主的马却有"残粟"（馀粮）："愿易马残粟，救此苦饥肠！"所以诗人曾得出结论说："嗷嗷万族中，唯农最苦辛！"对农民的深厚同情使诗人在《杜陵叟》中爆发出这样的怒吼：

  剥我身上帛，夺我口中粟。虐人害物即豺狼，何必钩爪锯牙食人肉！

这是农民的反抗，也是诗人的鞭挞。

在封建社会，不只是农民，妇女的命运同样是悲惨的。对此，白居易也有多方面的反映，如《井底引银瓶》、《母别子》等。对于被迫断送自己的青春和幸福的宫女，尤为同情。如《后宫词》："三千宫女胭脂面，几个春来无泪痕？"白居易不只是同情宫女,而且把宫女作为一个社会问题政治问题,认为"上则虚给衣食,有供亿糜费之烦;下则离隔亲族,有幽闭怨旷之苦"(《请拣放后宫内人》),要求宪宗尽量拣放。因此在《七德舞》中他歌颂了太宗的"怨女三千放出宫",而在《过昭君村》一诗中更反映了人民对选宫女的抵抗情绪:"至今村女面,烧灼成瘢痕。"基于这样的认识和同情,诗人写出了那著名的《上阳白发人》:

上阳人!上阳人!红颜暗老白发新。绿衣监使守宫门,一闭上阳多少春?玄宗末岁初选入,入时十六今六十。同时采择百馀人,零落年深残此身。忆昔吞悲别亲族,扶入车中不教哭:皆云入内便承恩,脸似芙蓉胸似玉。未容君王得见面,已被杨妃遥侧目。妒令潜配上阳宫,一生遂向空房宿。宿空房,秋夜长。夜长无寐天不明。耿耿残灯背壁影,萧萧暗雨打窗声。春日迟,日迟独坐天难暮。宫莺百啭愁厌闻,梁燕双栖老休妒。莺归燕去长悄然,春往秋来不记年。惟向深宫望明月,东西四五百回圆。今日宫中年最老,大家遥赐尚书号。小头鞋履窄衣裳,青黛点眉眉细长。外人不见见应笑,天宝末年时世妆。上阳人,苦最多。少亦苦,老亦苦,少苦老苦两如何?君不见昔时吕向《美人赋》,又不见今日《上阳宫人白发歌》!

唐诗中以宫女为题材的并不少,但很少写得如此形象生动。"宿空房,秋夜长"一段,叙事、抒情、写景,三者融合无间,尤富感染力。历史的和阶级的局限,使诗人还只能发出"须知妇人苦,从此莫相轻"、"人生莫作妇人身,百年苦乐由他人"这样无可奈何的感叹和呼吁,但在那时已是很可贵了。

人民的疾苦,白居易知道是从何而来的,他曾一语道破:"一人荒乐万人愁!"为了救济人病,因此讽谕诗的另一特点,就是对统治阶级的"荒乐"以及与此密切关联的各种弊政进行揭露。中唐的弊政之一,是不收实物而收现钱的"两税法"。这给农民带来极大的痛苦。《赠友》诗质问道:"私家无钱炉,平地无铜山;胡为秋夏税,岁岁输铜钱?"为了换取铜钱,农民只有"贱粜粟与麦,贱贸丝与绵",结果是"岁暮衣食尽"、"憔悴畎亩间"。在《重赋》中,更揭露了两税的真相:"敛索无冬春。"对农民的憔悴也作了描绘,并提出控诉:"夺我身上暖,买尔眼前恩!"

中唐的另一弊政,是名为购物"而实夺之"的"宫市"。所谓宫市,就是由宫庭派出宦官去市物。这遭殃的虽只限于"辇毂之下"的长安地区的人民,问题似乎不大,但因为直接关涉到皇帝和宦官的利益,很少人敢过问,白居易这时却写出了《卖炭翁》,并标明:"苦宫市也!"

> 卖炭翁,伐薪烧炭南山中。满面尘灰烟火色,两鬓苍苍十指黑。卖炭得钱何所营?身上衣裳口中食。可怜身上衣正单,心忧炭贱愿天寒。夜来城外一尺雪,晓驾炭车辗冰辙。牛困人饥日已高,市南门外泥中歇。翩翩两骑来是谁?黄衣使者白衫儿。手把文书口称敕,回车叱牛牵向北。一车炭,千余斤,宫使驱将惜不得。半匹红纱一丈绫,系向牛头充炭值!

篇中"黄衣使者"和"宫使",便都是指的宦官。此诗不发议论,更没有露骨的讽刺,是非爱憎即见于叙事之中,这写法在白居易的讽谕诗里也是较独特的。《宿紫阁山北村》一篇,则是刺的掌握禁军的宦官头目,曾使得他们"切齿"。

中唐的弊政,还有"进奉"。所谓进奉,就是地方官把额外榨取的财物美其名曰"羡馀",拿去讨好皇帝,谋求高官。白居易的《红线毯》,虽自言是"忧农桑之费",其实也就是讽刺"进奉"的。诗中的宣州太守便是这样一个典型的地方官。

> 红线毯,择茧缫丝清水煮,拣丝练线红蓝染。染为红线红于花,织作披香殿上毯。披香殿广十丈馀,红线织成可殿铺。采丝茸茸香拂拂,线软花虚不胜物。美人踏上歌舞来,罗袜绣鞋随步没。太原毯涩毳缕硬,蜀都褥薄锦花冷。不如此毯温且柔,年年十月来宣州。宣州太守加样织,自谓为臣能竭力。百夫同担进宫中,线厚丝多卷不得。宣州太守知不知?一丈毯,千两丝。地不知寒人要暖,少夺人衣作地衣!

白居易《论裴均进奉银器状》说当时地方官"每假进奉,广有诛求",又《论于頔裴均状》也说"莫不减削军府,割剥疲人(民),每一入朝,甚于两税",可见"进奉"害民之甚。对于统治阶级的荒乐生活本身,白居易也进行了抨击,如《歌舞》、《轻肥》、《买花》等,都是有的放矢。

作为讽谕诗的第三个特点的,是爱国主义思想。这又和中唐时代国境日蹙的军事形势密切相关。《西凉伎》通过老兵的口发出这样的慨叹:

> 自从天宝干戈起,犬戎日夜吞西鄙。凉州陷来四十年,河陇侵将七千里。平时安西万里疆,今日边防在凤翔!

这种情况原应激起边将们的忠愤,然而事实却是:"遗民肠断在凉州,将卒相看无意收!"为什么无意收呢?《城盐州》揭穿了他们的秘密:"相看养寇为身谋,各握强兵固恩泽!"令人发指的,是这班边将不仅养寇,而且把从失地逃归的爱国人民当作"寇"去冒功求赏。这就是《缚戎人》所描绘的:"脱身冒死奔逃归,昼伏露行经大漠","游骑不听能汉语,将军遂缚作蕃生。……自古此冤应未有,汉心汉语吐蕃身!"在这些交织着同情和痛恨的诗句中,也充分表现了作者的爱国精神。当然,非正义的侵略战争他也是反对的,如《新丰折臂翁》。但也应看到这首诗是为天宝年间的穷兵黩武而发,带有咏史的性质。

在艺术形式方面,讽谕诗也有它自身的特点。这是由这类诗的内容和性质决定的。概括地说,讽谕诗约有以下一些艺术特点:

(一)主题的专一和明确。白居易自言《秦中吟》是"一吟悲一事",其实也是他的讽谕诗的一般特色。一诗只集中地写一件事,不旁涉他事,不另出他意,这就是主题的专一。白居易效法《诗经》作《新乐府》五十首,以诗的首句为题,并在题下用小序注明诗的美刺目的,如《卖炭翁》"苦宫市也"之类;同时还利用诗的结尾(卒章)作重点突出,不是惟恐人知,而是惟恐人不知,所以主题思想非常明确。这也就是所谓"首句标其目,卒章显其志"。而且在题材方面,所谓"一吟悲一事",也不是漫无抉择的任何一件事,而是从纷繁的各类真人真事中选取最典型的事物。例如"宫市",《新唐书》卷五十二说:"有赍物入市而空归者。每中官出,沽浆卖饼之家皆撤肆塞门。"可见受害的下层人民很多,但他只写一《卖炭翁》;当时的"进奉"也是形形色色的,同书同卷说当时有所谓"日进"、"月进",但他也只写一《红线毯》。这当然也有助于主题的明确性。

(二)运用外貌和心理等细节刻画来塑造人物形象。例如《卖炭翁》,一开始用"满面尘灰烟火色,两鬓苍苍十指黑"这样两句,便画出了一个年迈而善良的炭工;接着又用"可怜身上衣正单,心忧炭贱愿天寒"来刻画炭工的内心矛盾,就使得人物更加生动、感人,并暗示这一车炭就是他的命根子。这些都有助于作品主题思想的深化。此外如《缚戎人》的"唯许正朔服汉仪,敛衣整巾潜泪垂"、"忽闻汉军鼙鼓声,路傍走出再拜迎",《上阳白发人》的"唯向深宫望明月,东西四五百回圆"等,也都可为例。

(三)鲜明的对比,特别是阶级对比。他往往先尽情摹写统治阶级的糜烂生活,而在诗的末尾忽然突出一个对立面,反戈一击,这样来加重对统治阶级的鞭挞。如《轻肥》在描绘大夫和将军们"樽罍溢九酝,水陆罗八珍"之后,却用"是岁江南旱,衢州人食人"作对比;《歌舞》在畅叙秋官、廷尉"醉暖脱重裘"的开怀痛饮之后,却用"岂知阌乡狱,中有冻死囚"作对比,都具有这样的作用。《买花》等也一样。这种阶级对比的手法也是由阶级社会生活本身的对抗性矛盾所规定的。

(四)叙事和议论结合。讽谕诗基本上都是叙事诗,但叙述到最后,往往发为议论,对所写的事作出明确的评价。这也和他所谓的"卒章显其志"有关。他有的诗,议论是比较成功的,如《红线毯》在具体生动的描绘之后,作者仿佛是指着宣州太守的鼻子提出正义的诘责,给人比较强烈的印象。《新丰折臂翁》的卒章也有比较鲜明的感情色彩。但是,也有一些诗,结尾近于纯粹说理,给人印象不深,甚至感到有些枯燥。只有《卖炭翁》等个别篇章,不着一句议论,可以看作例外。

(五)语言的通俗化。平易近人,是白诗的一般风格。但讽谕诗更突出。这是因为"欲见之者易谕"。他仿民歌采用三三七的句调也是为了通俗。把诗写得"易谕"并非易事,所以刘熙载说:"香山用常得奇,此境良非易到。"(《艺概》二)袁枚也说白诗"意深词浅,思苦言甘。寥寥千载,此妙谁探?"(《续诗品》)白诗流传之广和这点有很大关系。白居易还广泛地运用了比兴手法,有的用人事比喻人事,如"托幽闭喻被谗遭黜"的《陵园妾》,"借夫妇以讽君臣之不终"的《太行路》,更具有双重的讽刺意义。

讽谕诗的这些艺术特点都是为上述那些内容服务的。当然,也不是没有缺陷。主要是太尽太露,语虽激切而缺少血肉,有时流于苍白的说教。宋张舜民说"乐天新乐府几乎骂"(《浑南诗话》卷三),是有一定的根据的。这已不是一个单纯的艺术技巧问题了。

讽谕诗外,值得着重提出的是感伤诗中的两篇叙事长诗:《长恨歌》和《琵琶行》。

《长恨歌》是白居易三十五岁时作的,写唐明皇和杨贵妃的爱情悲剧。一方面由于作者世界观的局限,另一方面也由于唐明皇这个历史人物既是安史之乱的制造者又是一个所谓"五十年太平天子",因此诗的主题思想也具有双重性,既有讽刺,又有同情。诗的前半露骨地讽刺了唐明皇的荒淫误国,劈头第一句就用"汉皇重色思倾国"喝起,接着是"春宵苦短日高起,从此君王不早朝",“姊妹兄弟皆裂土,可怜光彩生门户,遂令天下父母心,不重生男重生女",讽意是极明显的。从全诗来看,前半是长恨之因。诗的后半,作者用充满着同情的笔触写唐明皇的入骨相思,从而使诗的主题思想由批判转为对他们坚贞专一的爱情的歌颂,是长恨的正文。但在歌颂和同情中仍暗含讽意,如诗的结尾两句,便暗示了正是明皇自己的重色轻国造成了这个无可挽回的终身恨事。但是,我们也应该承认,诗的客观效果是同情远远地超过了讽刺,读者往往深爱其"风情",而忘记了"戒鉴"。这不仅因为作者对明皇的看法存在着矛盾,而且和作者在刻画明皇相思之情上着力更多也很有关系。《长恨歌》的艺术成就很高,前半写实,后半则运用了浪漫主义的幻想手法。没有丰富的想象和虚构,便不可能有"归来池苑皆依旧"一段传神写照,特别是海上仙山的奇境。但虚构中仍有现实主义的精确描绘,人物形象生动,使人不觉得是虚构。语言和声调的优美,抒情写景和叙事的融合无间,也都是《长恨歌》的艺术特色。

《琵琶行》是白居易贬江州的次年写的,感伤意味虽较重,但比《长恨歌》更富于现实意义。琵琶女具有一定的典型性,"门前冷落车马稀,老大嫁作商人妇",反映了当时妓女共同的悲惨命运。一种对被压迫的妇女的同情和尊重,使诗人把琵琶女的命运和自己的身世很自然地联系在一起:"同是天涯沦落人,相逢何必曾相识。"至于叙述的层次分明,前后映带,描写的细致生动,比喻的新颖精妙——如形容琵琶一段,使飘忽易逝的声音至今犹如在读者耳际,以及景物烘托的浑融,如用"惟见江心秋月白"来描写听者的如梦初醒的意态,从而烘托出琵琶的妙绝入神,所有这些则是它的艺术特点。

他的闲适诗也有一些较好的篇章。如《观稼》:"饱食无所劳,何殊卫人鹤?"对自己的闲适感到内疚。《自蜀江至洞庭湖口有感而作》一诗中,诗人幻想让大禹作唐代水官,疏浚江湖,使"龙宫变闾里,水府生禾麦"。也表现了诗人不忘国计民生的精神。但历来传诵的却是杂律诗中的两首。一是他十六岁时所作并因而得名的《赋得古原草送别》:

> 离离原上草,一岁一枯荣。野火烧不尽,春风吹又生。远芳侵古道,晴翠接荒城。又送王孙去,萋萋满别情。

另一是《自河南经乱关内阻饥兄弟离散》那首七律:

> 时难年荒世业空,弟兄羁旅各西东。田园寥落干戈后,骨肉流离道路中。吊影分为千里雁,辞根散作九秋蓬。共看明月应垂泪,一夜乡心五处同。

闲适、杂律两类在他诗集中占有绝大比重,像这样较好的诗却很少。其他多是流连光景之作,写得平庸浮浅;还有很多和元稹等人的往复酬唱,更往往不免矜奇衒博,"为文造情"。这不能不影响诗人的声誉。

白居易最大的贡献和影响是在于继承从《诗经》到杜甫的现实主义传统掀起一个现实主义诗歌运动,即新乐府运动。他的现实主义的诗论和创作对这一运动起着指导和示范的作用。白居易在《编集拙诗成一十五卷》一诗中说:"每被老元

(元稹)偷格律,苦教短李(李绅)伏歌行",《和答诗》序更谈到元稹因受他的启发而转变为"淫文艳韵,无一字焉"的经过,可见对较早写作新乐府的李、元来说,也同样起着示范作用。新乐府运动的精神,自晚唐皮日休等经宋代王禹偁、梅尧臣、张耒、陆游诸人以至晚清黄遵宪,一直有所继承。白居易的另一影响是形成一个"浅切"派,亦即通俗诗派。由于语言的平易近人,他的诗流传于当时社会的各阶层乃至国外,元稹和他本人都曾谈到这一空前的盛况。他的《长恨歌》、《琵琶行》流传更广,并为后来戏剧提供了题材。当然,白居易的影响也有消极的一面。这主要来自闲适诗。一些自命"达道之人"甚至专门抄录这类诗,名为《养恬集》或《助道词语》(《法藏碎金录》卷四)。但毕竟是次要的。

第四节 新乐府运动的其他参加者
——元稹、张籍、王建

元稹、张籍、王建,都是白居易志同道合的诗友,新乐府运动的中坚,同时也都是杜甫的推崇者、继承者。张、王年虽较长,写作乐府诗也较早,但诗名和政治地位都不及元、白;同时元、白既有创作,又有理论,而张、王则没有提出明确的文学主张兼作理论上的宣传,因此他们在新乐府运动中所起的作用,既远逊白居易,也次于元稹。

元稹(779—831),字微之,河南人。八岁丧父,少经贫贱,自言孩骏时见奸吏剥夺百姓,为之"心体悸震,若不可活,思欲发之"(《叙诗寄乐天书》),这是他早期在政治上和权奸斗争并创作新乐府的生活基础。但后因遭到打击,转与宦官妥协,作到宰相,为时论所不直。不久,出为同州刺史,转越州、鄂州刺史,死于武昌节度使任所。

他和白居易齐名,时称"元白",文学观点也完全一致。他虽比白居易小六七岁,但却是首先注意到李绅的《新题乐府》并起而和之。他也非常推崇杜甫,在《乐府古题序》中更总结并宣扬了杜甫"即事名篇,无复倚傍"的创作经验,即使"沿袭古题",也要"刺美见(现)事"。这对新乐府运动的开展起着很大的推动作用。但他有一部分乐府诗仍借用古题,不似白居易那样坚决彻底,旗帜鲜明。他的乐府诗反映现实的面相当广泛,有的揭露官军的暴横,同情农民的痛苦,如《田家词》:

牛吒吒,田确确。旱块敲牛蹄趵趵,种得官仓珠颗谷。六十年来兵簇簇,月月食粮车辘辘。一日官军收海服,驱牛驾车食牛肉。归来收得牛两角,重铸锄犁作斤劚。姑舂妇担去输官,输官不足归卖屋。愿官早胜仇早复,农死有儿牛有犊,誓不遣官军粮不足!

末三句应看作反语,讽刺官军不能胜敌,只能害民。白居易《官牛》诗:"右丞相,但能济人治国调阴阳,官牛领穿亦无妨!"手法与此相似。《织妇词》则为"为解挑纹嫁不得"的劳动妇女提出了控诉。统治阶级的无底欲壑,竟使她们对着檐前的蜘蛛发出这样的感叹:"羡他虫豸解缘天,能向虚空织罗网!"他的《连昌宫词》是和《长恨歌》并称的长篇叙事诗。作者用对话体,借宫边老人的口对导致安史之乱的唐明皇的荒淫生活作了全面的揭露,并最后提出用政治来消灭内乱的主张:"老翁此意深望幸,努力庙谟休用兵!"此诗作于元和十三年,那时延续三年的淮西之乱初定,故以用兵为戒,是有为而发的。《估客乐》则是借用古题,通过商人的投机取巧、勾结官府、操纵市场等一系列的形象描绘,不仅揭露了商人唯利是图的本质,客观上也反映了当时商业繁荣的状况。一般地说,元诗内容的广度和深度,以及人物的生动性,都不及白居易。这主要决定于他的世界观。如《西凉伎》只是说"连城边将但高会,每听此曲能不羞",对他们"养寇固恩"的不可告人的目的却不敢揭穿;而《上阳白发人》竟然说"此辈贱嫔何足言",尤令人反感。

"悼亡诗满旧屏风",乐府诗外,元稹的悼亡诗《遣悲怀》七律三首也很有名。由于感情真挚,并能将律诗口语化,故较之潘岳悼亡诗尤为人所爱读。如"昔日戏言身后事,今朝都到眼前来"、"惟将终夜长开眼,报答平生未展眉"等句,皆属对工整,而又如话家常。这对于律诗的通俗化有一定影响。小诗《行宫》,也写得含蓄有味:

寥落古行宫,宫花寂寞红。白头宫女在,闲坐说玄宗。

前人谓《长恨歌》一百二十句,读者不厌其长;《行宫诗》才四句,读者不觉其短,的确是各尽其妙。

"张君何为者,业文三十春。尤工乐府诗,举代少其伦。"白居易这首《读张籍古乐府》写于元和九年左右,亦即在他完成《新乐府》五十首以后五年左右。由此可见,元、白的写作新乐府很难说是受到张籍的启发。但这并不影响张籍在创作上的地位。

张籍(766?—830?),字文昌,原籍苏州,生长在和州(安徽和县)。他出身寒微,虽曾第进士,却一直做着太常寺太祝、水部员外郎、国子司业一类闲散官,又长期病眼,以至贫病交加:"长安多病无生计,药铺医人乱索钱"(《遣任道人》),其苦况可知。但他写个人穷愁的并不多,更多的是人民的疾苦,所以白居易说他"风雅比兴外,未尝著空文"(《读张籍古乐府》),王建也说"君诗发大雅,正气回我肠"(《送张籍归江东》)。张籍虽不曾对杜甫表示明显的推崇,但从"杜家曾向此中住,为到浣花溪水头"(《送客游蜀》)这类诗句看来,他对杜甫也是很向往的(他的《凉州词》:"欲问平安无使来",即全用杜句)。他的乐府诗也必然受到杜甫的影响。

张籍乐府诗约七八十首,用古题的要占一半,但内容和精神却和自创新题的并无二致,都是"为时而著""为事而作"。中唐时代,剥削残酷,因此同情农民疾苦也成为张籍乐府诗一个重要的主题。如《野老歌》:

> 老农家贫在山住,耕种山田三四亩。苗疏税多不得食,输入官仓化为土。岁暮锄犁傍空室,呼儿登山收橡实。西江贾客珠百斛,船中养犬长食肉!

为了突出农民的痛苦和社会的不合理,张籍往往在诗的末尾用富商大贾和农民作对比。《估客乐》,在描写贾客们"年年逐利西复东,姓名不在县籍中"的快乐逍遥之后却说:"农夫税多长辛苦,弃业宁为贩宝翁",手法与此正同。对妇女的悲惨命运,张籍也作了充分的反映:有"贫儿多租输不足,夫死未葬儿在狱"(《山头鹿》)的穷苦农妇,有"不如逐君征战死,谁能独老空闺里"(《别离曲》)的闺中少妇,有由于"薄命不生子,古制有分离"(《离妇》)而横遭驱遣的弃妇,而《征妇怨》一篇写得尤其沉痛:

> 九月匈奴杀边将,汉军尽没辽水上。万里无人收白骨,家家城下招魂葬。妇人依倚子与夫,同居贫贱心亦舒。夫死战场子在腹,妾身虽存如昼烛!

死者白骨不收,生者抚恤毫无,"夫死从子",而子又尚在腹中,即欲"独老空闺"亦不可得。虽存若亡,且自分必死,故以"昼烛"为喻。中唐的一个严重问题,是凉州的长期失陷而边将都无意收复。对此,张籍也表示了极大的愤慨:

> 凤林关里水东流,白草黄榆六十秋。边将皆承主恩泽,无人解道取凉州!
>
> ——《凉州词》

这种愤慨和讽刺,也正是诗人爱国热情的表现。

"争得遣君诗不苦?黄河岸上白头人!"——白居易《别陕州王司马》。白居易和王建的关系虽不密切,也不曾直接称许王建的乐府诗,但从上引诗句已可看出他同样是引王建为同调的。

王建(766？—830？)，字仲初，颍川(河南许昌)人。出身寒门，亦未第进士，曾过着"三十年作客"和"从军走马十三年"的"奔波"生活。元和间，始为昭应县尉，但已"头白如丝"。长庆时授校书郎，太和中复出为陕州司马。《自伤》诗说："四授官资元七品，再经婚娶尚单身"，可见他一生都很潦倒，但也使他接近了人民。他是张籍的挚友，乐府与张齐名，世称"张王乐府"。在古题、新题参用这一点上，二人也极相似。王建乐府诗有不少新的题材，如《水夫谣》：

苦哉生长当驿边，官家使我牵驿船。辛苦日多乐日少，水宿沙行如海鸟。逆风上水万斛重，前驿迢迢后森森。半夜缘堤雪和雨，受他驱遣还复去。夜寒衣湿披短蓑，臆穿足裂忍痛何？到明辛苦无处说，齐声腾踏牵船歌。一间茅屋何所值？父母之乡去不得！我愿此水作平田，长使水夫不怨天。

这和李白的《丁都护歌》都是写的纤夫的痛苦，但更为形象，在唐诗中是不多见的。又如《送衣曲》写妻子给丈夫送征衣的沉痛心情："愿身莫著裹尸归，愿妾不死长送衣！"也是未经人道的。长期的穷苦生活，使诗人对劳动人民和对剥削阶级有着鲜明的爱憎。如《田家行》："田家衣食无厚薄，不见县门身即乐！"就幽默而深刻地表达了老百姓对官吏的仇视。《簇蚕词》也是一样："已闻乡里催织作，去与谁人身上著？"这冷然的一问，也正充满着仇恨。《织锦曲》通过对织女们"一梭声尽重一梭"的辛勤劳动的描绘，对统治者的荒淫奢侈提出了愤怒的斥责:"莫言山积无尽日,百尺高楼一曲歌!"乐府外,王建的《宫词》一百首,也很有名,但价值不高。

在艺术上,张王乐府也有不少共同特点。他们都好用七言歌行体,篇幅都不长却又都好换韵,绝少一韵到底,令人有急管繁弦之感;他们也好在诗的结尾两句用重笔(同时配合换韵)来突出主题,但主观的议论较少,往往利用人物的自白,或只摆一摆事实,便戛然而止。语言方面,也以通俗明晰为主,但颇凝炼精悍,所以王安石叹为:"看似寻常最奇崛,成如容易却艰辛!"如果和元、白比较,可以说是各有独到之处。当然,成就最高的还数白居易。

最后我们要提一提李绅。绅字公垂,元、白的好友。我们知道,自创新题是始于杜甫,但有意识地以"新题乐府"为标榜和传统的古题乐府区别开来的,李绅却是第一个。他曾一气写出《新题乐府》二十首,当时元稹和了十二首,白居易则扩充到五十首,并改名《新乐府》。元、白大力从事新乐府创作虽尚有他们自己的理论依据,但带动他们的却不能不归功于李绅。所可惜的,是李绅原作二十首反一字不传。不过,他的《悯农》诗二首却可以弥补这一缺陷:

> 春种一粒粟,秋收万颗子。四海无闲田,农夫犹饿死!
> 锄禾日当午,汗滴禾下土。谁知盘中餐,粒粒皆辛苦!

由于诗题不类乐府,郭茂倩未收入《乐府诗集》的"新乐府辞"中,其实是地道的新乐府,是新乐府运动中的杰作。

第八章　古文运动和韩愈、柳宗元的古文

第一节　古文运动

　　唐以前,在文学上无所谓古文。古文概念的提出,始于韩愈①。他把自己的奇句单行、上继先秦两汉文体的散文称为古文,并使之和"俗下文字",即六朝以来流行已久的骈文对立。在唐德宗贞元时期,由于韩愈的努力提倡,古文发生了广泛的影响。许多人向韩愈请教,一时"韩门弟子"甚众。而李翱、皇甫湜等则都是著名的韩愈的追随者、拥护者。到了唐宪宗元和时期,又得柳宗元的大力支持,古文的业绩更著,影响更大。从贞元到元和的二三十年间,古文逐渐压倒了骈文,成为文坛的主要风尚,这就是文学史上所谓"古文运动"。

　　但是这个运动,并非突如其来,而是有其发展过程的。散文的骈俪化,原是两汉以来散文和辞赋发展的结果。六朝时代,士族文人以骈辞俪句掩盖他们生活内容的空虚,骈文逐渐成为文坛的统治形式。但在骈文鼎盛的当时,也就萌发了对

---

① 见《师说》、《与冯宿论文书》、《题(欧阳生)哀辞后》、《考功员外卢君墓志铭》等篇。

立的复古思想。齐梁时刘勰著《文心雕龙》便提出了文学应该"宗经"、"征圣"和"明道"的主张。裴子野的《雕虫论》,也反对骈俪文的"摈落六艺","非止乎礼义"。在北朝,西魏宇文泰提倡复古,苏绰仿《尚书》作《大诰》,成为无生气的拟古。北齐颜之推,也认为文章应"以古之制裁为本,今之辞调为末"(《颜氏家训·文章篇》)。隋文帝杨坚统一北中国后,于开皇四年,"普诏天下,公私文翰,并宜实录",当时李谔上书,同样主张复古(《隋书·李谔传》)。隋唐之际,王通更以排斥异端,复兴儒学正统的继承者自居,他的《中说》,在论文时就非常强调"道"的内容,已初具文以载道的观念。唐初文风,沿南朝骈俪之习,王勃、杨炯等虽对当时文坛有所不满,但他们还是以骈文名重一时。陈子昂出来,又大张复古的旗帜。他的功绩,固然是在诗的革新方面,但对文风的转变也起了一些促进的作用。"今观其集,惟诸表序犹沿俳俪之习,若论事书疏之类,实疏朴近古。"(《四库全书总目提要》卷一四九)陈子昂以后,"属词皆以经典为本,时人钦慕之,文体一变。"(《旧唐书·文苑传》)但唐玄宗开元时期,苏颋、张说号称"大手笔",他们虽主张"崇雅黜浮",而骈文的陈腐习气实际还是很重的。直到天宝以后,萧颖士、李华、元结、独孤及、梁肃、柳冕等人继起,复古的思潮才进一步高涨起来。他们研习经典,以儒家思想为依归,真正成为韩、柳古文运动的先驱。萧颖士以为"平生属文,格不近俗,凡所拟议,必希古文";"魏晋以还,未尝留意。"(《赠韦司业书》)李华则认为"文章本乎作者,而哀乐系乎时。本乎作者,六经之志也;系乎时者,乐文武而哀幽厉也"(《赠礼部尚书清河孝公崔沔集序》)。他的文章"大抵以五经为泉源","非夫子之旨不书",是"文章中兴"的开启者(独孤及《赵郡李公中集序》)。元结则从创作实践上,力变俳偶为散体,多记叙山木园亭和表现愤世疾俗之作。独孤及强调"先道德而后文学";特别推崇两汉文章,认为"荀、孟朴而少文,屈、宋华而无根,有以取正,其贾生、史迁、班孟坚云尔"(梁肃《毗陵集后序》)。梁肃文论思想受独孤及的影响,更提出"气能兼词"的论点(《李翰前集序》)。柳冕以儒道为根本的文学思想,更系统,惟不善为文,自谓"意虽复古,而不逮古";"言虽近道,辞则不文"。总之,关于文章必须宗经、载道、取法三代两汉的思想,在韩柳之前已提得越来越明显,而且这些主张的基本精神是和韩柳一致的。只是他们在创作实践中,都还未能彻底摆脱骈文家的积习,卓然有所树立,从而改变一代的文风。但完全可以肯定,他们在文论上的主张,或创作中的努力,是为韩柳古文运动作好了充分的思想准备的。

　　古文运动所以在中唐这个特定的历史时代发生和发展,更重要的原因还在于客观的现实社会条件。天宝以来,萧颖士、李华、独孤及、梁肃等人的复古主义思潮,就和安史之乱的现实有关。安史乱后,大唐帝国陡然走向了衰落的道路。贞元、元和时期,号称"太平"和"中兴",实际藩镇割据的严重局面,并没有根本改变。而且佛道二教盛行,僧尼道士已成为一种特殊势力,他们"不耕而食,不织而衣"(《唐会要》卷四七),不但和广大人民有矛盾,而且由于"使农夫工女堕业以避役,故农夫不劝,兵赋日屈"(《新唐书·李叔明传》),也和唐王朝的利益发生矛盾。但是贞元时期二十年苟安的太平,不仅使摇摇欲坠的唐王朝得到了暂时的稳固,而且在唐王朝的统治区内也恢复并发展了生产,因而也给统治阶级带来了"中兴"的希望。以韩愈为代表的复古主义思潮,在贞元时期发展成为一种广泛的社会思想运动,正是从意识领域内来挽救这个严重的危机,促进"中兴"局面的出现,从而加强和巩固唐王朝统一的封建帝国统治。这是一个美好的愿望。除军阀大地主外,它确是反映了广大阶层人民的现实要求的。韩愈打着复古的旗帜,主张恢复孔孟儒家思想的正统地位,反对佛道二教,来整饬社会风尚。他清楚地认识到:人们对儒家所谓"君臣之大义"、"夷夏之大防"发生了动摇,就意味着封建等级制度的破坏,就意味着统一帝国的封建统治走向衰落和崩溃。他所写的《原道》、《原性》、《原人》等篇,就是他所试图建立的理论体系的重要论著。在这些论著中,韩愈着重提出并论述了与佛老尖锐对立的儒家之"道",这个"道",是历圣相传、有其悠久的传统的,也就是以孔孟儒家为正宗的封建思想体系。

韩愈要宣传自己的政治主张和儒家思想,而六朝以来"饰其辞而遗其意"的骈文,已经成为表达思想内容的桎梏,因而自然地需要开展一个文体革新运动,也就是反对骈文,提倡古文。古文,指汉以前的散体文,不仅语言长短不拘,抒写自由,便于表达现实生活内容,而且它本来是载道的,因而也便于学习和宣扬儒家之道。所以韩愈提倡古文总是和学习古道联系在一起的。他说:"愈之所志于古者,不惟其辞之好,好其道焉尔"(《答李秀才书》)。又说:"愈之为古文,岂独取其句读不类于今者耶?思古人而不得见,学古道则欲兼通其辞;通其辞者,本志乎古道者也"(《题欧阳生哀辞后》)。显然韩愈学古文是为了学古道,换句话说,要学古道就必须学古文。道是目的,文是手段;道是内容,文是形式。这就是以韩愈为代表的古文运动的基本内容。这里应该指出,柳宗元虽也主张文以"明道",但在"道"的具体内容上,是和韩愈不尽相同的。韩愈所谓"道",多伦理性质,他的"传道"文章封建色彩较重。柳宗元虽也谈儒道,同样是为封建地主阶级说教,但他的唯物论思想和政治革新的主张却是很突出的。

韩派古文家和柳宗元关于文体革新的理论,是古文理论的精华。他们的文体改革是建立在散文传统的继承和革新的基础上的。韩愈首先强调作家的修养。他说:"根之茂者其实遂","气盛则言之短长与声之高下者皆宜"(《答李翊书》)。所谓根或气,都是指作家的人格修养。对于文学语言,韩愈重视在继承散文传统的基础上有所革新和创造,坚决反对模拟抄袭的不良文风。他主张学古文应"师其意不师其辞","唯陈言之务去",指出"惟古于词必己出,降而不能乃剽贼"(《樊绍述墓志铭》)。他还认为运用语言,必须"文从字顺",即合乎自然语气。而且要从实际出发,"因事陈词",使"文章言语,与事相侔";还必须做到"丰而不馀一言,约而不失一辞,其事信,其理切"(《上襄阳于相公书》)。

韩派古文家李翱在《答朱载言》书里,透辟地发挥了韩愈反对因袭、主张独创的理论。他认为圣人的《六经》,以及百家之文、屈原之辞,"创意造言,皆不相师"。他以为"义深则意远,意远则理辩,理辩则气直,气直则辞盛,辞盛则文工"。义是共同的原则,也就是道;而意则是各家表现义的具体思想。因此,意是需要各家自己创造的。他以为文章并没有一成不变的"尚异"、"好理"、"尚对"、"不尚对"、"爱难"、"爱易"等等标准,主要在是否"能极于工"。"义虽深,理虽当,词不工者不成文"。那些"自成一家之文","独立于一时,而不泯灭于后代"之文,一定是"文理义""三者兼并"的。因此,文章之词也必须是独创的。韩派另一古文家皇甫湜也同样主张从意到言的新创。他说:"夫意新则异于常,异于常则怪矣;词富则出众,出众则奇矣。"但他实在已走到了极端,从要求"新富"而竟至要求"奇怪"了。

柳宗元同样高倡文以明道,反对"贵辞而矜书,粉泽以为工,遒密以为能"的颓靡文风(《报崔黯秀才论为文书》)。他认为对社会生活作"褒贬"或"讽谕"是文章应有的功能(《杨评事文集后序》);文学批评必须重视作品的思想价值,那些用美丽的辞藻包藏着错误内容的作品,对读者的危害是更大的。他认为真正优美的作品,不仅应该有完美的形式,而且必须有正确而充实的内容,二者不可偏废(《答吴武陵论非国语》)。他在《答韦中立论师道书》中,对于写作态度、写作技巧等有关作家修养的问题,也都有精辟的论述。

第二节　韩愈的散文

韩愈(768—824),字退之,河阳(今河南孟县)人。三岁而孤,由嫂郑氏抚养成人。叔父云卿、兄韩会都是在李华、萧颖士的影响之下,倾向复古的人物。由于家庭环境的影响,韩愈早年即以一个复古主义者自命。二十五岁成进士,二十九岁始登上仕途,他在科名和仕途上屡受挫折,就和他的复古思想有关系。先后做过汴州观察推官、四门博士、监察御史等官。

在监察御史任时,他曾因关中旱饥,上疏请免徭役赋税,指斥朝政,被贬为阳山令。元和十二年,从裴度平淮西吴元济有功,升为刑部侍郎。后二年,又因谏迎佛骨,触怒宪宗,几乎被杀,幸裴度等援救,改贬为潮州刺史。穆宗即位,他奉召回京,为兵部侍郎,又转吏部侍郎。卒年五十七。

韩愈的政治思想和世界观是比较复杂的。他政治上反对藩镇割据,拥护王朝的统一;提倡"仁政",反对官吏对人民的聚敛横行,要求朝廷宽免赋税徭役:这些都表现了他关心国家命运和民生疾苦,是他政治思想中的进步的一面。他猛烈地排斥佛老,热烈地提倡儒家正统思想,这是和他的政治思想适应的,客观上也具有一定的进步性。但是,在这里,韩愈也宣扬了儒家学说中的封建糟粕。他的《原性》继承董仲舒的性三品说,把封建统治者的人性看作是上品,而把被剥削人民的人性则视为下品,而且认为这种封建等级制以及等级性的人格是天理自然,与生俱来,不可改变的。所以他在《原道》中说:"是故君者,出令者也;臣者,行君之令而致之民者也;民者,出粟米麻丝作器皿通货财以事其上者也。君不出令,则失其所以为君;臣不行君之令而致之民,则失其所以为臣;民不出粟米麻丝作器皿通货财以事其上,则诛。"这些理论,显然都是为维护封建等级制度服务的。韩愈所大声疾呼的"道",实际是他对于封建国家的法权、教化、道德等等绝对原则的概括,是饱含封建伦理的意味的。他的世界观,即他所谓"道"的具体内容,无疑对他的散文创作是有不良影响的。但是又应该看到,韩愈的思想,还有矛盾的一面。他努力维护"道统",又往往不自觉地破坏了"道统"。譬如他说"孔子必用墨子,墨子必用孔子,不相用,不足为孔墨"(《读墨子》)。更突出的是,他在著名的《送孟东野序》中,提出了"大凡物不得其平则鸣"这一具有现实性和战斗性的思想。他不但承认伊、周、孔、孟等等"道统"以内的善鸣人物,而且也承认杨、墨、老、庄等等"道统"以外各种不同流派的善鸣人物。显然,他认为一切文辞、一切道,都是不同时代不平现实环境的产物。那么,所谓古文,就不仅是传道的工具,而且也是鸣不平、反映现实的工具。这一思想对他的散文成就是有重大的影响的。当他从现实社会生活出发来观察问题,他就自然地突破了陈腐的儒家正统思想的羁绊,因而他的创作和理论也就放射了动人的光辉。从韩愈的散文来看,成就最高的显然是那些由于自己仕途坎坷不平而对黑暗现实进行了揭露和批判的作品,而不是那些板着面孔为儒道说教的文章。他创造性地运用语言,而不是模拟抄袭古代语言,也是和着眼于现实社会生活有密切的关系的。

韩愈的散文,内容复杂丰富,形式也多种多样。他的"杂著"或"杂文",发挥了散文的战斗性的功能,不少作品达到了思想艺术完整的统一。《原毁》,通过对当时社会现象的精辟分析,揭露了当时一般士大夫所以要诋毁后进之士的根本原因。他指责当时社会人情的恶薄,自鸣不平,并发出了主张公正用人的呼吁。作品立论鲜明,语言平易,虽多阐述孔子、颜渊、子路、孟子等人的意见,而不引经据典,这是散文创作中的一种新的形式。他不顾流俗的诽谤,大胆地为人师,作《师说》,指出师的作用及相师的重要。他认为"无贵无贱,无长无少"都可以为师,"道之所存,师之所存也"。"弟子不必不如师,师不必贤于弟子;闻道有先后,术业有专攻,如此而已"。这种见解打破了封建传统的师道观念,对于我们今天也还有参考价值。文章感情充沛,说服力也很强。他的《杂说四》,以"千里马常有,而伯乐不常有"比喻贤才难遇知己,"只辱于奴隶人之手",寄寓了他对自己遭遇的深深不平:

> 世有伯乐,然后有千里马。千里马常有,而伯乐不常有。故虽有名马,只辱于奴隶人之手,骈死于槽枥之间,不以千里称也。马之千里者,一食或尽粟一石,食马者不知其能千里而食也。是马也,虽有千里之能,食不饱、力不足、才美不见外,且欲与常马等不可得,安求其能千里也。策之不以其道,食之不能尽其材,鸣之而不能通其意,执策而临之曰:"天下无马!"呜呼!其真无马邪?其真不知马也!

文章简短明快,而多转折变化,十分饱满地表达了一腔的委屈。《进学解》和《送穷文》用对话形式,以自嘲为自夸,以反语为讽刺,对当时社会的庸俗腐败,表现了一个有理想的士大夫在黑暗现实中不能妥协的精神。《毛颖传》学司马迁传记文,是所谓"驳杂无实之说"的典型作品,亦即当时流行的一种传奇小说。它借毛笔始而见用,"以老见疏"的故事,讽刺统治者的"少恩";同时对那些"老而秃"、"吾尝谓君中书,君今不中书"的无用老官僚也旁敲侧击,给以讥刺。

韩愈写了许多应用文,往往借题发挥,感慨议论,或庄或谐,随事而异,实际也就是"杂文"。《送李愿归盘谷序》借隐士李愿的嘴,对得意的"大丈夫"和官场丑恶,作了尽情的刻画和揭露：

> 愿之言曰："人之称大丈夫者，我知之矣！利泽施于人，名声昭于时，坐于庙朝，进退百官，而佐天子出令；其在外则树旗旄，罗弓矢，武夫前呵，从者塞途，供给之人，各执其物，夹道而疾驰，喜有赏，怒有刑；才畯满前，道古今而誉盛德，入耳而不烦；曲眉丰颊，……粉白黛绿者，列屋而闲居，妒宠而负恃，争妍而取怜；大丈夫之遇知于天子，用力于当世者之所为也。……穷居而野处，升高而望远，……大丈夫不遇于时者之所为也。我则行之。伺候于公卿之门，奔走于形势之途，足将进而越趄，口将言而嗫嚅，处秽汙而不羞，触刑辟而诛戮，侥幸于万一，老死而后止者，其于为人贤不肖何如也！……"

此文描摹庸俗大官僚和官场丑态，穷形尽相，令人啼笑皆非。叙述用对比法，化骈偶为单行，流畅有气势。苏轼很欣赏它，夸张地认为是唐代的第一篇文章，但它确是韩愈早期散文一篇有声有色的力作。《蓝田县丞厅壁记》，实际是为"种学绩文"的崔立之鸣不平，同时也揭露了腐朽的官僚制度。他还在许多书启里，为自己或朋友鸣不平，实际也是对封建科举制度和官僚制度，提出了控诉和抗议。

韩愈的叙事文，有许多文学性较高的名篇。《张中丞传后叙》记述许远、张巡、南霁云等死守睢阳英勇抗敌的事迹，绘声绘色，可歌可泣。文章前半夹叙夹议，证明许远"城陷而虏，与巡死先后异耳"，实不畏死，层层驳诘，笔端带有感情。后半根据自己所得民间的传闻，写张巡、南霁云事，而特别写了南霁云乞师贺兰的片段情景，突出了生动饱满的英雄形象。文章只写张巡等三人死守睢阳的遗闻轶事,叙事和运用语言极曲折变化之能事,足令三人的性格特征,跃然纸上。这是司马迁传记文的一个发展。他的碑志文向来很有名,虽不免有许多"谀墓"之作,但他往往根据对象的不同特点,在定型的体例之中,作具体的描写,因而区别于六朝以来的那些"铺排郡望,藻饰官阶"的十足公式化的碑志文。著名的《柳子厚墓志铭》,有重点地选取事件,通过富于感情的语言,不仅指责了官僚士大夫社会的冷酷无情,叙述了柳宗元一生不幸的政治遭遇,而且也突出了"议论证今古,出入经史百家"的一个古文家的形象。《试大理评事王君墓志铭》,既叙述了"天下奇男子王适"的生平事迹,末了还叙述另一"奇士"侯高当日嫁女王适的滑稽故事:

> 初,处士(侯高)将嫁其女,惩曰:"吾以龃龉穷,一女怜之,必嫁官人,不以与凡子。"君(王适)曰:"吾求妇氏久矣,唯此翁可人意,且闻其女贤,不可以失。"即谩谓媒妪:"吾明经及第,且选即官人。侯翁女幸嫁,若能令翁许我,请进百金为妪谢。"诺许白翁。翁曰:"诚官人耶?取文书来。"君计穷吐实。妪曰:"翁大人不疑人欺。我得一卷书,粗若告身者。我袖以往,翁见未必取视,幸而听,我行其谋。"翁望见文书衔袖,果信不疑,曰:"足矣!"以女与王氏。

这个故事,带有传奇性,写在墓志上,好像有伤碑志文的严肃,但它使"天下奇男子王适"的形象更为突出了。

用散文抒情,韩愈也是很成功的。《祭十二郎文》是前人誉为"祭文中千年绝调"的名篇。文章结合家庭、身世和生活琐事,反复抒写他悼念亡侄的悲痛,感情真实,抒写委曲,恰如长歌当哭,动人哀感。

韩愈的散文,雄奇奔放,富于曲折变化,而又流畅明快。皇甫湜说他的文章"如长江秋清,千里一道,冲飚激浪,瀚流不滞"(《谕业》)。苏洵也说:"韩子之文,如长江大河,浑浩流转"(《上欧阳内翰书》)。这些话,形象而极为恰当地概括了韩愈散文的风格特色。

韩愈是我国古代运用语言的巨匠之一,他的散文语言有简练、准确、鲜明、生动的特点。他善于创造性地使用古代词语,又善于吸收当代口语创造出新的文学语言,因此他的散文词汇丰富,绝少陈词滥调,句式的结构也灵活多变。他随所要表达的内容和语言的自然音节,屈折舒展,文从字顺;间亦杂以骈俪句法,硬语生辞,映带生姿。韩愈新创的许多精炼的语句,有不少已经成为成语,至今还在人们的口头流传。如"细大不捐"、"佶屈聱牙"、"动辄得咎"(《进学解》),"俯首帖耳,摇尾乞怜"(《应科目时与人书》),"不平则鸣"、"杂乱无章"(《送孟东野序》),"落阱下石"(《柳子厚墓志铭》)等等。他还善于活用词性,如"诸侯用夷礼,则夷之;进于中国,则中国之"、"人其人,火其书,庐其居"(《原道》)。又如"春与猿吟兮,秋鹤与飞"(《柳州罗池庙碑》),则是变化句子组织,错综成文。他想象丰富,还善于运用多种譬喻使对象突出生动。如说处士石洪善辩论"若河决下流而东注;若驷马驾轻车就熟路,而王良、造父为之先后也;若烛照数计而龟卜也"(《送石处士序》),所谓"引物连类,穷情尽变"。韩愈的语言艺术,正如皇甫湜所说:"茹古涵今,无有端涯,浑浑灏灏,不可窥校。"当然,在韩愈的散文中,也有少数篇章,过于追求新奇或古奥,略有生涩难读之弊(如《曹成王碑》),但这并不是他的主要方面。

第三节 柳宗元的散文

柳宗元(773—819),字子厚,河东(今山西永济县)人。二十一岁登进士第,三十一岁为监察御史里行。贞元时期,柳宗元在科名和仕途上,是比韩愈为得意的。顺宗即位,王叔文等执政,他参加了王叔文的集团,被任命为礼部员外郎。这时他和王叔文、刘禹锡等积极从事政治、经济、军事等各方面的革新,如罢宫市、免进奉、擢用忠良、贬谪赃官等,做了不少有利于人民的大事。王叔文执政不到七个月,因为遭到宦官和旧官僚的联合反攻而失败。柳宗元被贬为永州司马。十年后,改为柳州刺史。宪宗元和十四年,死于柳州,年四十七岁。

柳宗元的政治思想基本上是儒家的民本思想。他认为官吏是人民的仆役,并非人民是官吏的奴仆。他指出人民"出其十一"雇佣官吏来为他们服务,而有些官吏却不仅"受其直怠其事",甚至还盗取人民的财富。他认为人民对他们所以不敢怒而斥退,只是因势力不敌而已(《送薛存义序》)。他在《答元饶州论政理书》中已经认识到当时社会中贫与富的对立,而且试图探求贫富不均的根源。它一方面反映了"两税法"实行以来只是剥削方式的改变,并没有解决任何根本问题;同时,也反映了他基于对人民的同情而产生的土地权利的平均主义的空想。他的《封建论》,对古代社会的分封制度作了细致的分析,并提出了自己的政治见解。他严厉地抨击封建藩镇的割据局面,以及世族大夫的"世食禄邑"和由此而产生的"不肖居上,贤者居下"的不合理现象。他认为一种社会制度是不依任何个人或少数人的意志为转移的。在"势"的支配下,就是"圣人"也无力兴废,而完全取决于"生人之意",这就从根本上否定了封建帝王"受命于天"的谬说。他以历史事实说明了郡县制比封建制相对的优越性,把社会发展由"家天下"走向"公天下"看作是必然之势,有力地批判了许多封建统治者企图恢复分封制"与三代比隆"的倒退思想。所有这些,都表现了柳宗元先进的历史观。所以苏轼认为"宗元之论出而诸子之论废矣,虽圣人复起,不能易也"(《秦不封建论》)。

柳宗元先进的政治思想是和他的朴素唯物论有密切联系的。他在为《天问》而作的著名的《天对》中,探索自然现象,认为宇宙最初"惟元气存",一切现象都是自然存在,"无功无作","非馀之为",表现了唯物主义的宇宙观。他的《贞符》断言"唐家正德受命于生人之意",并没有什么"赏功罚祸"的天意存乎其间;"受命不于天,于其人;休符不于祥,于其仁"。他以这种无神论历史观来观察一切礼乐刑政,对于那些以宗教迷信作掩饰的观点和作法,都给予严厉的批判。在这些批判和斗争中,他把自己无神论历史观的战斗性,在《时令论上》、《断刑论下》、《非国语》、《天爵论》、《天说》等论文中,作了系统的发挥。但柳宗元的思想也不可免地存在着局限性。比如他有时在解答一些难以解答的问题时,往往表现了偶然论的思想,基本上也并未完全跳出儒家的正统思想。但尽管如此,他在中国思想史上的光辉地位是不可磨灭的。

柳宗元一生的文学创作极其丰富。但贞元时期,他在长安,努力施展政治抱负,而"不以是取名誉",重要作品不多,成就不大。元和以后,长期的贬谪生活,使他有机会接近下层人民,受到了生动的社会教育。这对他的先进的世界观的形成和丰富、深刻的文学作品的产生,都是有着直接的作用和影响的。他的诗文,真实地反映了社会生活的许多重要方面,具有强烈的现实主义精神;而且在艺术上所表现的独创性,也非常突出。

柳宗元贬官永州以后的作品,有些是采取寓言的形式,讽刺当时腐败的社会和政治。文章短小警策,含意深远,表现了杰出的讽刺才能。《三戒》是著名的讽刺小品。《临江之麋》,写麋得主人的宠爱,"犬畏主人,与之俯仰甚善",不敢吃它。三年以后,麋离开了主人外出,外犬"见而喜且怒,共杀食之"。它尖锐地讽刺了那些依仗权贵而得意忘形的小人物。《黔之驴》是外强中干的小人的写照,嘲讽他们"形之庞也类有德,声之宏也类有能",而其实是无德无能。《永某氏之鼠》比喻那些自以为"饱食而无祸"的人作老鼠,指出他们"为态如故",以"饱食无祸为可恒",那他们一定会遭到彻底被消灭的惨祸。这三篇寓言,深刻有力地讽刺了封建剥削阶级丑恶的人情世态。他的《蝜蝂传》,也以寓言笔调生动地刻划了那些贪得无厌的人物形象。他这样描写蝜蝂:

得遇物,辄持取,仰其首负之,背愈重,虽困剧不止也。其背甚涩,物积因不散。卒踬仆不能起。人或怜之,为去其负。苟能行,又持取如故。又好上高,极其力不已,至坠地死。

这是一个具有社会意义的典型事件,短短一百来字,写得既平常,又深刻。柳宗元的寓言讽刺小品是极其成功的。语言锋利简洁,风格严峻沉郁。他善于体情察物,抓住平凡事物的特征,加以想象和夸张,创造生动的形象。在他以前,如先秦寓言,往往只是某种文章的一部分,而不是以一种独立的文学形式出现的。柳宗元创造性地继承前人的成就,大量地创作寓言,使寓言成为一种独立的、完整的文学作品,在寓言文学发展中是有其一定的地位的。

柳宗元的传记散文,大都取材于封建社会中那些被侮辱被损害的下层人物,这是《史记》人物传记之后的一个发展,也标志着柳宗元的现实主义精神的发展。他的传记散文,和一般史传文不同,他往往借题发挥,通过某些下层人物的描写,反映中唐时代人民的悲惨生活,揭露尖锐的阶级矛盾,具有深刻的思想意义。在《捕蛇者说》中,柳宗元刻划了被残酷剥削的蒋氏的形象,揭露和批判了封建社会剥削的残酷。蒋氏祖孙三代受毒蛇之害,但因捕蛇可以抵偿租税,仍甘冒生命危险而不愿改业。它反映了农村的荒凉景象和悍吏逼租的狰狞面貌。它使我们认识到吃人的封建社会的罪恶,认识到唐代赋税对人民的摧残到了什么程度! 柳宗元这种强烈的现实主义精神,是可以和白居易在新乐府中所表现的媲美的。《种树郭橐驼传》借郭橐驼养树"能顺木之天,以致其性"的道理,讽刺了统治者政令烦苛对人民所造成的无穷干扰和奴役。《童区寄传》写一个十一岁的牧童杀死两个抢劫人口的"豪贼"。作品塑造了勇敢机智的少年区寄的形象,同时也揭露了当时社会人口买卖的罪恶。柳宗元写了统治阶级的少数开明人物的传记，也反映出真实的历史面影。如《段太尉逸事状》，题材近似韩愈的《张中丞传后叙》，只写人物的片段故事，而风格不同，直叙事实，不涉抒情议论，语言简劲有力。他具体描写了段秀实的沉着机智、不畏强暴、爱护人民的优秀品质和英雄形象，从而揭露了安史之乱以后那些拥兵自重的新军阀们对人民残酷的压迫和剥削。柳宗元像其他许多杰出的现实主义作家一样，在他的深刻的艺术描写里，都是大胆而真实地揭露了封建统治阶级的腐朽、黑暗和罪恶，渗透着他的忧心如焚和对美好生活的愿望。柳宗元的传记散文，不仅一般具有较强的思想性，而且艺术上也富有创造性。他首先是从暴露现实批判现实的角度选取人物，从而选择其重要的事件，加以适当的剪裁和必要的具体描写，这是他写作传记散文一个典型化的过程。他的作品往往突出地写出了人物的重要方面，反映出复杂的丰富的历史内容。

柳宗元散文更著名的是他的山水游记。这类作品，往往在景物描写之中，抒写了他的不幸遭际和他对于现实的不满。他描写山水之乐，一方面借以得到精神安慰，同时也曲折地表现了他对丑恶的现实的抗议。

柳宗元的山水游记，文笔清新秀美，富有诗情画意。《永州八记》是他的代表作品。《钴鉧潭记》，作者以生动而简洁的语言，描绘了钴鉧潭的位置和形状，潭水来源和流动的状态，以及悬泉的声音，周围的景物等等。他叙述了购得这一胜景的由来，同时也反映了"官租私券"对于人民严重的剥削，以及他在贬谪生活中不能忘怀"故土"的抑郁心情。整个作品，把写景和抒情融合为一。在《钴鉧潭西小丘记》里，他把一个普通的小丘,描绘得异常生动。"其石之突怒偃蹇负土而出争为奇状者,殆不可数,其嵚然相累而下者,若牛马之饮于溪;其冲然角列而上者,若熊罴之登于山"。那些无知的奇石,一经作者这样的勾画,仿佛各各都具有了血肉灵魂。他生动地写出了小丘优美的景色,同时也借"农夫渔父过而陋之",即小丘的被弃,感叹自己的不幸遭遇。他对小丘之美的被发现表示欣慰,是寄寓了他的难言之隐的,正如清人何焯所说:"兹丘犹有遭,逐客所以羡而贺也,言表殊不自得耳"(《义门读书记》)。《至小丘西小石潭记》纯以写景取胜:

> 从小丘西行百二十步,隔篁竹,闻水声,如鸣佩环。心乐之,伐竹取道,下见小潭,水尤清洌。全石以为底,近岸,卷石底以出,为坻、为屿、为嵁、为岩。青树翠蔓,蒙络摇缀,参差披拂。潭中鱼可百许头,皆若空游无所依;日光下澈,影布石上,怡然不动;俶尔远逝,往来翕忽,似与游者相乐。潭西南而望,斗折蛇行,明灭可见,其岸势犬牙差互,不可知其源。坐潭上,四面竹树环合,寂寥无人,凄神寒骨,悄怆幽邃。以其境过清,不可久居,乃记之而去……

他写水、写树木、写岩石、写游鱼,无论写动态或静态,都生动细致,精美异常。而对潭水和游鱼的描写,尤为精彩,使作品更增加了神韵色泽。柳宗元山水游记的语言,恰如他在《愚溪诗序》所说,"清莹秀澈,锵鸣金石"。他描绘山水,能写出山水的特征,文笔简练而又生动。他的山水游记继承《水经注》的成就,而又有所发展,为游记散文奠定了稳固的基础。

柳宗元在永州曾仿屈原《九章》写了《惩咎赋》，表示自己在政治上虽遭失败，但志不可屈，决意学习屈原，准备"蹈前烈而不颇"。《闵生赋》也抒发了他满腔的悲愤，并表示要为实现自己的理想而继续奋斗。他的性格、遭遇和创作活动都与屈原有相似之处，所以严羽认为："唐人惟柳子厚深得骚学，韩愈、李观皆所不及。"（《沧浪诗话》）

在中国文学史上，柳宗元是杰出的散文家之一。他从创作实践上发展了古文运动。在贬谪以前，到他门上求教的就"日或数十人"（《报袁君陈秀才避师名书》），他也"好以文宠后辈"，后辈因他的教导而知名的"亦为不少"（《答贡士廖有方论文书》）。贬谪以后，"衡湘以南为进士者，皆以子厚为师。其经承子厚口讲指画为文词者，悉有法度可观"（《柳子厚墓志铭》）。柳宗元在当时文坛上的影响是很大的。

第四节 古文运动的影响

唐代古文运动的胜利，是我国散文发展的一个转折点。它打垮了骈文的长期统治，开创了散文的新传统。韩愈、柳宗元是司马迁以后最大的散文作家。他们不仅在理论上奠定了散文创作的基础，更重要的是在创作实践上作出了典范。他们开创了一种摆脱陈言俗套、随着语言自然音节、自由抒写的文风。他们不仅恢复了散文的历史地位，而且把散文的实用范围推广了，使散文在传统的著书立说之外，在日常生活中找到了表现自己的写景、抒情、言志的广阔园地。

韩愈由于不顾流俗的訾议，抗颜而为人师，在当时就发生了广泛的影响。同时知名古文家如樊宗师、李翱、皇甫湜、李汉、沈亚之等,或为朋友,或为受业弟子。而孙樵则为再传弟子。他们或者趋尚艰涩,或者惟能平易,或者只求奇异,一般成绩不大。诗人张籍、元稹、白居易等在文章方面也都直接或间接地受韩愈和古文运动的影响。晚唐皮日休、陆龟蒙、罗隐等人的讽刺小品,文学价值较高,则显然是在韩柳古文影响下的一个发展。

中唐时代,传奇小说和古文并兴,二者是互为影响的。古文运动解放了文体,使着意好奇的传奇家,得到更自由的表现形式,因而促进了传奇小说的发展;传奇小说的题材和表现方法,也给古文家以借鉴,因而也有利于古文运动的推广和成功。韩愈、沈亚之都是把二者统一起来的。他们既提倡古文,也写作传奇小说。

但是,从晚唐五代到北宋初,古文运动实际趋向衰落,骈文恢复了统治地位。原来古文运动,就形式说,是对骈文的革新运动。但是骈散文之间并无绝对严格的分界线。韩柳古文并未废除骈词俪句固不必说;在韩愈提倡古文,反对"俗下文字"的当时,裴度就持反对的意见,以为"文之异在气体之高下,思致之深浅,不在磔裂章句,隳废声韵"(《寄李翱书》),就是说,文章重在思想内容,不在骈散的形式。完全从形式着眼来反对骈文,意义是不大的。裴度还批评韩愈"恃其绝足,往往奔放,不以文立制,而以文为戏"(同上),就是从韩愈古文的内容来批评的。古文运动当时所以发生广泛的影响,是和韩柳文内容的深广有密切的关系的。韩柳以后,社会矛盾进一步发展,不仅藩镇割据的分裂局面无法挽回,而且爆发了农民大起义,道统的宣传既无补于统治阶级的没落和崩溃,士大夫振作有为和希望,也渐趋破灭,后起的古文家乃不得不把古文引上狭小、琐细的道路,古文便成为少数隐者之流的抒写生活情趣的工具。这些古文虽然也反映了一定的社会内容,但毕竟不够深广,不足以振奋人心,因而也就自然地不为人所注意了。这样,形式主义的骈文就轻易地恢复了统治地位。

北宋初期,柳开、王禹偁、姚铉、穆脩等,都标榜韩柳古文,反对晚唐五代的浮靡文风;到了中叶,在新的现实条件下,以欧阳修为首,再一次掀起了古文运动。由于欧、曾、王、苏诸古文大家在创作上的努力和成功,从此韩柳古文遂成为新的传统。明代唐顺之、归有光等的古文和清代"桐城派"的古文,都是以韩柳为首的唐宋古文新传统的直接继承和发展。这个古文新传统,支配中国文坛一千多年,直到"五四"新文学运动才被以反帝反封建为内容的语体散文所代替。

古文运动提倡"道"和"道统",维护封建统治,为历代统治阶级及其文士所利用,这使古文即散文蒙上浓厚的封建说教的色彩,逐渐走上陈陈相因,腐朽僵化的道路。但是韩柳的创作实践,不仅是为了"传道"或"明道",更重要的还是以古文鸣不平,反映一定的现实社会内容,这样就起了积极的影响。韩柳以后古文有了更广阔的园地,许多古文家用它来叙事、写景、抒情和议论,为日常生活所必需,而且也使之成为文学史上源远流长的一种重要的形式。

古文运动的理论,特别是韩愈所提出的文道合一、气盛言宜、务去陈言、文从字顺等论点,指导了后来无数古文家的写作,直到今天,仍有借鉴意义。

第九章　中唐其他诗人

唐代诗歌到贞元、元和年间,又出现了第二次高潮。多种多样艺术风格的诗人和诗派相继出现,使诗坛呈现全面繁荣的景象。除前述影响最大的新乐府运动诸诗人外,其他诗人如韩愈、孟郊、柳宗元、刘禹锡、李贺等,在艺术上也各有创造,自成一家。其中韩孟一派诗人的影响较大。

第一节　韩　愈

韩愈不仅是杰出的散文家,也是一个在中唐诗坛上能够别开生面、勇于独创的诗人。他在倡导古文运动的同时,也曾致力于诗歌的革新,以纠正大历十才子的平庸诗风。在《荐士》诗里,他肯定了从《诗经》到建安诗歌的进步传统,认为晋宋诗歌已经"气象日凋耗",而齐梁陈隋的诗,更是"搜春摘花卉,沿袭伤剽盗"。并把陈子昂、李白、杜甫看作是诗歌革新的旗手。在其他诗里,他更反复多次地对李白、杜甫加以赞美推崇。但是,从创作实践来看,韩愈主要是继承李白诗的自由豪放,和杜甫诗的体格变化、"语不惊人死不休"的艺术传统,独立开拓道路。和白居易着重继承杜甫现实主义精神有所不同。

韩愈在贞元年间的诗歌,对现实有一定的关怀。如《汴州乱》、《归彭城》、《龊龊》等诗,反映了藩镇兵将叛乱的历史事件,对人民疾苦也有所接触。《谢自然诗》、《送灵师》等诗表现了他反对佛老、斥责神怪迷信的思想。其他许多咏怀、赠答的诗,抒发了自己和朋友们怀才不遇或遭受贬谪的牢骚愤懑。这些诗不仅内容和他的散文大体一致,在形式上,也有明显的散文化的倾向。这和他前期提倡儒学复古、致力于古文运动是分不开的。他这些诗篇也受到杜甫一部分诗歌的启发,表现了雄才博学、好发议论、格调拗折、造语生新的特点。例如《此日足可惜赠张籍》,前人曾认为"仿佛《彭衙》、《北征》光景"。今天看来,虽然他爱国忧民的思想深度,艺术语言的朴素亲切,仍然不及杜诗。但是,他关怀现实的态度,长篇叙事的规模,在叙事中融合抒情、议论的特点,确有和杜诗相似之处。但是,这一时期也出现了一些艺术上失败的作品,如《嗟哉董生行》由于过分散文化,失去诗的特点。《谴疟鬼》诗也开始有险怪倾向。

元和以后,韩愈的诗进一步向奇崛险怪的方面发展。元和元年,他和孟郊在长安写了长篇联句诗将近十首,在联句中,互相夸奇斗险,不肯一字相让。同年中,他还写了著名的《南山诗》,用汉赋排比铺张手法,描述终南山四时景色变化以及各种形态的山势。搜罗奇字,光怪陆离。押用险韵,一韵到底。而且连用带"或"字的诗句五十一个,叠字诗句十四个。这种排翼铺张比西汉辞赋家更为突出。在此之后他又写了《陆浑山火和皇甫湜用其韵》、《月蚀诗效玉川子作》等一系列的诗歌,标榜奇险诗风,并对许多和自己趣味相投的诗人加以鼓励。他这些追求奇险而走向极端的诗歌,在内容上没有什么积极意义,甚至可以说是一种雕肝呕肺的文字游戏。在艺术上也不能说是成功的。就是那些慕韩愈大名而极力赞扬《南山诗》的批评家们,也不得不说它是学不得的。

韩愈为探索诗歌的新形式、新风格,用过很多心血,也付出了不少失败的代价,引来了不少正确的批评。但我们也应该看到他在辛勤探索之中,的确是为诗歌开拓了一条和李杜不完全相同的道路,创造了一些独具风格的优秀诗篇。例如他贞元末年被贬阳山令遇赦归来途中所写的《八月十五夜赠张功曹》:

纤云四卷天无河,清风吹空月舒波。沙平水息声影绝,一杯相属君当歌。君歌声酸辞且苦,不能听终泪如雨:"洞庭连天九疑高,蛟龙出没猩鼯号。十生九死到官所,幽居默默如藏逃。下床畏蛇食畏药,海气湿蛰熏腥臊。昨者州前捶大鼓,嗣皇继圣登夔皋。赦书一日行万里,罪从大辟皆除死。迁者追回流者还,涤瑕荡垢清朝班。州家申名使家抑,坎轲只得移荆蛮。判司卑官不堪说,未免捶楚尘埃间。同时辈流多上道,天路幽险难追攀。"君歌且休听我歌,我歌今与君殊科。一年明月今宵多,人生由命非由他,有酒不饮奈明何?

诗的中段用张署的话,倾诉了迁谪量移中抑郁悲愤的心情,结尾故作放达,更加深了诗境的悲凉。但是这首发泄个人牢骚的诗,尽管内容价值不高,艺术上却很值得注意:章法的波澜曲折;诗句纯用单行,没有骈偶;语言的古朴苍劲,洗净陈熟词汇;都很得力于他古文的修养。

他描写自然景物的诗,也有一些别具风格的佳作。例如《山石》一篇:

> 山石荦确行径微,黄昏到寺蝙蝠飞。升堂坐阶新雨足,芭蕉叶大栀子肥。僧言古壁佛画好,以火来照所见稀。铺床拂席置羹饭,粗粝亦足饱我饥。夜深静卧百虫绝,清月出岭光入扉。天明独去无道路,出入高下穷烟霏。山红涧碧纷烂熳,时见松枥皆十围。当流赤足踏涧石,水声激激风吹衣。人生如此自可乐,岂必局束为人鞿?嗟哉吾党二三子,安得至老不更归!

全诗用素描式的散文笔调,描写了从黄昏、深夜到天明的寺里山间的景色。一句一景,如展画图,具有鲜明的南方风土色彩。清淡的笔触中,有时点染了极浓丽的色彩,给人一种非常新鲜的感觉。他的《奉酬卢给事云夫四兄曲江荷花行》一诗,写池荷盛开的绮艳风光,却大胆地运用壮丽豪健的笔调,写出"太白山高三百里,负雪崔嵬插花里"这样出人意表的奇句。所以沈德潜说韩愈七古在李杜之后能够"别开境界"。

韩愈力倡复古,反对骈俪。因此他的诗多古诗而少近体,但是他的近体诗中也不无意境浑厚的佳作。如他被贬潮州途中写的《左迁至蓝关示侄孙湘》:

> 一封朝奏九重天,夕贬潮阳路八千。欲为圣明除弊事,肯将衰朽惜残年。云横秦岭家何在?雪拥蓝关马不前。知汝远来应有意,好收吾骨瘴江边!

无辜放逐的悲愤中,交织着正言直谏的勇气,和衰朽残年的哀

伤,流畅的语言中,颇有顿挫的气势。他的绝句,主要是沿着杜甫风格发展。如《早春呈水部张十八助教》:

> 天街小雨润如酥,草色遥看近却无。最是一年春好处,绝胜烟柳满皇都。

前两句写早春微雨中的景色,极为新鲜别致。而他随裴度平蔡州归来时写的《次潼关寄张十二阁老》一诗,更能代表他七绝的面目:

> 荆山已去华山来,日照潼关四扇开。刺史莫辞迎候远,相公亲破蔡州回。

短短四句诗,表现了重大政治事件给予诗人的喜悦,实在并不多见。这两首绝句,都不用传统的委宛曲折的章法,把精华集中在开头两句,给人开门见山,脱口而出的快感。这里也表现了一种不甘蹈袭前人的创作风度。

韩愈诗歌,不仅纠正了大历以来的平庸诗风,而且在中唐诗坛上开创了一个新的局面,把新的语言风格、章法技巧引入诗坛,从而扩大了诗的领域,但是也带来了以文为诗,讲才学,发议论,追求险怪等不良风气。中唐时代的诗人贾岛、卢仝、马异、李贺等人,都不同程度地接受了他的影响。不仅学习了他的优点,也学习了他的缺点。这种影响,甚至延及北宋、晚清的许多诗人。

第二节 孟郊 贾岛

孟郊(751—814),字东野,湖州武康(今浙江武康)人。早年屡试不第,四十六岁才成进士,五十岁始作溧阳尉。后来辞官,到五十六岁才作河南水陆转运从事,试协律郎等小官,贫寒至死。

孟郊的诗,很受韩愈的推崇,当时的人已有"孟诗韩笔"的称誉。孟郊自己的诗也说:"诗骨耸东野,诗涛涌退之。"(《戏赠无本》二首)可见韩、孟两人的诗是各具特色、旗鼓相当的。

孟郊在《读张碧集》一诗里,叙述了自己的文学见解。他说:"天宝太白殁,六义已消歇。大哉国风本,丧而王泽竭。先生今复生,斯文信难缺。下笔证兴亡,陈辞备风骨。"这里,他显然是对大历以来那些流连光景、娱乐统治阶级的平庸浮艳诗风,深表不满,并且标举了"六义"、"风骨"的传统,强调了诗歌的政治作用。在《懊恼》一诗里,他更愤激地说:"恶诗皆得官,好诗空抱山。"

他的诗里,有不少作品接触到社会现实矛盾。如《长安早春》、《长安道》,讽刺了朱门贵族的骄奢闲逸生活;《贫女词》、《织妇辞》,对劳动妇女的劳苦深表同情,而且以织妇口吻对受剥夺的境况提出质问:"如何织纨素,自着蓝缕衣?"更值得注意的是他的《寒地百姓吟》:

> 无火炙地眠,半夜皆立号。冷箭何处来,棘针风骚劳。霜吹破四壁,苦痛不可逃。高堂捶钟饮,到晓闻烹炮。寒者愿为蛾,烧

> 死彼华膏。华膏隔仙罗,虚绕千万遭。到头落地死,踏地为游遨。游遨者谁子,君子为郁陶。

诗中把劳动人民寒夜的痛苦呼号和富贵人家终宵宴饮的生活作了鲜明的对照,并且以飞蛾扑火象征劳动人民悲惨绝望的命运。可以看出诗人心情的沉痛。

对当时藩镇割据,内战不息的时局,孟郊也表示忧虑和愤慨。他写了《杀气不在边》、《吊国殇》、《感怀》等诗,谴责统治者"擅摇干戈柄"、"铸杀不铸耕"的罪恶行为。《伤春》一诗说:

> 两河春草海水清,十年征战城郭腥。乱兵杀儿将女去,二月三月花冥冥。千里无人旋风起,莺啼燕语荒城里。春色不拣墓旁枝,红颜皓色逐春去……

这样惨目伤心的景色,令我们想起杜甫的《春望》。

孟郊的一生,"拙于生事,一贫彻骨。裘褐悬结,未尝俛眉为可怜之色"(《唐才子传》)。因此,他那些自述贫困穷态境遇的诗,也写得十分动人,如《秋怀》:

> 秋月颜色冰,老客志气单。冷露滴梦破,峭风梳骨寒。席上印病纹,肠中转愁盘。疑怀无所凭,虚听多无端。梧桐枯峥嵘,声响如哀弹。
>
> 老病多异虑,朝夕非一心。商虫哭衰运,繁响不可寻。秋草瘦如发,贞芳缀疏金。晚鲜讵几时,驰景还易阴。弱习徒自耻,暮知欲何任。露才一见谗,潜智早已深。防深不防露,此意古所箴。

这些诗,不仅写出他贫病交加的凄凉晚景,也写出了冷酷无情的世道人心。诗里所写的虽是他个人的境遇,但仔细体会,仍然可以看出其中的生活体验和他那些反映人民疾苦的诗篇有相通的地方。其他如"食荠肠亦苦,强歌声无欢。出门如有碍,谁谓天地宽?"(《赠崔纯亮》)"借车载家具,家具少于车"(《借车》),"吹霞弄日光不定,暖得曲身成直身"(《答友人赠炭》),都能用片言只语写出他难以想象的愁苦心情和贫困生活。

孟郊是以苦吟著名的诗人,他自述作诗的情景是:"无子抄文字,老吟多飘零。有时吐向床,枕席不解听"(《老恨》)。上面所举的那些瘦硬奇警、入木三分的诗句,都经过苦思锤炼。他的苦吟,有时也是为了追求奇险,但主要还是为了使内容表现得更深刻警辟,如他在另一首诗里说的:"天地入胸臆,吁嗟生风雷。文章得其微,物象由我裁"(《赠郑夫子鲂》)。除前所举的诗歌外,他的写景诗如《洛桥晚望》:

天津桥下冰初结,洛阳陌上人行绝。榆柳萧疏楼阁闲,月明直见嵩山雪。

在森冷幽静之中,突着峭拔之笔,使人进入更高的意境。又如《游终南山》诗:"南山塞天地,日月石上生。"也有出人意表的雄奇气概。韩愈说他的诗是"横空盘硬语,妥帖力排奡"(《荐士》),苏轼形容他的诗是"诗从肺腑出,出辄愁肺腑。有如黄河鱼,出膏以自煮"(《读孟郊诗二首》),都能从不同方面说明他诗歌的特点。但是,他有的诗也写得很平易近人,例如普遍传诵的《游子吟》:

慈母手中线,游子身上衣。临行密密缝,意恐迟迟归。谁言寸草心,报得三春晖?

一般说来,韩诗比较气象阔大,孟诗比较思力深刻。

孟郊诗中也有不少表现庸俗思想或封建观念的作品,如《初于洛中选》、《烈女操》等。有的则虔诚地歌颂仙佛,如《列仙文》四首等。在艺术上,也有一些诗写得艰涩枯槁,缺乏诗味。

孟郊诗在文学史上影响是不小的。中晚唐不少著名诗人都很赞美他的诗才。贾岛《哭孟郊》诗说:"冢近登山道,诗随过海船。"可见他死时诗篇已流传国外。北宋江西派诗瘦硬生新风格的形成,也受他一定的影响。

贾岛(779—843),字阆仙,范阳(今北京附近)人。早年为僧,法名无本。后来到京洛认识了韩愈,遂还俗,举进士。曾官长江主簿。

他和孟郊同以"苦吟"著名,后人更以"郊寒岛瘦"并称。关于他的苦吟,曾有吟诗冲犯韩愈的故事流传。他自己也曾说《送无可上人》中的两句诗"独行潭底影,数息树边身"是"二句三年得,一吟双泪流"。但是,他的诗无论思想内容或艺术成就都远不及孟郊。他们的创作道路也颇不相同。

从他现存诗歌来看,他虽然也流露过一点求仕不遇的苦闷:"自嗟怜十上,谁肯待三征。"(《即事》)"下第只空囊,如何住帝乡。"(《下第》)但只是一点轻微的叹息。其他绝大多数的诗中,几乎看不到什么现实矛盾的影子。不管他是有意或无意逃避现实,他总是安于自己荒凉寂寞的生活境遇。他往来的朋友多半是僧徒道士,他的诗境也往往是温习早年那种枯寂的禅房生活:"孤鸿来半夜,积雪在诸峰。"(《寄董武》)"叩齿坐明月,揩颐望白云。"(《过杨道士居》)在平常生活里,他也是循着这条熟习的小路,专门探寻那别人不曾注意的阴暗角落。他爱写"萤火",写"蚁穴",甚至写蛇:"归吏封宵钥,行蛇入古桐。"(《题长江厅壁》)写怪禽:"怪禽啼旷野,落日恐行人。"(《暮过山村》)别的诗人是把诗当作生活的反映,至少也是当作生活的消遣和点缀,他却是把作诗代替生活,"一日不作诗,心源如废井"(《戏赠友人》)。他的诗多半是五律,专以铸字炼句取胜,但他多数的诗都是"诚有警句,视其全篇,意思殊馁"(司空图《与李生论诗书》)。在他集里,也有个别的好诗。如《剑客》:

十年磨一剑,霜刃未曾试。今日把示君,谁有不平事?

这里剑客的豪侠意气,写得相当动人。此外,如《怀博陵故人》一首也颇有豪健之气。

姚合(775—855?),陕州(今河南陕县)人。元和十一年进士,授武功主簿,后终任秘书监。他与贾岛关系很密,诗风亦颇接近,当时有"姚贾"之称。他曾经选集王维、祖咏等十八人诗为《极玄集》,序中称王维等为"诗家射雕手"。《唐才子传》说他的诗善写"下邑官况,萧条山县,荒凉风景"。如《武功县中作》三十首是他的代表作,其中诗句如"马随山鹿放,鸡杂野禽栖";"微官长似客,远县岂胜村";"吏来山鸟散,酒熟野人过";都充满下邑小官闲散生活情调。他的诗也多用五律,但风格较贾岛为平易。

贾岛和姚合的诗,很适合那些找不到生活出路,追求精神上自我陶醉的末代文人的口味,所以晚唐五代的许多不甚知名的诗人,南宋后期的"四灵",明末的竟陵派,都喜欢仿效他们的诗风。

第三节 刘禹锡 柳宗元

在元白和韩孟两派诗人之外,刘禹锡和柳宗元也是中唐时代优秀的诗人。他们的诗对后代也有不小的影响。

刘禹锡(772—842),字梦得,洛阳(今河南洛阳)人。郡望中山(今河北唐县),一说为彭城(今江苏徐州)。贞元九年进士,因参加王叔文集团的进步政治改革遭到失败,被贬朗州司马等官职,在外地二十多年。以后入朝作主客郎中,晚年迁太子宾客。

刘禹锡具有朴素唯物论的思想,政治上也有进步见解。长期的贬谪并没有改变他的思想。他不少的诗篇抒发了自己身世遭遇的愤懑和痛苦,有的诗更直接讽刺了当朝的权贵。如他贬官十年后被召至京师,游玄都观,写了《戏赠看花诸君子》一诗:

> 紫陌红尘拂面来,无人不道看花回。玄都观里桃千树,尽是刘郎去后栽。

由于诗中用桃树影射了新得势的权贵,他再度遭到贬谪。但十四年以后他再回到京师,又写了一首《再游玄都观》:

> 百亩庭中半是苔,桃花开尽菜花开。种桃道士归何处?前度刘郎今又来。

讽刺比前一首更辛辣,态度也比前一首更倔强。

他对时政的不满,又往往通过咏物诗表现出来。在《飞鸢操》里,他借飞鸢的形象讽刺了那些身居高位而贪得无厌、妒害贤能的人物:"鹰隼仪形蝼蚁心,虽能戾天何足贵!"在《秋萤引》里,他把"天生有光非自衒"的秋萤和蚊虫妖鸟的丑恶阴暗形象作对比,表现出对阴谋权奸人物的轻蔑。在《聚蚊谣》中他说:"我躯七尺尔如芒,我孤尔众能我伤。……清商一来秋日晓,羞尔微形饲丹鸟。"更在痛骂政敌中表达了政治斗争的胜利信念。他说张九龄贬于外地之后,"有拘囚之思。托讽禽鸟,寄词草树,郁郁然与骚人同风"(《吊张曲江》序)。其实也可以用来解释他这些作品的现实精神。

刘禹锡的怀古作品也是历来著名的。如《西塞山怀古》:

> 王濬楼船下益州,金陵王气黯然收。千寻铁锁沉江底,一片降幡出石头。人世几回伤往事,山形依旧枕寒流。从今四海为家日,故垒萧萧芦荻秋。

孙皓的千寻铁锁,并没有挽回东吴被灭亡的命运。诗人的感叹中,深寓着历史的教训。他的《金陵五题》,也一向被推为怀古的名作。《乌衣巷》写煊赫了二百年的王谢世族的没落,《台城》写梁陈的荒淫亡国,都是关系六朝历史的大事。《石头城》一首:

> 山围故国周遭在,潮打空城寂寞回。淮水东边旧时月,夜深还过女墙来。

更是在低徊感叹中充满了对兴亡变化的无限沉思。他在另一首《金陵怀古》的五律中说:"兴废由人事,山川空地形。"也正好说明了他这些怀古诗中所寄寓的思想。他还有一首《酬乐天扬州初逢席上见赠》,虽然不是怀古之作,但思想上却有一定的内在联系:

> 巴山楚水凄凉地,二十三年弃置身。怀旧空吟闻笛赋,到乡翻似烂柯人。沉舟侧畔千帆过,病树前头万木春。今日听君歌一曲,暂凭杯酒长精神。

这是他贬官二十多年后回乡的深沉感叹。沉舟侧畔,千帆竞发;病树前头,万木争荣。自然界的平凡现象中,暗示着社会人事新陈代谢的哲理。更可贵的是诗人并没有因此而感到衰老颓唐。白居易称赞这两句诗"神妙","在在处处应有灵物护之"(《刘白唱和集解》),也正是赞美他深刻的艺术概括力量。

《刘梦得集》现存的两卷乐府诗,是他努力学习民歌的成绩。其中特别值得注意的是他流放巴楚间学习当时民歌俚调写成的作品。从《竹枝词》的序里,可以知道他当时看到了民歌"含思宛转"的特色,并有意识地学习屈原作《九歌》的精神,写了这些民歌体的小诗。《九歌》本是民间祭神之词,刘禹锡却更多的用来描写农村妇女健康的爱情,记录劳动人民生活和地方风物:

> 杨柳青青江水平,闻郎江上唱歌声。东边日出西边雨,道是无晴还有晴。

这是《竹枝词》二首之一,用"晴""情"的双关谐音表现爱情,极富民歌风味。又如《竹枝词》九首之二也是写爱情的:

> 山桃红花满上头,蜀江春水拍山流。花红易衰似郎意,水流无限似侬愁。

以前民歌往往用花比女子,这里却用来比男子,又别有一种风致。他也用民歌表现劳动生活,如《浪淘沙》之五:

> 濯锦江边两岸花,春风吹浪正淘沙。女郎剪下鸳鸯锦,将向中流匹晚霞。

这些诗都有健康开朗的情绪和浓厚的地方色彩,既在形象、音调、表现手法上吸收了民歌特点,又经过诗人的加工创造,显得更为凝炼集中。后来许多学习民歌的诗人也往往从中得到启发。

刘禹锡有时也用民歌的形式来直接反映农民生活,如《插田歌》生动地描写了农民夏天插田的情景,又通过一段有趣的对话,对爬到小官吏地位便得意忘形的"计吏"进行辛辣的嘲笑。用农民口语,写得绘声绘影,是一首优秀的现实主义作品。

总的来说,刘禹锡的诗,律诗、绝句比古诗成就高,仿效民歌的乐府小章尤为著名。"开朗流畅,含思宛转","运用似无甚过人,却都惬人意,语语可歌。"(胡震亨《唐音癸签》)当时白居易称他为"诗豪",宋代苏轼、黄山谷,对他也很推崇。

柳宗元是唐代大散文家,也是一位优秀的诗人。他的诗和散文一样,大部分都是贬官永州、柳州时期写的。内容多抒发自己悲愤抑郁和离乡去国的情思。如著名的《登柳州城楼寄漳、汀、封、连四州》:

> 城上高楼接大荒,海天愁思正茫茫。惊风乱飐芙蓉水,密雨斜侵薜荔墙。岭树重遮千里目,江流曲似九回肠。共来百越文身地,犹自音书滞一乡。

这是他贬官柳州后,寄给同贬的四位朋友的。诗里不仅表现了自己离乡别友的悲苦心情,"惊风"、"密雨"一联,托景寓意,流露了作者对时事的忧伤和处境的险恶。《岭南江行》的"射工巧视游人影,飓母偏惊旅客船",也表现了同样的手法和用意。写思乡的如《与浩初上人同看山寄京华亲故》:

> 海畔尖山似剑铓,秋来处处割愁肠。若为化得身千亿,散向

>峰头望故乡。

譬喻新鲜,设想奇特,强烈地表现了思乡的感情。其他如《别舍弟宗一》、《酬曹侍御象县见寄》也是这一类的优秀作品。又如《跂乌词》、《笼鹰词》、《放鹧鸪词》、《行路难》等,或托言禽鸟,或借用神话来自况身世遭遇,讽刺现实,和他的寓言散文《三戒》、《蝜蝂传》等颇有相似之处。

《田家》三首反映劳动人民的生活,是一组优秀的现实主义诗篇,其中第二首写的最深刻:

>篱落隔烟火,农谈四邻夕。庭际秋虫鸣,疏麻方寂历。蚕丝尽输税,机杼空倚壁。里胥夜经过,鸡黍事筵席。各言"官长峻,文字多督责。东乡后租期,车毂陷泥泽。公门少推恕,鞭扑恣狼藉。努力慎经营,肌肤真可惜!"迎新在此岁,惟恐踵前迹。

这首诗描绘了农民尽输赋税后一贫如洗的情况,也写出了催租官吏凶残的嘴脸,体现了作者对劳动人民的同情和对里胥的憎恨。第一首中有"竭尽筋力事,持用穷岁年;尽输助徭役,聊就空舍眠"之句,对劳动人民的赋役之苦也是深表同情的。其他如《掩役夫张进骸》同情自己役夫的痛苦,《韦道安》歌颂为民除害的英雄,与他散文中为下层人民立传的进步思想也是一致的。

柳宗元的山水诗,情致深沉委宛,描绘细致简洁,艺术成就很高。历来文学批评家把他和陶渊明并称,也主要是指他这类作品。如他的名作《南涧中题》:

秋气集南涧,独游亭午时。回风一萧瑟,林影久参差。始至若有得,稍深遂忘疲。羁禽响幽谷,寒藻舞沦漪。去国魂已远,怀人泪空垂。孤生易为感,失路少所宜。索寞竟何事,徘徊只自知。谁为后来者,当与此心期。

在风声林影中漫步独行,静思身世,透过羁旅的寂寞和怀旧的忧伤,流露出一线恬然自适的欣慰。这首诗和他《永州八记》中的《石涧记》是相为表里之作。其他如《夏初雨后寻愚溪》、《秋晓行南谷经荒村》意境也约略相同。沈德潜说柳诗得陶渊明之"峻洁",概括得非常准确。他的《渔翁》一诗,也写得很好:

　　渔翁夜傍西岩宿,晓汲清湘燃楚竹。烟销日出不见人,欸乃一声山水绿。回看天际下中流,岩上无心云相逐。

这里通过渔夫生活的描绘,表现出作者所向往的"云无心以出岫"的自由生活的境界。江上日出景色的变化尤其写得奇妙动人。他的五言绝句《江雪》也是历来传诵的名作:

　　千山鸟飞绝,万径人踪灭。孤舟蓑笠翁,独钓寒江雪。

在茫茫大雪中突出地写一个寒江独钓的老翁,隐然见出诗人高怀绝世的人格风貌。柳宗元的山水诗,尽管情景各有不同,但处处都显示出他清峻高洁的性格,同时也往往流露出被贬远荒的幽愤,所以前人说"柳州诗长于哀怨,得骚之馀意"(沈德潜《唐诗别裁》)。姚莹《后湖诗集》中《论诗绝句》也说:"史法骚幽并有神,柳州高咏绝嶙峋。"这些评语都说明了柳宗元诗歌的这个特色。

第四节 李 贺

　　李贺(790—816),字长吉,河南昌谷(今宜阳)人。出身于一个没落的皇室后裔的家庭,少年时才能出众,以远大自期,但由于封建礼教的限制,不能应进士试,只作了一个职掌祭祀的九品小官奉礼郎。死时才二十七岁。从他在长安任官时写的"家门厚重意,望我饱饥腹"(《题归梦》),辞官回家后写的"我在山上舍,一亩蒿磝田。夜雨叫租吏,春声暗交关"(《送韦仁实兄弟入关》),以及送小弟去庐山谋食的"下国饥儿梦中见"(《勉爱行》)等诗句,更可以看出他家庭生活的贫困。因此,他的心情是十分悲愤的。他写了《马诗》、《开愁歌》、《浩歌》、《秋来》、《致酒行》等一系列诗篇,发泄自己怀才不遇的愤懑与牢骚。他说:"我当二十不得意,一心愁谢如枯兰。衣如飞鹑马如狗,临歧击剑生铜吼"(《开愁歌》)。又说:"不须浪饮丁都护,世上英雄本无主。买丝绣作平原君,有酒唯浇赵州土"(《浩歌》)。这是对不重视人才的现实发出悲愤的控诉。在《致酒行》里,他说:"我有迷魂招不得,雄鸡一声天下白。少年心事当拏云,谁念幽寒坐呜呃?"更可以看出他的远大抱负和无情现实之间的尖锐矛盾。他这种悲愤感情,也往往用托古讽今,比物征事的手法,或用非现实的幻想表现出来。前者如《咏怀》二首,后者如《金铜仙人辞汉歌》:

> 茂陵刘郎秋风客,夜闻马嘶晓无迹。画栏桂树悬秋香,三十六宫土花碧。魏官牵车走千里,东关酸风射眸子。空将汉月出宫门,忆君清泪如铅水。衰兰送客咸阳道,天若有情天亦老。携盘独出月荒凉,渭城已远波声小。

这首诗大概是他辞奉礼郎离京赴洛时写的。诗里金铜仙人迁离故土的悲哀,实际上是借非非之想寄托诗人自己的"宗臣去国之思"。铜人的下泪,衰兰的惆怅,都像人一样具有感情。出人意表的想象,惊采绝艳的语言,使这篇诗充满了强烈的浪漫主义色彩。"天若有情天亦老",愤慨于现实的无情,已经成为历代传诵的警句了。

他另一些非现实的幻想的诗,则是在憎恨现实、无力改变现实、转而厌弃现实的情绪支配之下创造出来的。例如在《梦天》里我们看到这样的境界:

> 老兔寒蟾泣天色,云楼半开壁斜白。玉轮轧露湿团光,鸾珮相逢桂香陌。黄尘清水三山下,更变千年如走马。遥望齐州九点烟,一泓海水杯中泻。

这是他梦里在天上所见的尘世渺小以及沧海桑田迅速变换的情景。在奇特的想象中可以看到诗人的苦闷和迷惘。有时他的幻想又从神仙转入鬼怪的传说,写出《苏小小墓》这样的诗:

> 幽兰露,如啼眼。无物结同心,烟花不堪剪。草如茵,松如盖,风为裳,水为珮。油壁车,夕相待。冷翠烛,劳光彩。西陵下,风吹雨。

他把楚辞《山鬼》的意境和南齐苏小小的传说结合起来,创造了这个荒诞迷离、艳丽凄清的幽灵世界。有时,他更刻意地去描写阴森恐怖的境界,如《南山田中行》、《感讽》五首之三。他这些荒唐瑰丽的幻想,用他自己的诗句来说,就是"古壁生凝尘,羁魂梦中语"(《伤心行》)。从这些诗里不仅找不到鼓舞人的力量,而且还可能使人陷入人生命运之谜,难以自拔。

李贺也写了一些积极健康的作品。有的诗歌颂了边塞将士的英雄气概,如《雁门太守行》:

> 黑云压城城欲摧,甲光向日金鳞开。角声满天秋色里,塞上胭脂凝夜紫。半卷红旗临易水,霜重鼓寒声不起。报君黄金台上意,提携玉龙为君死。

这里写一支轻兵在寒夜出击敌人的情景,以及他们英勇赴战的决心。他用奇丽的色彩点染战斗的环境气氛,给我们很深刻的印象。他的诗歌也接触到社会的现实矛盾。如《老夫采玉歌》描绘了采玉工人的悲惨命运:

> 采玉采玉须水碧,琢作步摇徒好色。老夫饥寒龙为愁,蓝溪水气无清白。夜雨岗头食蓁子,杜鹃口血老夫泪。蓝溪之水厌生人,身死千年恨溪水。斜山柏风雨如啸,泉脚挂绳青袅袅。村寒白屋念娇婴,古台石磴悬肠草。

诗中深刻地揭示了富人的享乐是以劳动人民的死亡作代价的

残酷事实,诗意比韦应物的《采玉行》更为沉痛。《感讽》五首之一描写县官催逼人民交纳租税的情景,也很真实痛切。此外,如《平城下》写戍卒的疾苦,《黄家洞》讽刺官军的无能,《苦昼短》嘲笑帝王的求仙,《秦宫诗》等篇揭露贵族生活的腐朽堕落,都是针对现实而发的。可见李贺并没有忘怀现实,只是由于生活和年龄的限制,这类作品并不多,描写的面也不够广。

李贺是一个很富于创造性的诗人。他在短促的生命中,为诗歌开辟了一个新的天地。他继承了楚辞九歌、南朝乐府神弦歌的传统,并受到李白浪漫主义精神的直接启发,也受到韩愈"陈言务去"精神的影响,在诗歌的形象、意境、比喻、辞语上,都不屑蹈袭前人。他为了作诗,的确是呕尽心血:他用"羲和敲日玻璃声"来描写太阳;用"向前敲瘦骨,犹自带铜声"来形容骏马;他写得出"荒沟古水光如刀";想得出铜人"忆君清泪如铅水"。他正是用这样的奇特的想象、浓重的色彩、富于象征性的语言来表现他"哀愤孤激之思",使他的诗歌形成一种奇崛幽峭、秾丽凄清的浪漫主义风格。在中唐诗坛、乃至整个诗歌史上,他都可以说是异军突起、独树一帜的天才诗人。

他诗歌的艺术缺点也是很明显的。由于生活狭窄和艺术上过分追求奇诡险怪,他的许多诗歌缺少思理而流于晦涩荒诞。不少诗歌仅有奇句,而缺乏完整的形象和连贯的情思脉络。有的诗甚至有南朝宫体的气味。

他的诗在文学史上也有一定的影响。晚唐的杜牧、李商隐、温庭筠的诗,都或在意境、或在手法、或在语言上受过他的影响。南宋、金元也有一些诗人刻意模仿他的诗歌,但是他们的仿效往往并不成功。

第十章 晚唐文学

从文宗太和、开成之后到唐亡的七八十年,文学史上一般称为晚唐时期。这个时期,中央王朝在宦官专权、朋党交争的局面下势力日益衰微,藩镇势力日益强大。人民辗转在重重剥削压迫下,阶级矛盾发展到十分尖锐的程度。八七四年,终于爆发了黄巢起义。这个时代在文学创作上得到了不同的反映。杜牧、李商隐的诗歌在忧时悯乱、感叹身世之中,已经流露浓厚的感伤气氛,他们那些沉迷声色的诗,更显示了精神的没落和空虚。这种倾向到唐末表现更为严重。与这种内容相适应,晚唐诗的风格形式也日益向着华艳纤巧的形式主义发展。这是晚唐诗中占比较主要地位的潮流。但是,在黄巢起义前后,皮日休、杜荀鹤、陆龟蒙等作家却继承了中唐白居易新乐府及韩柳古文运动的传统,以锋芒锐利的诗歌和小品文反映了唐末的阶级矛盾。

第一节 杜 牧

杜牧(803—853),字牧之,京兆万年(今陕西西安)人。他是宰相杜佑之孙。二十六岁举进士,因为秉性刚直,被人排挤,在江西、宣歙、淮南诸使幕作了十年幕僚,"促束于簿书宴游间",生活很不得意。三十六岁内迁为京官,后受宰相李德裕排挤,出为黄州、池州等地刺史。李德裕失势,内调为司勋员外郎。官终中书舍人。

杜牧看到唐帝国的种种内忧外患,政治上想有一番作为。他读书注意"治乱兴亡之迹,财赋兵甲之事,地形之险易远近,古人之长短得失"(《上李中丞书》)。善于论兵,作《原十六卫》、《罪言》、《战论》、《守论》,又注《孙子》。任地方官时也给人民做了一些好事。

他的某些作品表现了一定的爱国忧民的思想感情。文宗太和元年朝廷派兵镇压沧州抗命的藩镇,他写了《感怀诗》,慨叹安史之乱以来藩镇割据、急征厚敛造成的民生憔悴,很想为国家作一点事。《郡斋独酌》一诗更直接表示了自己的理想和抱负:"岂为妻子计,未去山林藏?平生五色线,愿补舜衣裳。弦歌教燕赵,兰芷浴河湟。腥膻一扫洒,凶狠皆披攘。生人但眠食,寿域富农桑。"又如《河湟》一诗:

> 元载相公曾借箸,宪宗皇帝亦留神。旋见衣冠就东市,忽遗弓剑不西巡。牧羊驱马虽戎服,白发丹心尽汉臣。惟有凉州歌舞曲,流传天下乐闲人。

诗人通过河湟无力收复的事件,对朝政的昏乱和国势的衰微,表示无限的忧愤。这个时候,朝廷里连元载这样曾经想到收复河湟的人也没有了。尽管河湟的人民还在戎服下面怀着系念祖国的丹心,但是,举国上下却以麻木不仁、醉生梦死的态度来听取从河湟凉州传来的歌舞。他的《华清宫诗》:"雨露偏

金穴,乾坤入醉乡",也和这诗后两句具有同样沉痛的心情。《早雁》一诗则用比兴的手法,以雁象征边地人民:

> 金河秋半虏弦开,云外惊飞四散哀。仙掌月明孤影过,长门灯暗数声来。须知胡骑纷纷在,岂逐春风一一回?莫厌潇湘少人处,水多菰米岸莓苔。

惊飞四散的哀鸿,象征在回纥侵略蹂躏下逃回祖国的边地人民。诗中既表现了对难民的体贴同情,也暗示统治者对他们的漠不关心,"仙掌"、"长门",并非泛泛的修词设色,"岂逐春风"也不仅仅是写鸿雁秋来春返的自然现象。这两首诗的思想内容和现实背景,和白居易《缚戎人》、《西凉伎》是相近的,但他用的是近体,写得更简练浑括。

他的咏史诗也很著名。有的诗是借历史题材讽刺统治者的骄奢荒淫。如《过华清宫三绝句》中的两首:

> 长安回望绣成堆,山顶千门次第开。一骑红尘妃子笑,无人知是荔枝来。
>
> 新丰绿树起黄埃,数骑渔阳探使回。霓裳一曲千峰上,舞破中原始下来。

诗里通过人们所熟知的唐明皇杨贵妃的故事,含蓄而有力地讽刺了晚唐帝王们的荒淫享乐。其创作意图和他不满"宝历大起宫室、广声色"而作《阿房宫赋》是完全一致的。他另一些咏史作品,则带有较为明显的史论特色。如《赤壁》诗:"东风不与周郎便,铜雀春深锁二乔。"《乌江亭》诗:"江东子弟多才俊,卷土重来未可知。"都是对历史上兴亡成败的关键问题发表独创的议论。他这种论史绝句的形式,后来颇为许多文人所仿效。

杜牧的抒情写景的七言绝句,艺术上有很高的成就。例如:

千里莺啼绿映红,水村山郭酒旗风。南朝四百八十寺,多少楼台烟雨中。

——《江南春》

烟笼寒水月笼沙,夜泊秦淮近酒家。商女不知亡国恨,隔江犹唱后庭花。

——《泊秦淮》

远上寒山石径斜,白云深处有人家。停车坐爱枫林晚,霜叶红于二月花。

——《山行》

这些诗词采清丽,画面鲜明,风调悠扬,可以看出他才气的俊爽与思致的活泼。前两首在写景中还流露出对时事的忧伤。但他的诗中也有一些思想感情很不健康的作品,有的诗带着浓厚的个人潦倒失意的感伤情调,缺乏理想的光彩。而《遣怀》、《赠别》、《叹花》等诗,更是专写征歌狎妓的颓放糜烂生活。饮酒狎妓是唐代文人中流行的风气,杜牧的这类诗更为后代无行的文人们所称道。

杜牧作诗是比较重视思想内容的。他认为文章应"以意为主,以气为辅,以辞采章句为兵卫"(《答庄充书》)。他很推崇李杜,说"李杜泛浩浩"(《冬至日寄小侄阿宜诗》),"杜诗韩笔愁来读,似倩麻姑痒处搔"(《读韩杜集》)。他的《李贺歌诗集序》一方面肯定李贺歌诗是"骚之苗裔",同时也指出他缺乏《离骚》那种"言及君臣理乱","有以激发人意"的思理。他说自己的创作是"苦心为诗,本求高绝,不务奇丽,不涉习俗,不今不古,处于中间"(《献诗启》)。这些话,可以看出他在诗歌理论上的主张和创作上的积极追求。但在创作实践上,他那些以华丽词藻写颓放享乐生活的诗,显然和"不务奇丽,不涉习俗"的主张是自相矛盾的。

第二节 李 商 隐

李商隐(813—858),字义山,号玉谿生,怀州河内(今河南沁阳)人。他初学古文,十九岁以文才得到牛党令狐楚的赏识,改从令狐楚学骈文章奏,被引为幕府巡官,并经令狐绹推荐,二十五岁举进士。次年李党的泾原节度使王茂元爱其才,辟为书记,以女妻之。牛党的人因此骂他"背恩"。此后牛党执政,他一直遭到排挤,在各藩镇幕府中过着清寒的幕僚生活,潦倒至死。

李商隐是一个关心现实政治的诗人,这在他的早年表现得更为突出,如他二十六岁时写的《安定城楼》:

迢递高城百尺楼,绿杨枝外尽汀洲。贾生年少虚垂涕,王粲春来更远游。永忆江湖归白发,欲回天地入扁舟。不知腐鼠成滋味,猜意鹓雏竟未休。

从这首曾被王安石称赞的名诗中，我们可以看到他对晚唐国运的关心以及在事业上的远大抱负。这种心情，在其他早年的诗篇中也有明显的表现。他二十五岁写的《行次西郊作一百韵》，就是一首长篇的政治诗，虽然艺术不够成熟，但它反映了较为广阔的现实。作者写他当时在长安西郊所见的农村景象是："高田长槲枥，下田长荆榛。农具弃道旁，饥牛死空墩。依依过村落，十室无一存。"他又通过农民的话，陈述了贞观、开元到安史乱后农民生活的变化。从今昔对比中，诗人提出了仁政任贤的主张，指出政治的治乱"在人不在天"。这些都是有一定进步意义的。他对当时宦官专权的黑暗政治也很愤慨不满。甘露事变中宦官杀死宰相王涯等几千人，他写了《有感》二首和《重有感》三诗，后诗尤为悲愤痛切：

　　　　玉帐牙旗得上游，安危须共主君忧。窦融表已来关右，陶侃军宜次石头。岂有蛟龙愁失水？更无鹰隼击高秋！昼号夜哭兼幽显，早晚星关雪涕收。

在宦官熏天势焰之下，当时许多诗人都不敢正面发表反对意见，有的甚至顺从宦官的言论，而年青的李商隐却从国家安危出发，毅然呼吁诛讨宦官，这种勇气是难能可贵的。他的朋友刘蕡因"耿介嫉恶"被贬死，他也连写了几首诗为他呼冤。在《井络》、《韩碑》中他还反对了藩镇的割据。

　　李商隐还写了许多咏史诗，曲折地对政治问题发表意见。这些诗主要是讽刺历史上帝王们的荒淫奢侈，引为现实的殷鉴。如《北齐》诗:"小怜玉体横陈夜,已报周师入晋阳。"《隋宫》诗:"春风举国裁宫锦,半作障泥半作帆。"讽意极为鲜明强烈。《富平少侯》诗:"当关不报侵晨客,新得佳人字莫愁。"则用咏史含蓄地讽刺了耽于女色不视朝政的唐敬宗。有的咏史是寄托自己怀才不遇的感慨。例如《贾生》:

宣室求贤访逐臣,贾生才调更无伦。可怜夜半虚前席,不问苍生问鬼神。

号称贤明的汉文帝召见贾谊,尚且不问苍生,他自己生在昏乱时代还能有什么更好的出路呢?李商隐还善于借助咏物寄寓人生感慨,如"芳心向春尽,所得是沾衣"(《落花》),借助片片落花,倾诉出怀才不遇之感。再如《蝉》:

本以高难饱,徒劳恨费声。五更疏欲断,一树碧无情。薄宦梗犹泛,故园芜已平。烦君最相警,我亦举家清。

蝉的悲鸣唱出了诗人的心声,而"一树碧无情"正象征了屡受排挤打击的诗人所处的险恶冷酷的环境。

随着他在政治上的失望,关怀现实的诗篇减少了,更多的诗,是用忧郁感伤的调子,感叹个人的沦落,世运的衰微。如《杜工部蜀中离席》:

人生何处不离群,世路干戈惜暂分。雪岭未归天外使,松州犹驻殿前军。座中醉客延醒客,江上晴云杂雨云。美酒成都堪送老,当垆仍是卓文君。

诗里虽然对边事还有所关心,但那种颓然自放的心情已经掩盖不住了。又如他的《登乐游原》绝句:

向晚意不适,驱车登古原。夕阳无限好,只是近黄昏。

这一片转眼就会消失的夕阳,不仅象征着他个人的沉沦迟暮,也象征着大唐帝国的奄奄一息。其他的小诗,如《宿骆氏亭寄怀崔雍崔衮》:"秋阴不散霜飞晚,留得枯荷听雨声。"《花下醉》:"客散酒醒深夜后,更持红烛赏残花。"也同样是这种暗淡低沉的末世哀音。比之他早期的作品,气概是大不相同了。

李商隐的作品中,最为人所传诵的,还是他的爱情诗。这类诗或名《无题》,或取篇中两字为题。关于这类诗他自己曾经解释说:"为芳草以怨王孙,借美人以喻君子"(《谢河东公和诗启》)。又说:"楚雨含情俱有托"(《梓州罢吟寄同舍》)。但是,现在看来,他这些诗可能有少数是别有寄托的,如"万里风波","八岁偷照镜";有的可能是悼亡之作,如《锦瑟》;更多的是有本事背景的言情之作。这些本事,作者既不肯明言,我们也无须作徒劳的追究。这些诗中交织着他爱情的希望、失望、以至绝望的种种复杂心情。如下两首不同时作的《无题》:

昨夜星辰昨夜风,画楼西畔桂堂东。身无彩凤双飞翼,心有灵犀一点通。隔座送钩春酒暖,分曹射覆蜡灯红。嗟余听鼓应官去,走马兰台类转蓬。

相见时难别亦难,东风无力百花残。春蚕到死丝方尽,蜡炬成灰泪始干。晓镜但愁云鬓改,夜吟应觉月光寒。蓬山此去无多路,青鸟殷勤为探看。

这两首诗是他情诗中有代表性的名作。前一首里,写出男女双方虽然透过重重封建礼教的帷幕达成了爱情的默契,但是也带来了无法达到愿望的更大的痛苦。鲜明而清晰的种种细节的回忆,都和这种欢乐与痛苦有着密切的联系。在后一首里,执着的爱情在濒于绝望中显出了无比强烈的力量,春蚕、蜡炬两句,已成为描写爱情的绝唱。后四句,写对女方的深刻体贴,咫尺天涯的距离,可望而不可即的一线希望,也是深刻动人的。这些诗很典型地表现了封建时代士大夫们那种隐秘难言的爱情生活的特点。他们一面向往爱情,一面又对封建礼法存着重重的顾虑。因此,这些诗和诗经、乐府民歌中那些表现强烈反抗的爱情诗歌又完全不同。至于他的那些狎妓调情的诗,则和这些有真挚爱情的诗不能同日而语。

在晚唐诗人中,李商隐的诗有很高的艺术成就。他的古诗,继承前人的方面较广。五古如《行次西郊作一百韵》学杜甫,《海上谣》学李贺,七古《韩碑》学韩愈,但风格不大统一,成就也不够高。他成就最高的是近体,尤其是七律。这方面他继承了杜甫七律锤炼谨严、沉郁顿挫的特色,又融合了齐梁诗的浓艳色彩,李贺诗的幻想象征手法,形成了深情绵邈,绮丽精工的独特风格。在用典上,他掌握了杜甫用典不啻从口出的技巧,借助恰当的历史类比,使不便明言的意思得以畅达,使容易写得平淡的内容显得新鲜。他爱情诗中还善于化用神话志怪故事,点染意境气氛,深得李贺诗神奇中见真实的想象的本领。这些精湛的技巧创造出一种朦胧的境界,从而更为细腻传神而又意味隽永地表现诗人那独特的内心感受。"曾省惊眠闻雨过,不知迷路为花开"(《中元节》),"一春梦雨常飘瓦,尽日灵风不满旗"(《重过圣女祠》),"星沉海底当窗见,雨过河源隔座看"(《碧城》),"红楼隔雨相望冷,珠箔飘灯独自归"(《春雨》),如梦如烟,疑云疑雨,有情有怨,缠绵恍惚,微吟深叹,不能喻之于怀。但是,他用典也有很多晦涩难懂的地方。元好问《论诗绝句》说"诗家总爱西昆好,独恨无人作郑笺"是有根据的。

李商隐的诗歌,特别是他的爱情诗,对后代有很大的影响,从晚唐韩偓等人、宋初西昆派诗人、直到清代黄景仁、龚自珍等都在诗的风格上受过他的影响。此外,唐宋婉约派词人,以及元明清许多爱情戏曲的作家,也都不断地向他学习。曾经和他齐名的温庭筠,诗的成就不及词高,留待"唐五代词"一章再来介绍。

第三节 皮日休 聂夷中 杜荀鹤

晚唐后期,由于阶级矛盾的极端尖锐,出现了一些继承中唐新乐府运动的精神,"惟歌生民病"的现实主义诗人,其代表人物是皮日休、聂夷中、杜荀鹤。他们的诗,批判的锋芒相当尖锐,但才力学力却不及中唐新乐府诗人。

皮日休(834?—883?),字逸少,后改字袭美,襄阳人。他出身贫寒,从"老牛瞪不行,力弱谁能鞭"这类诗句看来,他是参加过一些劳动的。懿宗咸通八年(867),他以榜末登进士第。次年游苏州,为刺史崔璞军事判官,与陆龟蒙唱和。后入朝为太常博士,复出为毗陵(江苏武进)副使。大约于八七八年左右,他参加了黄巢的起义军。僖宗广明元年(880),黄巢入长安称帝,他做了翰林学士。八八三年,黄巢兵败退出长安,他很可能就死在这一年。

皮日休的富于思想性的诗和散文都是在举进士之前写的。收在咸通七年自编的《皮子文薮》里。在诗歌方面,他最推崇李白、杜甫和白居易,他的文学主张受白居易的影响尤深。《文薮序》说他自己的散文作品"皆上剥远非,下补近失,非空言也"。《桃花赋序》也说"非有所讽,辄抑而不发"。在《正乐府十篇》的小序里,他更明确地强调乐府诗的政治作用:"乐府,盖古圣王采天下之诗,欲以知国之利病,民之休戚者也。……诗之美也,闻之足以观乎功;诗之刺也,闻之足以戒乎政。"又说:"今之所谓乐府者,唯以魏晋之侈丽,梁陈之浮艳,谓之乐府,真不然矣。"所有这些,显然是白居易现实主义诗歌理论的继续,和汉乐府民歌"缘事而发"的精神也是一脉相承的。《文薮》的诗文便是他这种文学主张的实践。

《正乐府十篇》和《三羞诗》深刻地反映了农民大起义前夕极端黑暗的社会面貌,是皮日休现实主义诗歌的代表作品。在《三羞诗》中,他描写了淮右蝗旱,民多饥饿的惨象:"夫妇相顾已,弃却抱中儿。……儿童啮草根,倚桑空羸羸。斑白死路旁,枕土皆离离。"并沉痛地指出:"厉能去人爱,荒能夺人慈。"(其三)同时,他还痛斥了军阀的贪暴:"军庸满天下,战将多金玉。刮得齐民痛,分为猛士禄。"(其二)《正乐府》中的《卒妻怨》、《贪官怨》、《农夫谣》、《哀陇民》,对官吏贪暴、战争灾祸和农民被剥削的痛苦更作了全面的反映。而《橡媪叹》写得尤其深刻动人:

> 秋深橡子熟,散落榛芜岗。伛偻黄发媪,拾之践晨霜。移时始盈掬,尽日方满筐。几曝复几蒸,用作三冬粮。山前有熟稻,紫穗袭人香。细获又精舂,粒粒如玉珰。持之纳于官,私室无仓厢。如何一石馀,只作五斗量!狡吏不畏刑,贪官不避赃。农时作私债,农毕归官仓。自冬及于春,橡实诳饥肠。吾闻田成子,诈仁犹自王。吁嗟逢橡媪,不觉泪沾裳。

这里,橡媪的形象和她的遭遇,可以看做是封建社会里农民悲惨命运的缩影。他们不仅要忍受地主的高利贷盘剥,而且最终还难逃贪官明目张胆的掠夺。皮日休的现实主义诗篇差不多全收在《皮子文薮》里,其它三百馀篇,则多数是举进士以后和陆龟蒙唱和之作,缺乏现实性。值得注意的是《汴河怀古》其二:

> 尽道隋亡为此河,至今千里赖通波。若无水殿龙舟事,共禹论功不较多。

在批判隋炀帝开运河的主观动机的同时,也不抹杀他在客观上所起的积极作用,并把这个历史上有名的暴君和治水的大禹相比,是很有见地,也很有胆量的。

皮日休在散文方面,最推崇韩愈,继承并发扬了韩愈所倡导的古文运动的精神。他的许多小品文,具有比他的诗更为强烈的战斗性。往往是托古讽今,三言两语,一针见血。如《鹿门隐书》：

> 古之杀人也,怒;今之杀人也,笑。
> 古之置吏也,将以逐盗;今之置吏也,将以为盗。
> 古之官人也,以天下为己累,故己忧之;今之官人也,以己为天下累,故人忧之。

在《读司马法》中,他更揭露了历代所谓开国之君的凶残面目："古之取天下也,以民心;今之取天下也,以民命。"因此,在皮日休看来,皇帝并不是什么神圣不可侵犯的东西;如果他是暴君,老百姓就可以将他处死并灭族。《原谤》说："呜呼!尧舜大圣也,民且谤之;后之王天下者,有不为尧舜之行者,则民扼其吭,捽其首,辱而逐之,折而族之,不为甚矣。"这样光辉的思想,很鲜明地反映了大起义前夕农民激烈的反抗情绪。

聂夷中(837—?),字坦之,河东(今山西永济)人。他出身贫寒,曾"奋身草泽,备尝辛楚"(《唐才子传》)。咸通十二年(871)成进士后,在长安仍过着"在京如在道,日日先鸡起"的奔走衣食的生活,最后,才做了华阴县尉。这种生活经历,使他对农民的疾苦和贵族的豪华都有较深切的了解。而这也就构成了他的诗的两大主题:一是讽刺贵游公子。这可以《公子家》为代表：

> 种花满西园,花发青楼道。花下一禾生,去之为恶草。

这班公子们就是这样"五谷不分"和"不知稼穑之艰难"的。在《公子行》二首中,还讽刺了他们的无知和横行霸道:"一行书不读,身封万户侯。""骑马踏杀人,街吏不敢诘。"另一主题是同情农民的痛苦。在这方面,他的《伤田家》可以和李绅的《悯农诗》并传千古:

> 二月卖新丝,五月粜新谷。医得眼前疮,剜却心头肉。我愿君王心,化作光明烛。不照绮罗筵,只照逃亡屋。

前四句先写农民"卖青"度日的痛苦境况,接着用"医得眼前疮,剜却心头肉"来比喻,既形象,又恰切,遂成千古传诵的名句。后四句虽然流露了对君王的幻想,但主要还是对昏君的讽刺和教训。作者用"绮罗筵"和"逃亡屋"作鲜明的对比,更增强了诗的艺术力量。又如《田家》:

> 父耕原上田,子劚山下荒。六月禾未秀,官家已修仓。

一边是辛苦的劳动,一边是无厌的剥削,但更不道破,而寓讽刺于叙事之中,显得更为冷峭有力。聂夷中的诗现只存三十七首,但其中用乐府古题和自创新题的竟有十几首,可见他确是一个有意识地写乐府诗的作家。

杜荀鹤(846—907),字彦之,池州石埭(今安徽石埭)人。

他出身寒微,尝自谓"天地最穷人"。四十六岁举进士,曾为宣州田頵的从事。唐亡,依朱温,为翰林学士,但只五天便死了。现存《唐风集》是他亲自编定的。

杜荀鹤很有政治抱负,他说:"男儿出门志,不独为身谋。"(《秋宿山馆》)又说:"共有人间事,须怀济物情。"(《与友对酒饮》)他的文学主张和白居易很接近,如《自叙》诗:"诗旨未能忘救物,世情奈值不容真。"又《秋日山中》诗:"言论关时务,篇章见国风。"因此,他的诗能够相当广泛地反映唐末的黑暗现实和人民的灾难。八八〇年,黄巢起义军占领长安,唐僖宗逃往四川,这时各处地方军阀不仅没有接受教训,反而趁火打劫,屠杀人民。对此,诗人在《旅泊遇郡中叛乱示同志》一诗中作了尽情的揭露:

> 握手相看谁敢言,军家刀剑在腰边。遍搜宝货无藏处,乱杀平人不怕天。古寺拆为修寨木,荒坟开作甃城砖。郡侯逐出浑闲事,正是銮舆幸蜀年。

他更多的诗是描写农民的悲惨命运,如《山中寡妇》:

> 夫因兵死守蓬茅,麻苎衣衫鬓发焦。桑柘废来犹纳税,田园荒后尚征苗。时挑野菜和根煮,旋斫生柴带叶烧。任是深山更深处,也应无计避征徭!

在《乱后逢村叟》中也可以看到这种沉痛的描述:

> 八十衰翁住破村,村中何事不伤魂。因供寨木无桑柘,为点乡兵绝子孙。还似平宁征赋税,未尝州县略安存。至今鸡犬皆星散,日落前山独倚门。

诗人对人民的同情和对那些军阀官吏的憎恨,表现得最集中、最鲜明,也最有力的,是他那首《再经胡城县》的七言绝句:

> 去岁曾经此县城,县民无口不冤声。今来县宰加朱绂,便是生灵血染成!

在《题所居村舍》中,他更反映了这种现象的普遍性:"如此数州谁会得?杀民将尽更邀勋!"

杜荀鹤专攻近体,所作三百多首诗,没有一篇古体。在近体中,又以七言律诗为最多,也写得比较好。虽然在艺术上不够锤炼精密,但他不用典故,不堆砌词藻,而是把律诗的声律对偶和浅近通俗的语言结合起来,平易委婉,如话家常,可以说是律诗的通俗化。杜荀鹤虽然没有沿用乐府古题,也没有自创新题,但他的创作精神却和新乐府运动基本一致。

第四节　陆龟蒙　罗隐

晚唐时代,散文的创作虽然不及中唐那样波澜壮阔,但是,讽刺小品文这种形式却随着阶级斗争的尖锐化而得到了更广泛的运用,更深入的发展。代表作家除上述的皮日休外,还有陆龟蒙和罗隐,他们二人也写诗,但成就却不及小品文。

陆龟蒙,字鲁望,吴郡(今江苏苏州)人。举进士不第,隐居松江甫里。著有《笠泽丛书》、《甫里先生集》。

陆龟蒙的讽刺散文都收在他乾符六年编的《笠泽丛书》中。他这些作品或用譬喻、寓言,借物寄讽,或用历史故事,托古刺今,都有较强的讽刺力量。如《野庙碑》,开始是哀悯农民祭奠庙中土人木偶的迷信,接着便把讽刺的笔锋转向现实,无情地揭露那些大小官吏凶狠而腐朽的面目:

> 今之雄毅而硕者有之,温愿而少者有之。升阶级,坐堂筵,耳弦匏,口粱肉,载车马,拥徒隶者,皆是也。解民之悬,清民之喝,未尝术于胸中。民之当奉者,一日懈怠,则发悍吏,肆淫刑,殴之以就事。较神之祸福,孰为轻重哉?平居无事,指为贤良,一旦有大夫之忧,当报国之日,则恫挠脆怯,颠踬窜踣,乞为囚虏之不暇。此乃缨弁言语之土木耳,又何责其真土木耶!

这些尖锐的讽刺,表达了人民的愤怒情绪。其它如《祀灶解》、《记稻鼠》讽刺皇帝,揭示官逼民反的道理。《冶家子言》用历史故事,讽刺统治者穷兵黩武。《蚕赋》用曲折的手法,斥责官吏掠夺人民,都是比较出色的讽刺小品文。

陆龟蒙的某些小诗,讽刺也很尖刻。如《筑城词》讽刺将军们不顾民命以求高功:

> 莫叹将军逼,将军要却敌。城高功亦高,尔命何足惜!

正话反说,显得更加沉痛有力。又如《新沙》:

渤澥声中涨小堤，官家知后海鸥知。蓬莱有路教人到，亦应年年税紫芝。

讽刺统治阶级剥削的无孔不入，也很新颖、尖刻。此外如《村夜》、《刈获》等诗，反映了农民大起义前后广大农民的悲惨生活，与他讽刺小品文的精神是一致的。至于他收在《松陵集》里与皮日休等人唱和的诗，在晚唐"另开僻涩一体"，思想和艺术都没有多大价值。

罗隐（833—909），字昭谏，新登（今浙江新登）人。咸通元年至京师，应进士试，历七年不第。咸通八年乃自编所作为《谗书》，益为统治阶级所憎恶，所以罗衮赠诗说："谗书虽胜一名休"。黄巢起义后，避乱归乡。晚年依吴越王钱镠，任钱塘令、谏议大夫等职。

罗隐的讽刺散文的成就比他的诗要高。收在《谗书》里的讽刺小品文都是他的"愤懑不平之言，不遇于当世而无所以泄其怒之所作"（方回《谗书》跋）。罗隐自己也认为是"所以警当世而戒将来"的（《谗书》重序）。如《英雄之言》：

物之所以有韬晦者，防乎盗也。故人亦然。夫盗，亦人也：冠履焉，衣服焉。其所以异者，退让之心，贞廉之节，不恒其性耳。视玉帛而取者，则曰牵于寒饥；视国家而取者，则曰救彼涂炭。牵于寒饥者无得而言矣。救彼涂炭者，则宜以百姓心为心。而西刘则曰："居宜如是。"楚籍则曰："可取而代。"噫！彼未必无退让之心，贞廉之节；盖以视其靡曼骄崇，然后生其谋耳。当英雄者犹若是，况常人乎？是以峻宇逸游不为人所窥者鲜矣！

通过刘邦、项羽的两句所谓"英雄之言",深刻地揭露了那些以救民涂炭的"英雄"自命的帝王的强盗本质。最后更向最高统治者提出了警告。类似这样的光辉思想在罗隐的杂文中是不时流露的。《说天鸡》、《汉武山呼》、《三闾大夫意》、《叙二狂生》、《梅先生碑》等篇,也都是嘻笑怒骂,涉笔成趣,显示了他对现实的强烈批判精神和杰出的讽刺艺术才能。

罗隐也颇有诗名,有一些警快通俗的诗句流传人口。如"时来天地皆同力,运去英雄不自由。"(《筹笔驿》)就是一例。又如讽刺小诗《雪》:

> 尽道丰年瑞,丰年事若何?长安有贫者,为瑞不宜多!

瑞雪兆丰年,但对贫苦的人民说来,却成了灾难。他的咏史诗《西施》一首也写得比较好:

> 家国兴亡自有时,吴人何苦怨西施。西施若解倾吴国,越国亡来又是谁?

第一句多少有一些宿命论的意味,但他反对把吴王夫差的亡国归罪于西施,的确是对传统成见的有力翻案。

鲁迅在《小品文的危机》一文中对晚唐小品文在唐代文学史上的地位有非常精辟的见解。他说:"唐末诗风衰落,而小品放了光辉。但罗隐的《谗书》,几乎全部是抗争和愤激之谈;皮日休和陆龟蒙,自以为隐士,别人也称之为隐士,而看他们在《皮子文薮》和《笠泽丛书》中的小品文,并没有忘记天下,正是一榻糊涂的泥塘里的光彩和锋铓。"

第五节 韦庄 司空图

晚唐农民大起义前后,还有一些沉湎于歌舞声色或隐遁于山水田园的诗人,韦庄、司空图就是这类诗人的代表。虽然深重的时代灾难,尖锐的社会矛盾,也不能不在他们的作品中有所反映,但他们对待矛盾的立场和态度,和皮日休等作家显然是有所不同的。

韦庄(836?—910),字端己,京兆杜陵(今陕西西安)人。乾宁元年进士,曾官右补阙,后入蜀为王建书记。唐亡,王建称帝,庄为宰相,死于蜀。

僖宗中和三年(883),他因为应科举,居京洛一带,目睹耳闻黄巢入长安前后的情事,写成了长篇叙事诗《秦妇吟》,诗中假托一个被起义军俘虏的妇女的自述,对进入长安的起义军加以诬蔑和嘲笑,对起义军所诛杀的公卿贵族则表示同情。但诗人即使站在维护腐朽唐王朝、仇恨起义军的立场上,他对官军的腐败和残暴的面目,也不能不深表愤慨。例如下一段:

> 路旁试问金天神,金天无语愁于人。……一从狂寇陷中国,天地晦冥风雨黑。案前神水咒不成,壁上阴兵驱不得。闲日徒歆奠飨恩,危时不助神通力。我今愧恧拙为神,且向山中深避匿。寰中箫管不曾闻,筵上牺牲无处觅。旋教魔鬼傍乡村,诛剥生灵过朝夕。妾闻此语愁更愁,天遣时灾非自由。神在山中犹避难,

何须责望东诸侯?……

在长篇叙事中,突然插入这一段神怪的自白,显然是讽刺那些不敢和英勇的起义军交锋、却躲在深山诛剥普通百姓的官军。诗人还通过一位东畿老翁的哭诉,描绘了官军残酷搜刮人民的面目:

> 千间仓兮万斯箱,黄巢过后犹残半。自从洛下屯师旅,日夜巡兵入村坞。……入门下马若旋风,罄室倾囊如卷土。家财既尽骨肉离,今日残年一身苦。一身苦兮何足嗟,山中更有千万家。朝饥山草寻蓬子,夜宿霜中卧荻花。……

这些地方,客观上反映了历史现实的部分真相,具有一定的认识价值。这首叙事诗,长达一千三百六十八字,是现存唐诗中篇幅较长的诗篇。结构的完整严密,语言的生动流丽,都和白居易叙事诗有相似之处。韦庄其他诗,如《悯耕者》的"如今暴骨多于土,犹点乡兵作戍兵";《睹军回戈》的"昨日屯军还夜遁,满车空载洛神归":或沉痛地谴责不义的战争,或含蓄地讽刺官军掳掠妇女,都有一定的现实意义。后一诗可以和上引《秦妇吟》的片段互相映照。

韦庄现存的诗,绝大多数是怀慕承平繁华的往日生活,或抒发及时行乐的颓放心情。这些诗,绝大多数是采用近体形式,诗风有时近于轻浮,颇有形式主义倾向。只有几首绝句,艺术上较有成就。如:

> 晴烟漠漠柳鬖鬖,不那离情酒半酣。更把马鞭云外指,断肠春色在江南。
>
> ——《古离别》
>
> 江雨霏霏江草齐,六朝如梦鸟空啼。无情最是台城柳,依旧烟笼十里堤。
>
> ——《台城》

这里,无论是写离情,或写怀古,都流露出浓厚的凄惋感伤的末世情调。这是晚唐诗中普遍的情调。后一诗中,雨丝风片,满堤烟柳的景色和"六朝如梦"的怅惘心情交融在一起,更把这种情调表现得格外凄艳。韦庄也是著名词家,在第十三章里,我们更可以看到他的词和他的近体诗情调的一致。

司空图(837—908),字表圣,河中虞乡(今山西虞县)人。咸通末年进士,官至中书舍人。黄巢起义后,遁隐中条山王官谷,成为著名的大庄园地主。朱温代唐后,不食而死。

司空图的诗,较近王维一派,主要是写山水隐逸的闲情,但内容非常单薄,有形式主义的倾向。他所自鸣得意的也不过是个别佳句,如"草嫩侵沙短,冰轻着雨消"(《早春》);"雨微吟思足,花落梦无聊"(《下方》)之类。在文学史上,他主要是以诗论著名。

盛唐、中唐时代,王、孟、韦、柳一派诗人不大发表诗歌的理论主张,只有在中唐皎然所著的《诗式》中,在论一般形式、格律问题之外,也谈到"但见性情,不睹文字"的"文外之旨"。稍后,李德裕《文章论》中,也提到"文外之意",而且作《文箴》,

以十二句韵语论文章。司空图受了他们的启发,在理论上有更大的发展。他的主张,见于他的几封书信和《诗品》中。他的《与李生论诗书》说:

> 文之难,而诗尤难。古今之喻多矣,而愚以为辨于味而后可以言诗也。江岭之南,凡足资于适口者,若醯,非不酸也,止于酸而已;若鹾,非不咸也,止于咸而已。华之人以充饥而遽辍者,知其酸咸之外,醇美者有所乏耳。彼江岭之人,习之而不辨也,宜哉。诗贯六义,则讽谕、抑扬、停蓄、温雅,皆在其间矣。……王右丞、韦苏州澄淡精致,格在其中,岂妨于遒举哉?……噫!近而不浮,远而不尽,然后可以言韵外之致耳。

从这段话可以看出"辨味"和"韵外之致"是司空图诗论的核心。南朝钟嵘论诗也曾经提到"滋味",但他只是要求诗歌应该有"味之者无极,闻之者动心"的艺术效果,并不忽视诗歌的思想内容。司空图却把"辨味"当作诗歌创作和批评的主要原则,而且大谈其玄虚的"味外之味",这显然是钟嵘观点的片面发展。

他的《诗品》,主要是发挥他"韵味"论的。这里,他把诗歌的风格分为雄浑、冲淡、纤秾等二十四类,每类各以十二句形象化的韵语来形容比喻其风格的面貌。从表面看来,他提到的风格是多方面的,既有冲淡、含蓄、飘逸,也有雄浑、豪放、悲慨,他似乎并不专主一格。但是,我们仔细体会,就可以看出,他所谓的"雄浑",是要求"超以象外,得其环中",他所谓的"豪放",是要求"真力涿满,万象在旁",他所谓的"悲慨",也更多地是注重"萧萧落叶,漏雨苍苔"的空灵气氛。总而言之,在各类风格中,他都在极力鼓吹远离现实生活体验的超脱意境。正因为他在各种风格中都贯穿着同一理论、同一美感趣味,所以各品之间的风格面目,往往模糊相似。如"超诣"和"冲淡","沉著"和"典雅",都很难从概念和形象比喻上加以区分。

但是,在《诗品》中,也有些描写比喻,相当形象地概括了某些诗的风格、意境。如"自然"一品:

> 俯拾即是,不取诸邻。俱道适往,着手成春。如逢花开,如瞻岁新。真予不夺,强夺易贫。幽人空山,过水采苹。薄言情晤,悠悠天钧。

这里不仅写出"自然"诗境给人的亲切感受,也启发人们了解达到"自然"风格的途径,颇能表现作者在诗歌创作上的修养和体验。其他如"洗炼"、"清奇"诸品,也有恰到好处的刻画形容。他的文字很优美,如"绿杉野屋,落日气清。脱巾独步,时闻鸟声","露馀山青,红杏在林,月明华屋,画桥碧阴"等,不仅音韵铿锵,而且饱含诗意,所以读者往往深受吸引,不再考虑他理论的实质。

在对具体诗人的评论中,他一方面反复称赞王维、韦应物的山水诗,另一方面又说:"元白气勋而力孱,乃都市豪估耳。"(《与王驾评诗书》)从这里,我们可以看到他的观点显然和热烈赞扬白居易的皮日休等现实主义诗人的理论和实践是针锋相对的。

他的诗论,后来经过宋代严羽、清代王士禎等人的发挥,对后代的批评和创作发生了不少的消极影响。此外,如袁枚的《续二十四品》也仿效他的四言韵语形式。①

---

① 近年,陈尚君、汪涌豪《司空图〈二十四诗品〉辨伪》(刊于《唐代文学研究》第六辑)怀疑《二十四诗品》是明末人托名司空图的伪作。我们觉得,从本书言风格来看,与唐代诗文关系甚深:如"荒荒油云"与杜甫诗"野日荒荒白";"独鹤与飞"与韩愈文"秋鹤与飞";"窈窕幽谷,时见美人"与杜甫诗"绝代有佳人,幽居在空谷";"夜渚月明"与李白诗"牛渚西江夜,青天无片云";"碧山人来"与李白诗"暮从碧山下,山月随人归",都是很明显的例子。但是,"如将不尽,与古为新",俨然是黄庭坚所谓的"以俗为雅,以故为新,百战百胜,如孙吴之用兵";"如有佳语,大河前横",亦与黄庭坚"出门一笑大江横"的名句相关合,这似又露出宋人,或宋以后人的面目了。目前纵使还未能推翻司空图的著作权,但书中至少有部分文字似是出于伪托的。

第十一章 唐代传奇

第一节 唐代传奇兴起的原因

中国小说发展到唐代,进入了一个新的阶段。鲁迅说:"小说亦如诗,至唐代而一变,虽尚不离于搜奇记逸,然叙述宛转,文辞华艳,与六朝之粗陈梗概者较,演进之迹甚明,而尤显者乃在是时则始有意为小说。"(《中国小说史略》)

唐人小说之称为"传奇",始自晚唐裴铏的《传奇》一书,宋以后人遂以之概称唐人小说。对于小说,历代正统文人总是采取鄙视态度的。《汉书·艺文志》固然摒之于九流之外,唐人也"每訾其卑下"。但是实际上,当时参加传奇小说创作的人,却有不少是著名的历史家、古文家或诗人。李肇说:"沈既济撰《枕中记》,庄生寓言之类;韩愈撰《毛颖传》,其文尤高,不下史迁:二篇真良史才也。"(《唐国史补》下)这说明唐人传奇由于适应当时社会的需要,在思想艺术上都取得新的成就,已经逐渐改变了人们的传统看法了。

唐代传奇的兴起和发展,首先是由于唐代社会生产力的发展,促进了城市经济的繁荣,给传奇小说提供了丰富的素材,使它由单纯的谈神说鬼,向反映复杂的社会生活发展。同时,随着商业经济的发达,市民阶层兴起,为了满足他们对文化娱乐的需要,产生了"市人小说",为文人的传奇提供了一些新的思想内容与艺术方法。而唐代举子们的"温卷",对传奇发展也有一定的促进作用。宋赵彦卫《云麓漫钞》说:"唐世举人,先借当时显人以姓名达主司,然后投献所业,踰数日又投,谓之'温卷',如《幽怪录》、《传奇》等皆是也。盖此等文备众体,可见史才、诗笔、议论。"由于名利关系,"温卷"的风气,到中晚唐尤为盛行,这和唐代传奇的发展情况也是一致的。此外,佛道教义、神怪传说的流行,对传奇创作也有相当的影响。

唐代小说的发达,也是文学本身不断发展的结果。虽说"传奇者流,源出于志怪",但终与志怪不同,这在很大程度上,还取决于其它文学体裁对它的影响。唐代传奇作家如王度、沈既济、陈鸿,都是史官。他们利用《史记》以来传记文学的传统经验,使本来只是粗陈梗概的小说,体制更为阔大,波澜更加曲折,人物性格更加鲜明,这是很自然的。其次,唐代变文、俗赋、话本、词文等通俗文学的盛行,对传奇的创作也很有影响。从《游仙窟》、《柳氏传》、《周秦行记》等传奇中,我们可以看到类似变文的散韵夹杂的文体;而《李娃传》更来源于民间的《一枝花话》[1]。最后,唐代古文运动与诗歌的发展,也影响传奇的创作。这不仅表现为一些传奇作家如沈既济、李公佐、白行简、陈鸿、沈亚之等和古文运动、新乐府运动的作家有过

---

[1] 元稹《酬翰林白学士代书一百韵》"光阴听话移"下自注云:"尝于新昌宅听说《一枝花话》,自寅至巳,犹未毕词也。"又明梅鼎祚《青泥莲花记》中《李娃传》附注亦云:"娃旧名一枝花。"

联系；更重要的是新乐府运动的现实主义精神既在一定程度上引导传奇作家面向现实，而古文运动对文体的解放，又使传奇作家能够充分利用其成功经验，自由地抒情叙事。再则唐传奇如《长恨歌传》、《莺莺传》、《李娃传》、《无双传》等，都是小说与诗歌相辅而行，诗人与小说家互相协作，比如白居易写了《长恨歌》，陈鸿就写了《长恨歌传》；元稹既是写《莺莺传》的小说作家，又是写《李娃行》的诗人。正是在各种文学形式的交互影响下，形成了唐代传奇以诗歌与散文结合、抒情与叙事结合的独特风格：既有美妙的意境，又有细致的刻划；既有丰富的想象，又有如实的描绘。因此无论就现实意义或美感价值来看，唐代传奇都超过了六朝志怪小说。唐传奇优秀作品多出于中唐，原因也正在这里。

第二节　唐代传奇的思想与艺术

今存唐代传奇小说，数量不少，其中流传较广的有几十篇。这些作品大都收入宋初李昉等编集的《太平广记》里，它如《文苑英华》、《太平御览》、《全唐文》等总集类书中也收载了一些。但明清以来，书商以此贸利，"往往妄制篇目，改题撰人"，有许多作品被窜改淆乱。鲁迅为"发意匡正""斥伪返本"，曾在编成《古小说钩沈》后，选录了《唐宋传奇集》。

唐人传奇根据它的历史发展情况，可分三个时期：

（一）初盛唐时期　这是传奇小说初步发展的时期。作品数量很少，内容还和六朝志怪小说相去不远，艺术上也不够成熟，但已逐渐注意到形象的描绘与结构的完整。

《古镜记》是现存唐传奇中最早的一篇。作者王度(585？—625？)，绛州龙门(今山西稷山县)人，祖籍太原祁县(今山西太原)，是初唐诗人王绩之兄。这篇作品"犹有六朝志怪馀风，而大增华艳"。故事内容是记述一面古镜降妖、伏兽、显灵、治病以及反映阴阳变化的诸种灵异。它虽在叙述中透露出一些社会动乱和民间疾苦的影子，但主要是宣扬迷信和天命无上的消极思想。作者按时间顺序，将古镜灵异的十二段独立故事贯串成章，比起六朝志怪的零篇散录，在结构上有了进步。

无名氏的《补江总白猿传》写梁将欧阳纥的美妻被白猿劫走。欧阳纥率兵入山，掩杀白猿，而妻子已孕，生子如猿，聪悟绝人。作品的思想内容虽仍是搜奇猎异，却通过欧阳纥失妻后的痛愤和不避艰险，终于夺回妻子的描写，表现出了他对妻子的挚爱。与《古镜记》相比，它开始着重描绘人物的活动，情节更为曲折，描写白猿所居环境的幽险也较形象，是一篇粗具规模的传奇作品。陈振孙《直斋书录解题》、胡应麟《四部正讹》都认为它是"唐人以谤欧阳询者"。用小说影射真人，以达到人身攻击目的的恶习，很可能就是从此开始的。

《游仙窟》作者张鹭(660？—740？)，字文成，高宗调露初进士，颇有文名。他的《游仙窟》久已失传，而唐时即流传于日本，近世始由人钞录带回中国。作品自叙奉使河源，途中投宿仙窟，与神女邂逅交接的故事。其中多通过书信投赠、诗语对答来表现男女调情，实际是轻薄文人纵酒狎妓生活的再现。色情成分极浓。但从作品已基本上脱离志怪而转向现实生活的描写来看，它在传奇发展过程中仍有一定的意义。张鹭在《朝野佥载》中还写了一些小故事，是较为健康的。如《隋文帝狮子骢》①，通过狮子骢初到长安时的神骏和后来流落磨坊时的憔悴，寄寓了英雄末路的感慨，故事曲折动人，描绘栩栩如生，和魏晋志怪小说已有明显的不同。

（二）中唐时期　这时期作品空前增多，是传奇小说的黄金时代。从内容上说，反映现实生活的作品占据了主要地位，即使谈神说怪，也往往具有社会现实内容，如《枕中记》和《南柯太守传》。

《枕中记》作者沈既济（750？—800？），苏州吴（今江苏吴县）人，曾任左拾遗与史馆修撰等职，并撰《建中实录》。《枕中记》是受了刘义庆《幽明录》"焦湖庙祝"的启发，借以表现唐代官场的现实的。作品写卢生在邯郸逆旅中，借道士吕翁的青瓷枕入睡，梦中经历了他生平热烈追求的"出将入相"的生活。一旦惊醒，还不到蒸熟一顿黄粱饭的工夫。于是他大彻大悟，万念俱息。《南柯太守传》的作者李公佐（770？—850？），字颛蒙，陇西人，尝举进士，今存所作传奇四篇，而以《南柯太守传》成就为最高。作品除受"焦湖庙祝"的启示外，还受《搜神记》"卢汾梦入蚁穴"的影响。它写淳于棼醉后入梦，被槐安国招为驸马，出任南柯太守，廉能称职，深受百姓爱戴。后因与檀罗国交战失败，公主又随之谢世；于是宠衰谗起，终被国王遣送出郭。淳于棼醒后惊异，寻踪发掘，始知所谓槐安、檀罗国者，原来都是蚁穴。从此他深感人生虚幻，乃栖心道门，不问世事。

这两篇作品都曲折反映了一般封建士子热中功名富贵的

---

① 今本《朝野佥载》无，见《太平广记》四百三十五卷引。

思想,也揭露了封建社会官场的险恶和争权夺利互相倾轧的丑态。但因作者受道家影响过深,对现实矛盾采取消极逃避的态度,作品的思想性也就不高。他们越是渲染卢生、淳于棼的飞黄腾达和身受排挤,也就愈发加强了作品所宣扬的"人生如梦"的主题。然而这两篇作品都能融合寓言与志怪的表现手法,具有讽刺文学的某些特色,在艺术上是有价值的。《南柯太守传》穿插颇多而结构严整,情节丰富而脉络清晰。结尾尤为成功。鲁迅说:"篇末命仆发穴,以究根源,乃见蚁聚,悉符前梦,则假实证幻,馀韵悠然,虽未尽于物情,已非《枕中》之所及矣。"(《中国小说史略》)李公佐还有一篇《古岳渎经》,写楚州刺史李汤于龟山水中见一怪物而不识,后作者泛洞庭、登包山、入灵洞,得《古岳渎经》第八卷,乃知其物为淮涡水神无支祁,禹治水至桐柏山,加以降伏,镇锁龟山足下,使淮水安流。这个神话反映人民战胜了水灾,创造了一个"神变奋迅"的神猿形象,它和《西游记》中孙悟空的形象是不无关系的。

  以爱情为主题的作品如《任氏传》、《柳毅传》、《霍小玉传》、《李娃传》、《莺莺传》等,在唐传奇中成就最高。它们大都歌颂坚贞不渝的爱情,谴责封建礼教和门阀制度对妇女的迫害;并且经常运用写实手法来刻画人物性格和环境气氛,创造了一系列优美的妇女形象。这些作品从男女双方的自身条件出发,以"郎才女貌"为理想的爱情标准,比之当时要求"门当户对"的婚姻,有一定的历史进步意义。作品所虚构的美满结局,也反映了人们争取幸福婚姻的善良愿望。然而有的作者把高科及第当作解决矛盾的出路,则表现了他们庸俗的封建思想。

《任氏传》和《柳毅传》都是具有神怪色彩的爱情小说,而充满人间社会的清新气息,是对六朝志怪传统的大革新。沈既济的《任氏传》写富公子韦崟的贫友郑生与狐女任氏相爱,韦崟惊羡任氏的美艳,欲施强暴,为任氏以大义所折服。任氏又为郑生划策,谋取厚利。后郑生远出就职,任氏预知此行不吉,拟不从行,为郑生强邀而去,途中果为猎犬所害。整个故事缠绵悱恻,委婉动听,既有现实生活基础,又富于浪漫主义精神。作品塑造了一个动人的狐女形象。她纤丽多情,聪明勇敢,因为对郑生无比忠贞,才能以一弱女子抗拒韦崟的无礼,揭发他"忍以有馀之心,而夺人之不足"的不义行为。然而作者让她用诱窃美女的办法来报答韦崟的恩义,未免有损这形象的完美。作品写郑生两次遇见任氏和任氏抗拒韦崟强暴的情景,有许多精采生动的细节描绘。任氏的形象实际是概括了教坊中妇女的性格特征。作者写她能够"遇暴不失节,狥人以至死",表明他是看到这些市井人物性格健康的一面。

李朝威,陇西人,生平不详。他的《柳毅传》写落第书生柳毅途经泾河,遇见洞庭龙女牧羊荒郊。龙女自述在泾河夫家备受虐待,要求柳毅传书至洞庭。柳毅慨然允诺,入洞庭龙宫。洞庭君弟钱塘君闻讯大怒,凌空而去,诛杀泾河逆龙,救出龙女。后经许多曲折,龙女终于和柳毅结成美满婚姻。作品中的龙女是反抗夫权压迫、追求幸福爱情的妇女形象。父母包办的婚姻给了她无限的痛苦和折磨。但是经过她的坚决反抗,终于和柳毅结成夫妻。柳毅是一位富有正义感的书生。他的传书,纯系激于义愤,没有个人企图,因此当钱塘君酒后逼婚时,他竟毅然拒绝。他后来爱上龙女,也不单是慕色,而是感于龙女的深情。作者对火龙钱塘君的描绘,有声有色,在他出场前,就借洞庭君之口加以渲染;并通过洞庭君的软弱谨慎,陪衬出他那烈火般的刚强性格。他的对答简短干脆,与个性完全切合,所以着墨不多而形象鲜明。总之,《柳毅传》的人物描写相当成功,全篇荡漾着诗意的想象,浪漫色彩非常浓厚,情节也离奇曲折,富有戏剧性。它比较典型地运用了通过幻想反映现实的表现方法。《全唐文》编者以为"猥琐"而并删《柳毅》与《霍小玉》二传,则恰好说明了它们反封建的鲜明倾向和细节描绘的动人。

蒋防,字子微,义兴人。所作《霍小玉传》写歌妓霍小玉和书生李益的爱情悲剧。李益在长安与霍小玉相恋,后来李益以书判拔萃,授郑县主簿,临行向小玉发誓偕老,归家后即变心易志,另娶贵姓女卢氏。小玉相思成疾,沉绵不起。侠士黄衫客激于义愤,挟持李益重入小玉家。小玉悲愤交集,痛责李益,气结而死。冤魂化作厉鬼,使李益夫妻不和,终身受到猜疑与嫉妒情绪的困扰。

作者以最大的同情,把霍小玉塑造成一个温婉美丽,受尽封建社会压迫凌辱而不肯屈服的悲剧形象。她本是霍王婢女所生,霍王死后,以庶出被逐,沦落为娼。这种不幸的经历,使她深刻地认识到封建贵族家庭的冷酷无情,即使在李益最迷恋她的时候,也总是涕泪盈面,相信被弃的命运是必然的。然而现实比想象还更冷酷,连她那希望欢爱八年之后,即永遁空门的最低要求也终归破灭。她不甘心就此罢休,连年变卖服饰,嘱托亲友,到处探寻李益。她这种执着不移的痴情,不仅使读者更加同情她的遭遇,也越发反衬出李益的刻薄无情。

但当她的希望一旦幻灭,缠绵的爱便立刻转为强烈的恨。作者这样描写了她和李益的最后会面:

> 玉沉绵日久,转侧须人。忽闻生来,欻然自起。更衣而出,恍若有神。遂与生相见,含怒凝视,不复有言。羸质娇姿,如不胜致;时复掩袂,返顾李生。感物伤人,坐皆欷歔。顷之,有酒肴数十盘,自外而来。……因遂陈设,相就而坐。玉乃侧身转面,斜视生良久,遂举杯酒,酹地曰:"我为女子,薄命如斯。君是丈夫,负心若此。韶颜稚齿,饮恨而终。慈母在堂,不能供养。绮罗弦管,从此永休。征痛黄泉,皆君所致。李君李君,今当永诀!我死之后,必为厉鬼,使君妻妾,终日不安!"乃引左手握生臂,掷杯于地,长恸号哭,数声而绝。

就这样,作者通过生动的性格冲突的描写,把故事引向了高潮。霍小玉在现实中失败了,然而在道义上胜利了。作者托名李益,创造了一个心理活动比较矛盾复杂的薄幸男子的形象。他最初爱上小玉,纯为"重色",以后共同的生活,虽也在他心上引起过一点爱情,背约后感到过一些惭愧,但终于选择了门当户对的封建婚姻而作了负心人。正因为他既给霍小玉以希望,又亲手粉碎了它,这就给霍小玉带来更大的痛苦,他自己也终于成为道义上的罪人。作者运用烘托手法,联系霍小玉探访李益的情节,描写了一连串的陪衬人物。他们是社会舆论的化身,尽管身分不同,地位各异,都一致同情小玉,谴责李益。化鬼报仇的结局带有因果报应的迷信色彩,但也表现出作者鲜明的爱憎。《霍小玉传》在反映唐代封建社会中妇女被侮辱、被损害的悲苦命运的同时,揭示了豪门士族和市井细民间的对立矛盾;并且能够联系比较广阔的社会生活来描写爱情,刻画人物,通过性格冲突推动情节发展,因此结构谨严,形象完美,富有典型意义。

《李娃传》的作者白行简(776—826),字知退,白居易之弟。作品写妓女李娃与荥阳公之子某生的爱情故事。李娃是一个感情真挚的妇女形象。她最初虽顺从鸨母的意旨,被迫抛弃了某生;但当她看到某生在风雪中饥寒交迫的惨状时,就痛自谴责,与鸨母斗争,挽救了某生。作者有意在某生沦落为丐与高第得官两种截然不同的情境下,安排了李娃与荥阳公的出场,通过客观对比,表现了出身于两个不同阶级的人物的鲜明对立的精神面貌。在某生沦落时,荥阳公为了家族门第的尊严,不惜置亲子于死地;而李娃却在其最艰危的时刻挽救了他。某生富贵后,李娃有感于封建门阀的压力,为了不妨碍某生的仕宦前途,忍痛割爱,悄然欲去;而荥阳公却立刻认儿认媳,前倨后恭。人们不难从这些场景中看到:一个被人贱视的妓女却有比较高尚的品格;而一个道貌岸然的"老爷",其灵魂却虚伪狠毒到了可怕的地步。《李娃传》通过某生与李娃的结合,表现了一对社会地位贵贱不同的青年男女,经历千辛万苦,赢得爱情幸福的主题,具有强烈的反对门阀制度的意义。它好像告诉人们,门当户对的门阀婚姻原则不是不能突破的。而妓女可以封为"汧国夫人"的设想,也相当大胆。但是荣华富贵的团圆结局,不仅表明作者的思想局限,也为后世的戏曲、小说提供了一种廉价的俗套。

这篇小说在艺术表现上很有特色,人物有血有肉,情节波澜起伏,引人入胜;文笔清丽圆转,描写淋漓尽致。例如写某生被骗过程相当生动细密：李娃、假姨、信使，每一个人物都在这场诡谲的骗局中成功地扮演了规定的角色；无论是笑语常谈、托词谎语、行止进退……真真假假，都令人莫测高深。又如东西两肆争胜斗歌的场面和气氛，也刻画得有声有色、热闹非常。从而反映了唐代长安繁华复杂、充满陷阱的都市生活，大大加强了作品的生活气息。

　　元稹的《莺莺传》写张生和崔莺莺一度相爱，终于负心背弃的故事。王性之根据元稹生平及其诗篇，指出张生形象有作者自己的影子，有一定的可靠性。小说的女主角崔莺莺刻画得很成功。她出身名门，深受封建意识的熏陶，举止端庄，沉默寡言。因此，虽有强烈的爱情要求却不能不深藏在心底，以致有时采取了完全违反自己初衷的行动：她自己约了张生来，却又板起面孔，斥责他的"非礼之动"。这正表明她的封建意识和爱情要求间的深刻矛盾。但事后不久，莺莺忽然自动乘夜至张生住所私会。这种大胆突破封建礼教的行动，对如此一位大家闺秀来说，确实有一定的反抗性。然而，当她意识到张生将要抛弃她时，却无力起来斗争，只能自怨自艾、听凭命运摆布。莺莺性格中的这些弱点，是与她的贵族身分地位、教养熏陶分不开的。至于张生，只是一个玩弄女性而毫无羞愧的封建文人。他对莺莺始乱终弃，是封建制度下醉心功名富贵的士子的真实写照。作者对他的卑劣行径，非但不加指斥，而且从封建的道德规范出发，赞许他为"善补过者"。这反映了作者世界观中严重的封建思想。从艺术来说，作品后半篇以大量诗文来代替生动的叙述，也大大减弱了形象的感染力量。但因为《莺莺传》写的是"才子佳人"的恋爱，所以深受文人喜爱,宋以后有许多作品就是根据它演变而来的。其实,无论就思想或艺术来说,《莺莺传》都比不上《霍小玉传》和《李娃传》。

描写爱情的传奇,还有陈玄祐的《离魂记》、许尧佐的《柳氏传》等,它们在思想和艺术上也各具不同的特色,但成就都不能跟上举各篇作品相比。

以历史故事为题材的传奇小说在这一时期中成就并不很高。郭湜的《高力士传》、姚汝能的《安禄山事迹》、无名氏的《李林甫外传》等,大都写统治阶级人物故事,并杂以神怪。值得一提的有陈鸿的《长恨歌传》和《东城老父传》[①]。前者系配合白居易《长恨歌》而作,故事情节大致相似。其中对李杨爱情的描写客观上反映了封建帝王的荒淫误国。后者前半叙斗鸡童贾昌得宠的经过,可以从中看到唐玄宗骄奢淫佚的生活实况。后面写向往开元的"太平盛事",也流露出对腐败时政的不满。

(三)晚唐时期 大批传奇专集的出现,表明晚唐文人对这种文学形式的进一步重视。作品有牛僧孺《玄怪录》、李复言《续玄怪录》、牛肃《纪闻》、薛用弱《集异记》、袁郊《甘泽谣》、裴铏《传奇》、皇甫枚《三水小牍》等。这些专集中每有可喜之作,但总的来看,倾向于搜奇猎异、言神志怪,六朝遗风复炽,现实主义内容受到削弱。然而这一时期的传奇也表现了一些

[①] 近人以《东城老父传》篇末叙述陈鸿祖问贾昌开元遗事,确定本篇为颍川陈鸿祖作。然《太平广记》与《宋史·艺文志》均作陈鸿。在未有确证以前,姑仍旧说。

新的题材,描写剑侠的作品,便属此例。当时藩镇割据,互相斗争,往往蓄养刺客以牵制和威慑对方,而神仙方术之盛,又赋予这些剑侠以超现实的神秘主义色彩。处于水深火热之中,找不到出路的人民,也希望有这样一些人来仗义锄奸。于是这类题材的作品便应运而生。其中一些较好的作品,也充满矛盾。它们反映了人民要求改变处境的愿望,却强调了一条错误的个人斗争的道路;它们既表彰了剑侠英勇义烈的品质,又有意地宣扬他们为主效忠的动机……这正是封建文人创作的弱点。杜光庭《虬髯客传》以杨素宠妓红拂大胆私奔李靖的爱情故事为线索,描写隋末有志图王的虬髯客在"真命天子"李世民面前折服,出海自立的故事。其创作意图虽是在晚唐动乱不安的现实中宣扬李唐王朝的神圣,但确也刻画了这"风尘三侠"的风貌:虬髯客的豪爽俊伟,红拂的机智勇敢,李靖的风流倜傥,都跃然纸上,比身居统治地位而实为"尸居馀气"的杨素有生气得多。袁郊的《红线传》和裴铏的《聂隐娘》,都充满知遇报恩的思想和带有神秘色彩的描绘。不过《红线传》写红线制止了田承嗣想吞灭薛嵩的阴谋企图后说:"两地保其城池,万人全其性命,使乱臣知惧,烈士安谋,某一妇人,功亦不小",表现了反对藩镇战争的思想;而《聂隐娘》除了从中可以看到藩镇争权夺利、互相残杀的丑恶真相外,主题思想则一无可取。聂隐娘本人也不过是一个善于倒戈避害的军阀爪牙而已。值得注意的是,这一时期,侠士排难解纷的精神,也渗透到爱情传奇的领域中。裴铏的《昆仑奴》便是描写一位武艺高强的老奴,帮助少主窃取豪门姬妾,成全他们爱情的故事。而薛调的《无双传》中也出现过一个感恩知己的人间侠士。

　　《无双传》是晚唐爱情传奇中最好的一篇。它在社会变乱动荡的背景上,突出描写了一对青年男女——王仙客与刘无双——悲欢离合的故事。在赞扬那种不以贫富改移的爱情的同时,作品揭发了掖庭、军阀给人民正常生活带来的祸害。此外,皇甫枚的《步飞烟》、牛僧孺的《崔书生》、裴铏的《裴航》也都是描写爱情故事的较好的作品。牛肃的《吴保安》则写出一对患难朋友的深情厚谊,十分动人。

　　晚唐时期还出现一些含有教训意义的神话小说。它们发展了志怪传统,采取寓言笔法,对某些日常生活中的问题,作了意味深长的解释。牛僧孺的《郭元振》写郭元振斩除猪魔,拯救无辜少女的故事,含有劝人分清善恶的用意。李复言《李卫公靖》写李靖骑天马为龙母行雨,为了拯救旱灾,违命多降雨水,反而酿成水灾。这实际是在告诫人们:必须按照规矩办事,否则好心会带来恶果。裴铏《韦自东》写义烈之士韦自东为一道士聘去护丹抗妖。妖魔化作巨蛇、美女,都被他一一识破,结果为一个变幻作"道士之师"的妖魔所欺骗,前功尽弃。作品提供了这样一条教训:要善于识破伪装,不能以貌取人。然而,这类作品既取材于释道神怪之说,便不可避免地受到宗教迷信的影响。

　　总之,晚唐传奇虽为数不少,但无论从思想内容或艺术成就上看,都远逊中唐时期那些著名的作品。

第三节 唐代传奇的地位和影响

唐代传奇的产生,标志着我国小说的发展已逐渐趋于成熟。从此,小说正式形成了自己的规模和特点,成为一种独立的文学样式。而且出现了一些专门从事传奇创作的作家,促进了小说在艺术上的丰富和提高。它揭开了我国现实主义小说的序幕,反映了城市社会生活的繁荣复杂,把反对封建门阀制度和礼教压迫当作自己的基本主题。一些优秀的作品则往往兼有积极浪漫主义的精神。六朝志怪如《搜神记》中的"韩凭夫妇"、"紫玉韩重",《搜神后记》中的"白水素女"等表现反封建的爱情主题的作品,讴歌的对象是一般士子平民。而在唐传奇中,娼妓婢妾则第一次大批成为被赞颂的主角。霍小玉、李娃、红拂、步飞烟等生动的形象,连同她们身上体现出来的反抗思想:坚持爱情自由的理想,反对封建势力的压制……成为后来小说戏曲中反复歌颂的主题。不少优秀的民间文人和天才作家,从各自特定的历史条件出发,进行了不少创造、提高、改编的工作,进一步发展和丰富了这种先进的思想。在宋元话本《碾玉观音》中的秀秀和"三言"中的杜十娘、花魁娘子等人的身上,我们固然可以看到霍小玉、李娃的影子;而蒲松龄的《聊斋志异》中不少作品则显然是唐代传奇的嫡系。他大量描写人神狐鬼间的爱情故事,在思想内容和题材手法上,都受到《任氏传》、《柳毅传》等的影响,而又超过了它们。戏曲里根据唐传奇改编的如王实甫的《西厢记》、郑德辉的《倩女离魂》、汤显祖的《邯郸记》、洪升的《长生殿》等更不胜枚举。唐传奇在艺术上也有很高的成就。六朝志怪与轶事小说往往只是"丛残小语",即以比较完整的"王嫱"(《西京杂记》)、"玉镜台"、"管宁割席"(《世说新语》)等而论,也都只截取某一个生活断片,来描写人物某一方面的特征。唐传奇则比较全面地采用了史传文学的手法,把一个人前后完整的一段生活,甚至一生的经历都描绘下来,形象地揭露社会矛盾,表现出人物的微妙的思想感情和性格特征。体制简短而有长篇小说的规模,这种具有独特民族风格的小说形式,是由唐传奇开始的。而传奇中大量出现的惊奇情节、大胆想象,以及生活细节的细致刻划,对后世戏曲小说创作都具有很大的借鉴意义。唐传奇还以简洁、准确、丰富、优美的语言,把古代散文的巨大表现力,发挥到了很高的地步。它的不少人物故事成为后世诗文中常用的典故是并非偶然的。

但是也必须看到,由于作者生活和思想的局限,唐传奇中并没有深刻反映民间疾苦和阶级斗争的作品,也没有一个劳动人民的形象。这一点,既赶不上当代的诗歌,也不及后来的小说。

第十二章　唐代通俗文学和民间歌谣

唐代通俗文学和民间歌谣继承前代乐府民歌、小说、杂赋的传统，有了新的发展，并为后来话本、说唱文学及戏曲的发展准备了条件。这些作品过去很少流传，直到六十年前敦煌写本的发现，才为我们研究唐代民间通俗文学提供了大量资料。敦煌发现的唐代通俗文学有变文、俗赋、话本、词文等样式，它们本身的文艺价值并不大，但从中可以窥见当时民间说话、讲唱等文艺蕴蓄的丰富。它们既在一定程度上影响当时的作家，而且也是我国民间文学从乐府民歌的衰落到话本、说唱文学及戏曲的繁荣的一个转折点。

第一节　变　文

变文是寺院僧侣向听众作通俗宣传的文体，一般是通过讲一段唱一段的形式来宣传佛经中的神变故事。正像佛经中神变故事的图画叫作变相，这种文体就叫变文①。从魏晋到隋唐，佛教的流传愈广，僧侣通俗宣传的花样也愈多，有转读、

---

① 一说是把经文转变为通俗易懂的文体，因而得名。

唱导、俗讲等名称。它们既直接继承了佛经里以散文叙说以偈语宣赞的形式,同时也接受了我国民间流传的故事赋、叙事诗的影响,在诵说时运用大量的四言六言句子,而在吟唱时采用五言诗或七言诗的形式。唐时俗讲尤其流行[①]。韩愈《华山女》诗形容它的盛况是"街东街西讲佛经,撞钟吹螺闹宫庭。"赵璘《因话录》记晚唐俗讲僧文溆说:"愚夫冶妇乐闻其说,听者填咽寺舍。"又说:"教坊效其声调以为歌曲。"后来在宋金说唱诸宫调里还一直保留了〔文溆子〕这支曲调,可想他对当时教坊歌曲及后来说唱文学的影响。

　　和佛教俗讲流行的同时,民间艺人也采用变文的形式讲唱故事。唐王建《观蛮妓》诗:"欲说昭君敛翠蛾,清声委曲怨于歌。"又五代韦縠选《才调集》载有吉师老《看蜀女转昭君变诗》:"翠眉颦处楚边月,画卷开时塞外云。"可见当时通俗说唱,不但有说有歌有表情,而且有画幅配合,正像佛教的变文也往往与变相图配合一样,它的目的在使"看官们"同时从图画里得到印证。

　　从北宋以下,继承唐代通俗文学而发展起来的话本、词话[②]、戏曲等文艺形式愈来愈完善、丰富,唐代流行的变文以及其他通俗文学作品逐渐丧失了现场演出的意义,加以封建统治阶级的歧视,这些作品绝大部分没有流传。现传的变文是清光绪二十五年(1899年)才从甘肃敦煌藏经洞发现的;但

---

① "俗讲"是僧侣对俗家讲经的一种形式,它是与僧侣在教门内部讲经的"僧讲"对称的。

② 这里的词话是指有歌词配合的话本小说,它和评论词创作的词话不同。

243

其中不少卷子已被英人斯坦因、法人伯希和等盗走,现在保留在北京图书馆里的只是它的残馀部分。

一般所说的敦煌变文实际包括宣讲佛经的作品和其他通俗讲唱文学作品。有些作品后面还有五代和宋初人的题记。作品产生的时间既久,内容也相当复杂。宣讲佛经的主要有讲经文和变文两类。前者大都先引一小段经文,然后边讲边唱,加以敷演,如《妙法莲花经讲经文》、《维摩诘经讲经文》。后者直接讲唱佛教故事,不引经文,如《降魔变文》、《大目乾连冥间救母变文》。这些作品主要是佛教教义的宣传,充满了因果报应、地狱轮回、人生无常等思想,同时还夹杂"居家尽孝,奉国尽忠"(见《降魔变文》)及"在家从父,出嫁从夫,夫死从子"(见《太子成道经》)等封建道德观念。它们规模的巨大和幻想的丰富都在当时其他通俗文学之上。如《降魔变文》写佛弟子舍利弗与"外道"六师斗法。六师先后化出"顶侵天汉"的宝山,"莹角惊天"的水牛,"口吐烟云"的毒龙等,一一为舍利弗化出的金刚、狮子、鸟王等所破灭,其中有不少想象瑰奇的描绘。如下面的一段:

> 六师既两度不如,神情渐加羞恶,强将顽皮之面,众里化出水池。四岸七宝庄严,内有金沙布地。浮萍菱草,遍绿水而竞生;软柳芙蓉,匝灵沼而氛氲。舍利(弗)见池奇妙,亦不惊嗟。化出白象之王,身躯广阔,眼如日月,口有六牙。每牙吐七枝莲花,花上有七天女,手挡弦管,口奏弦歌,声雅妙而清新,姿逶迤而姝丽。象乃徐徐动步,直入池中,蹴踏东西,回旋南北。以鼻吸水,水便干枯,岸倒尘飞,变成旱地。于时六师失色,四众惊嗟,合国官僚

齐声叹异处,若为:

其池七宝而为岸,玛瑙珊瑚争灿烂。池中鱼跃尽衡冠,龟鳖鼋鼍竞谷窜。水里芙蓉光照灼……

后面这段七言唱词又把上面散文叙述的内容重复歌咏一番。这样讲一段,唱一段,直到故事结束。变文的基本形式就是如此。

在宣讲佛经的变文里还有一种"押座文",是在讲经以前念唱的诗篇,篇幅较短。"押座"即压座,含有安定四座听众情绪的意思。它的作用跟后来话本的"入话"和弹词的"开篇"有点相近。

比之宣传佛经的作品,其他通俗说唱文学作品一般较有生活气息和现实意义。这类变文以讲唱历史故事的为最多。其中《伍子胥变文》讲唱楚平王夺子妻为妃,并杀害忠言相谏的伍奢和他的儿子子尚,他的小子子胥历尽艰苦为父兄报仇,是我国较早也较完整的说唱文学作品。作品除揭露了楚平王的淫乱残暴,突出了伍子胥的报仇决心外,还写浣纱女、渔父等不贪富贵,不避诛戮,帮助伍子胥逃亡,表现了人民反抗暴君、同情忠臣义士的思想感情,带有较多的民间传说色彩。这类变文里尚有少数讲唱民间传说或当时社会重大事件的。前者如写孟姜女哭倒长城的《孟姜女变文》,后者如写唐末沙州爱国将领张义潮等领导人民起义、赶走了吐蕃和回鹘守将的《张义潮变文》、《张淮深变文》。这些作品都已残缺,但仍可以看出所表现的人民的爱国思想和反抗暴政的精神。中间偶有片段动人的描写,如孟姜女在长城下和骷髅对话的一段,深刻

地揭露繁重的徭役给人民带来的灾难,设想也较为奇特:

> ……更有数个髑髅,无人搬运,姜女悲啼,向前供(借)问:"如许髑髅,家居何郡?因取夫回,为君传信。君若有神,儿当接引。"
> 髑髅既蒙问事意,已得传言达故里。魂灵答应杞梁妻:"我等并是名家子,被秦差充筑城卒,辛苦不禁俱役死。铺尸野外断知闻,春冬镇卧黄沙里。为报闺中哀怨人,努力招魂存祭祀。"

又如《张淮深变文》写唐朝使者到了沙州,叹念敦煌虽"百年阻汉,没落西戎",而"人物风华,一同内地",感动得左右从人无不凄怆,则通过人物和环境的渲染,流露了人民的爱国思想。

前面以散文叙说,后面以诗歌吟叹的作品在我国文学史上是早就出现的。《楚辞·渔父》和陶渊明的《桃花源记》都是如此。但以一段散文、一段诗歌、边说边唱、交互进行的文学样式,那是到唐代变文流行以后才大量出现。宋元时期的词话、鼓子词、诸宫调等说唱文学以及杂剧、南戏等戏曲,基本上是继承这种样式继续发展的。虽然变文里的散文和诗歌部分内容不免重复,不知道根据它们的不同性能有所分工,语言也不够生动;这些都只有到后来说唱文学和戏曲作家的手里才得到圆满的解决。

第二节 俗赋、话本和词文

被现代学者收在《敦煌变文集》一类书里的其实还有并不属于变文的作品,其中首先值得我们注意的是《韩朋赋》、《晏子赋》、《燕子赋》等俗赋。《韩朋赋》写韩朋夫妇为宋王迫害,终至双双殉情,具有较高的思想意义。《韩朋赋》的本事最早见于《搜神记》,全篇文字古朴,又多用古韵,可能是隋唐以前流传下来的。《晏子赋》写晏子使梁时,梁王因他短小丑陋,设辞讥笑,反为晏子所讽刺。《燕子赋》写黄雀强夺燕巢,燕子向凤凰控诉,被凤凰判罪。它们是上承魏晋南北朝的杂赋与俳谐文,如伪托宋玉的《讽赋》、曹植的《鹞雀赋》,及见于袁淑《俳谐文》的《鸡九锡文》等,下启后来的《大口赋》、《风魔赋》、《鸡鸭论》①等通俗诙谐之作的。此外与俗赋体裁相似的尚有《孔子项托(橐)相问书》和《茶酒论》。前者写孔子出游,遇见小儿项托(橐),提出许多难题问他,他对答如流,最后反难倒了孔子。它同《列子·汤问》里记两小儿论太阳远近,使孔子不能回答,都是我国文学史上较早也较好的儿童故事作品。后者叙茶、酒各自夸耀,争论不决,最后由水出来调停。全文设为主客问答,又都用韵,实际是一篇俗赋。《茶酒论》前题"乡贡进士王敷撰",后题"知术(行)院弟子阎海真自手写记"②,可见当时有些通俗文学作品出自文人手笔,而且在行院里演唱的。

其次,从敦煌发现的《庐山远公话》、《韩擒虎话》、《叶净能话》③等作品看,显然,话本小说在唐代就已出现。残缺的

---

① 《大口赋》、《风魔赋》见《辍耕录》所载金院本名目。《鸡鸭论》见关汉卿《五侯宴》杂剧。
② 《茶酒论》末有开宝三年阎海真题记,可能是五代或宋初人作品。
③ 《叶净能话》原题作"叶净能诗","诗"实是"话"字之误,因为全篇都是散叙,没有一句诗。

《唐太宗入冥记》也属于这一类。话本小说以散文叙说故事,很少或没有诗歌配合。《叶净能话》写道士叶净能的神奇故事,为道教宣传;但其中叶净能惩处抢占张令妻子的岳神和魔祟康太清女儿的妖狐,以及他带领唐明皇游月宫的描写,仍在一定程度上体现了人民的愿望和幻想。故事曲折动人,语言也在较大程度上摆脱俗赋的骈俪作风,可说是现传唐人话本里较有代表性的作品。

最后是被称作词文的通俗叙事诗,如《季布骂阵词文》和失题的董永唱词。它们全用七言诗歌唱,而且一韵到底。《季布骂阵词文》叙季布在阵上骂退汉王,汉王灭楚后悬重赏搜捕季布,季布几次蒙难,终于凭仗机智,绝处逢生。全诗故事曲折,铺叙详赡,长达三百二十韵,四千四百多字,可以看作是我国唐代以前最长的叙事诗。

包括变文在内的唐代通俗文学,题材、体制既多种多样,艺术成就也互有高下。一些比较动人的作品大都富于幻想,带有比较浓厚的浪漫主义色彩,而缺乏对现实生活的细致描绘。我们不仅从《庐山远公话》、《叶净能话》等宗教性故事里看到山神造寺、潭龙听经,以及月中水晶宫、娑罗树的神奇景象;即历史传说和民间故事也被涂上了种种神异的色彩,如韩擒虎死作阎罗、唐太宗生魂入冥,以及项托(橐)死后化为森森百尺的竹竿等。这些设想虽离奇不经,或带有宣扬宗教意味,但也曲折传达了人民对某种理想境界的憧憬,对某些迫害人民的力量的憎恨。这在孟姜女、韩朋的故事里尤其明显。对人物外貌、动作及场面有许多夸张性的渲染,而缺少人物内心的刻画;有时故事情节虽比较简单,而结构仍相当宏伟,也是

这类作品的艺术特征。它较多继承赋家铺张扬厉的作风,而缺乏后来小说家的传神之笔。如《伍子胥变文》写子胥逃亡的一段:

> 悲歌已了,由(犹)怀慷慨,北背楚关,南登吴会。属逢天暗,云阴叆叇。失路徬徨,山林摧滞。怪鸟成群,虫狼作队,禽号姓姓(猩猩),兽名狒狒。忽示(尔)心惊,拔剑即行。匣中光出,遍野精明,中有日月,北斗七星,心雄惨烈,不惧千兵。

这些整齐而有韵的铺叙文句是上承魏晋南北朝的赋体,又一直影响到宋元以来戏曲里的韵白和说唱里的赋赞的。从语言风格看,一些从隋唐以前流传的故事传说,文句都比较整饬,带有六朝骈俪馀风,而语气不够流畅。中晚唐的作品如《叶净能话》及《张义潮变文》、《张淮深变文》中的散文部分,就较多散行单句,明白流畅,接近口语。可以看出它们是在魏晋南北朝的杂赋、诽谐文和宋元话本小说、说唱文学之间起了桥梁的作用的。

唐代通俗文学不但在一定程度上影响当时传奇小说以及《长恨歌》、《秦妇吟》等长篇叙事诗的创作,对后来文学创作的影响也是相当深远的。它的影响首先表现在较多从人民利益出发的爱憎态度,以及富于想象、夸张的浪漫主义色彩,它表现了一般民间文学的共同特征。其次是在题材上为后人提供大量的历史传说和民间传说。这些故事传说有不少是从隋唐以前流传的,但大都经过当时民间艺人或文人的加工,在内容上有所丰富。最后是它成为宋元时期一些新的文学样式,如话本、词话、弹词、戏曲等的前驱,使我们清楚地看到这些文学样式是怎样在人民群众的长期哺育和民间艺人及文人的创造性劳动中逐渐成长壮大起来的。

第三节 民间歌谣

从唐人的"行人南北尽歌谣"(《敦煌曲子词》〔望远行〕)、"人来人去唱歌行"(刘禹锡《竹枝》)等诗句看,当时在人民口头传唱的歌谣不少,而且影响了文人的创作;但由于封建统治阶级的歧视,很少流传。就现存的唐代民间歌谣看,有不少是揭露统治集团的腐朽黑暗,表达人民对他们的憎恨与反抗的。如《王法曹歌》(见《朝野佥载》):

> 前得尹佛子,后得王癞獭,判事驴咬瓜,唤人牛嚼沫。见钱满面喜,无镪从头喝。常逢饿夜叉,百姓不可活。

它有力地揭露了封建官僚的贪赃枉法。"驴咬瓜"、"牛嚼沫"的比喻不仅神态逼真,而且表现了人民对他们的鄙视。又如《两京童谣》(见《广神异录》):

> 不怕上蓝单,唯愁答辩难;无钱求案典,生死任都官。

安史之乱后,一些"投身于胡庭"的"朝士",受到三司审问。歌谣里嘲笑了他们的下场。

早在高宗永淳年间(682—683)就流行着这样一首歌谣:

新禾不入箱,新麦不登场。迨及八九月,狗吠空垣墙。

——《新唐书·五行志》

根据历史记载,当时人民的流离颠沛虽和自然灾害有关,但从歌谣中直接表现出来的却是繁重的租赋给人民带来的痛苦,以及农村破产、人民逃亡的凄惨景象。它跟李绅《悯农》、聂夷中《伤田家》等诗的意境十分接近,可窥见唐代民间歌谣对新乐府诗人影响的一斑。此外如讽刺鸡坊小儿"富贵荣华代不如"的《神鸡童谣》(见《东城老父传》),讽刺杨家"君看女却为门楣"的《杨氏谣》(见《长恨歌传》),都在唐代极盛的玄宗朝出现,使人们看到这表面还维持着繁荣的唐帝国,核心里却正在霉烂。到了黄巢起义的前夕,就出现了"金色虾蟆争努眼,翻却曹州天下反"的歌谣(见《新唐书·五行志》),直接号召人民起来反抗斗争。

由于唐代国势的强盛,人民精神的振奋,和边塞诗人出现的同时,在民间歌谣里也流传着歌颂爱国将领的作品。如《薛仁贵军中歌》(见《新唐书·薛仁贵传》):

将军三箭定天山,壮士长歌入汉关。

短短两句诗,把当时民族英雄薛仁贵和部下壮士在天山击退九姓突厥胜利归来时的豪情壮气渲染得这样动人,那是前此民歌中所少有的。

此外,被收在《敦煌掇琐》里的长篇五言诗(见《琐三〇》),

很像是当时的通俗劝世文,封建迷信的色彩相当浓厚,但其中有些片段也在一定程度上反映了贫富的对立。如"富饶田舍儿"一段,写富饶田舍儿是"牛羊共城郭,满圈养牛子。窖内多埋谷,寻常愿米贵";而贫穷田舍汉虽然和妻子辛勤劳动,但"黄昏到家里,无米复无柴",还要为官租私债发愁。又如"男女有亦好"一段:

> 男女有亦好,无时亦最精。儿在愁他役,又恐点着征。一则无租调,二则绝兵名。闭门无呼唤,耳里㾂星星。

写出了繁重的徭役、兵役给人民带来的痛苦,可以与杜甫《兵车行》、白居易《新丰折臂翁》等诗相印证。又如"工匠莫学巧"一段(见《琐三一》):

> 工匠莫学巧,巧即他人使。身是自来奴,妻亦官人婢。夫聟(婿)暂时无,曳将仍被耻。未作道与钱,作了擘眼你。

写出了当时处在官奴婢地位的手工业者不仅本人受到剥削,连妻子也受尽了侮辱,那是唐代其他文学作品里所少见的。

由于唐代诗风的盛行,下层妇女也多能写诗。宫人纩衣藏诗及红叶题诗就是当时的传说。前者相传是玄宗时宫人缝在给战士做的战袍中的。

> 沙场征戍客,寒苦若为眠?战袍经手作,知落阿谁边?蓄意多添线,含情更著绵。今生已过也,愿结后生缘!

后者相传是宣宗时宫人题在红叶上的。

> 流水何太急,深宫尽日闲。殷勤谢红叶,好去到人间。

这些诗虽不像劳动人民口头创作的短小精悍,但也曲折表达了她们久居深宫的幽怨和对合理生活的追求。

第十三章 晚唐五代词

第一节 词的起源、发展和民间词

词大约是在初盛唐产生[1]、从中唐以后流行起来的新诗体。词即歌词,它跟乐府歌辞的辞是一个字,本指一切可以乐歌唱的诗体。唐代称当时流行的杂曲歌词为"曲子词",后来简称为词。这就是我们今天用以跟诗或曲对称的词。

词有许多调子,每调有一个名称,如〔菩萨蛮〕、〔念奴娇〕等。由于配合不同的乐曲歌唱,每调的句数、每句的字数,以及用韵的位置、字声的平仄,都有一定的格式。比之五七言诗,词最显著的特点是绝大多数词调的句子都长短不齐,因此又称为"长短句"。为了乐曲的反复吟唱,每调一般分为上下二阕,称为上阕、下阕,或上片、下片。也有不分阕的单调,如〔十六字令〕、〔望江南〕等小令。至于分作三片、四片的长调,如〔瑞龙吟〕、〔莺啼序〕等,就更少了。

配合词调的音乐主要是周、隋以来从西北各民族传入的

---

[1] 关于词在何时产生的问题,目前文学史研究者的说法尚不一致。我们根据崔令钦《教坊记》和《旧唐书·音乐志》的有关记载,以及初盛唐时期出现的个别词调,如沈佺期的〔回波乐〕、唐玄宗的〔好时光〕等,认为它在初盛唐产生是比较可靠的。

燕乐,同时包含有魏晋南北朝以来流行的清商乐。燕乐的乐器以琵琶为主,琵琶有二十八调,音律变化繁多,五七言诗体不容易跟它配合,长短句的歌词就应运而生。《旧唐书·音乐志》:"自开元以来,歌者杂用胡夷、里巷之曲。"所谓里巷之曲是当时民间流行的俚曲小调,如〔渔歌子〕、〔望江南〕等。所谓胡夷之曲是当时外国和边疆少数民族的乐曲,如〔苏幕遮〕、〔菩萨蛮〕等。这些胡夷里巷之曲在城市流传过程中既不免渗入市民阶层的思想意识;在乐工、歌伎的传唱过程中,音乐上也不断得到加工和丰富,这就使词在情调上初步具备了自己的特征。

唐代的近体诗本来是可以合乐歌唱的,当它们不能很好配合时,就不免增减诗的字句来合乐。因此像〔浪淘沙〕、〔雨霖铃〕、〔抛毬乐〕等曲词原来都是七言绝句体,后来却演变为长短句的词调。同时,在文人撰写那些胡夷里巷之曲的歌词时,又往往依照近体诗的声律要求来写。这样,词在内容、手法和声律上都显著地受到近体诗的影响,从中晚唐开始就是如此。

词由于要配合曲调歌唱,音律、字句都有比较严格的规定。比之篇幅长短、字声平仄都较少限制的五七言古体诗,它特别不适宜于曲折叙事或倾泻诗人的深哀积愤之作,尤其是初期流行的小令词。然而词在配合乐曲歌唱的过程中,继承并发展了近体诗的声律成就,因此音乐性比较强,虽然今天它已不能合乐歌唱,读时仍容易琅琅上口;而词调的上下分阕、反复吟唱的形式,又比较适合于一些触景生情或今昔对比的抒情小诗的写作。这些又进一步形成了词调的特征,使它成为在五七言诗以外另辟蹊径的一种新诗体。

唐开元、天宝年间崔令钦所著的《教坊记》记录当时流行的曲名三百多种,有不少跟后来的词调同名,可能在盛唐以前民间已有词调流传。现传最早的唐代民间词是在敦煌发现的曲子词(其中仍有少数文人的作品)。敦煌曲子词里如〔感皇恩〕"四海清平"、〔献忠心〕"臣远涉山水"、失调"本是蕃家帐"等首,反映了国家政治安定、经济繁荣、引起少数边疆民族倾慕的情况。又如〔阿曹婆〕"本当只言三载归"及失调"良人去住边庭"二首,反映了人民对府兵制的不满,而府兵制在开元二十五年就废止了,因此这些作品可能是盛唐时期流传下来的。但其中更多作品反映了战争频繁、边疆多故的情况,且涉及黄巢起义、敦煌归义军保护西疆等历史事实,可推知是中晚唐的作品。如其中一首〔菩萨蛮〕:

> 敦煌古往出神将,感得诸蕃遥钦仰。效节望龙庭,麟台早有名。 只恨隔蕃部,情恳难申诉。早晚灭狼蕃,一齐拜圣颜。

这词写被蕃部隔绝的边疆将士企图重返祖国,表现他们的爱国思想,在当时是有现实意义的。

随着封建社会的进展,妇女们愈来愈不满于她们的处境,这些民间词调又有不少是歌妓传唱的,自然就较多地唱出了她们内心的不平。如下面的两首〔望江南〕。

> 莫扳我,扳我太心偏。我是曲江临池柳,者(这)人折去那人扳,恩爱一时间。

　　　　天上月,遥望似一团银①。夜久更阑风渐紧,为奴吹散月边云,照见负心人。

这两首词通过民歌惯用的比兴手法,或托物寄意,或触景生情,表现妇女的不幸命运。前首词里那任人扳折的杨柳更是当时受尽侮辱的妓女们的确切比喻。又如〔抛毬乐〕:

　　　　珠泪纷纷湿绮罗,少年公子负恩多。当初姊姊分明道:莫把真心过与他。子细思量着,淡薄知闻解好么?

这首词不仅写出少年公子的负恩给她们带来的痛苦,写出这些共同处在受损害地位的姊妹们的互相同情和支持,还写出她们在痛定思痛时的提高认识。那是前此乐府民歌里所少见的。

　　敦煌曲子词题材比较广泛,除上述内容外,还有写商人、渔父、书生等各类人物的作品。其中还出现了歌颂皇帝功德的四首〔感皇恩〕,夸耀菩萨灵异的六首〔苏幕遮〕,以及类似医生汤头歌诀的三首〔定风波〕。这些词的内容很少可取,但可以看出当时词调在民间的广泛流传。

　　敦煌曲子词的艺术成就也很不一致,但其中少数优秀作品总是想象丰富,比喻贴切,生活气息浓厚,而语言通俗生动,

---

① 〔望江南〕第二句,正调原为"仄仄仄平平"的五言句,这句虽作六言,但因为其中的一个字(如"遥"字或"似"字)在念唱时可以轻声带过,而不致影响正调的音律。发展到后来的散曲和戏曲,就叫这些在正调以外的字作衬字,因为它是起了衬托正调的作用的。

257

具有魏晋南北朝乐府民歌的共同艺术特征。所不同的是在格调方面已明显看出近体诗的影响,虽然比之同时或后来文人之作,声律还不够严格,艺术上也比较粗糙。

中唐前后,由于民间词的广泛流传,一部分比较接近人民的诗人开始了词的创作。

在唐代文人词中,张志和、刘长卿、韦应物是较早的作家。张志和的〔渔歌子〕五首,描绘水乡风光,在理想化的渔人生活中,寄托了自己爱自然、慕自由的情趣,与盛唐山水诗人的作品有其一致之处。如它的第一首:

> 西塞山前白鹭飞,桃花流水鳜鱼肥。青箬笠,绿蓑衣,斜风细雨不须归。

韦应物和戴叔伦的两首〔调笑令〕是最早的描写边塞景象的文人词。韦作是:

> 胡马,胡马,远放燕支山下;跑沙跑雪独嘶,东望西望路迷。迷路,迷路,边草无穷日暮。

戴作是:

> 边草,边草,边草尽来兵老。山南山北雪晴,千里万里月明。明月,明月,胡笳一声愁绝。

韦词里的胡马实际是一个远戍绝塞、无家可归的战士的象征。

戴词更通过雪月交加的场景,衬托出久戍边疆的兵士的愁恨。这些作品又使我们联想起盛唐边塞诗人的作品,虽然情调上已没有那么悲壮。

就韵位的富有变化、声律要求的严格,以及句调的更为长短参差看,韦、戴二词继承了近体诗讲究声律的精神,而摆脱了近体诗句度整齐的形式,从而在更大程度上表现词调的特点。这对后来以温庭筠为代表的花间词有比较明显的影响。

白居易、刘禹锡是中唐时期写词较多的作家。他们的词里有些描写爱情的作品,如白居易的〔长相思〕:

> 汴水流,泗水流,流到瓜洲古渡头,吴山点点愁。思悠悠,恨悠悠,恨到归时方始休,月明人倚楼。

刘禹锡的〔潇湘神〕:

> 斑竹枝,斑竹枝,泪痕点点寄相思。楚客欲听瑶瑟怨,潇湘深夜月明时。

既流转如珠,又含意不尽,它表现民间词调的本色,同时看得出这些优秀诗人的加工。又如白居易、刘禹锡的两首〔忆江南〕:

> 江南好,风景旧曾谙:日出江花红胜火,春来江水绿如蓝,能不忆江南?
>
> 春去也,多谢洛城人。弱柳从风疑举袂,丛兰裛露似沾巾,独

坐亦含嚬。

则通过自然景物的烘托,直接袒露了诗人的襟怀,离开民间歌词的情调更远了。

跟唐代民间词一样,初期文人词的题材也比较广泛;虽然他们还较多地以写诗的手法写词,除了少数作品外,较少在艺术上适应词调的特点,形成独特的风格,这是有待于后来词家的探索的。

下列两首词,相传出于李白之手:

> 平林漠漠烟如织,寒山一带伤心碧。暝色入高楼,有人楼上愁。 玉阶空伫立,宿鸟归飞急;何处是归程,长亭更短亭。
> ——〔菩萨蛮〕
> 箫声咽,秦娥梦断秦楼月。秦楼月,年年柳色,霸陵伤别。 乐游原上清秋节,咸阳古道音尘绝。音尘绝,西风残照,汉家陵阙。
> ——〔忆秦娥〕

这两首词的题材是习见的,但意境阔大,情感深沉,出于中晚唐许多文人词之上。"西风残照,汉家陵阙",是走向没落的唐帝国的最好写照,它在封建历史时期曾经感动过许多人。从这两首词所达到的高浑纯熟的艺术境界看,前人说是李白的作品,虽"查无实据",却也是"事出有因"的。

第二节 温庭筠和花间派词人

中唐以后,文人写词的渐多,温庭筠是其中写词最多、对后人影响也最大的作家。

温庭筠(812？—870？),本名歧,字飞卿,太原祁(今山西祁县)人。他出身于没落贵族的家庭,长期出入歌楼妓馆,"能逐弦吹之音,为侧艳之词"(《旧唐书·本传》),为当时士大夫所不齿,终身困顿,到晚年才任方城尉和国子监助教。他的诗和李商隐齐名,但更多表现个人的沦落不偶,而较少伤时感事之作。就是他的爱情诗,虽文采绚烂,而雕琢过甚,带有浓厚的唯美主义倾向,实际是齐梁绮艳诗风在新的历史条件下的产物。温庭筠的诗虽不能和李商隐相比;由于他精通音律,熟悉词调,他在词创作的艺术成就上却在晚唐其他词人之上。温词现传六十多首,比之他的诗,这些词的题材更狭窄,绝大多数是描写妇女的容貌、服饰和情态的。如下面的〔菩萨蛮〕:

小山重叠金明灭,鬓云欲度香腮雪;懒起画蛾眉,弄妆梳洗迟。　照花前后镜,花面交相映;新贴绣罗襦,双双金鹧鸪。

相传唐宣宗爱听〔菩萨蛮〕词,温庭筠为宰相令狐绹代写了好多首,这是其中的一首。他在词里把妇女的服饰写得如此华贵,容貌写得如此艳丽,体态写得如此娇弱,是为了适应那些唱词的宫妓的声口,也为了点缀当时没落王朝醉生梦死的生活。它上承南朝宫体的诗风,下替花间词人开了道路。从敦煌词里的十五首〔菩萨蛮〕看,题材相当广泛;可是在温庭筠以后,晚唐五代词人填这个调子的不少,风格上就一脉相传,离不了红香翠软那一套,可想见他影响的深远。

温庭筠的部分描写闺情的词,如〔望江南〕:

261

梳洗罢,独倚望江楼,过尽千帆皆不是,斜晖脉脉水悠悠,肠断白蘋洲。

又如〔更漏子〕:

玉炉香,红蜡泪,偏照画堂秋思。眉翠薄,鬓云残,夜长衾枕寒。 梧桐树,三更雨,不道离情正苦。一叶叶,一声声,空阶滴到明。

表现妇女的离愁别恨相当动人。由于温庭筠在仕途上屡遭挫折,对于那些不幸妇女的处境还有所同情,通过这些不幸妇女的描绘就流露了他在统治集团里被排挤的心情。他在词的意境的创造上又有特殊成就,因此这些词在过去时代曾赢得某些不幸妇女和怀才不遇的文人的爱好。

温庭筠在创造词的意境上表现了杰出的才能。他善于选择富有特征的景物构成艺术境界,表现人物的情思。如"照花前后镜,花面交相映"是一个色彩鲜明的小镜头,它不仅衬托出人物的如花美貌,也暗示她的命薄如花。又如"斜晖脉脉水悠悠"的凄清景象,也暗示行人的悠悠不返,辜负了闺中人的脉脉多情。此外如"江上柳如烟,雁飞残月天"、"杨柳又如丝,驿桥春雨时"等,是同样的例子。和上面的艺术特征相联系,他在表现上总是那么含蓄。这比较适合于篇幅短小的词调,也耐人寻味;但往往不够明朗,甚至词不达意。最后是字句的修饰和声律的谐协,加强了词的文采和声情。温庭筠在词艺术方面这些探索,有助于词的艺术特征的形成,对词的发展有一定的推动作用。但温词题材的偏于闺情,表现的伤于柔弱,词句的过于雕琢,也带给后来词人以消极的影响,所谓花间词派正是在这种影响下形成的。

五代时后蜀赵崇祚选录了温庭筠、皇甫松、韦庄等十八家的词为《花间集》,其中除温庭筠、皇甫松、孙光宪外,都是集中在西蜀的文人。他们在词风上大体一致,后世因称为花间词人。西蜀依恃山川的险固,受战祸较少,那些割据军阀和官僚地主就弦歌饮宴,昼夜不休。欧阳炯《花间集序》说:

> 杨柳大堤之句,乐府相传;芙蓉曲渚之篇,豪家自制。莫不争高门下,三千玳瑁之簪;竞富尊前,数十珊瑚之树。则有绮筵公子,绣幌佳人,递叶叶之花笺,文抽丽锦;举纤纤之玉指,拍按香檀。不无清绝之词,用助娇娆之态。自南朝之宫体,扇北里之娼风。何止言之不文,所谓秀而不实。

花间词人的作品就是在这样的社会风气和文艺风尚里产生的。陆游《花间集跋》说:"斯时天下岌岌,士大夫乃流宕至此。"是对他们脱离现实创作倾向一针见血的批评。他们奉温庭筠为鼻祖,绝大多数作品都只能堆砌华艳的词藻来形容妇女的服饰和体态,题材比温词更狭窄,内容也更空虚。在艺术上他们片面发展了温词雕琢字句的一面,而缺乏意境的创造。花间词人这种作风在词的发展史上一直影响到清代的常州词派。

花间词人里的韦庄,向来和温庭筠齐名。他的词稍有内

容,风格上也较温词清新明朗。如〔思帝乡〕:

> 春日游,杏花吹满头。陌上谁家年少,足风流。妾拟将身嫁与,一生休。纵被无情弃,不能羞。

用白描的手法写出一个天真烂漫追逐爱情幸福的少女,比之其他花间词人作品里的妇女形象生动得多了。又如〔女冠子〕二首:

> 四月十七,正是去年今日,别君时。忍泪佯低面,含羞半敛眉。　不知魂已断,空有梦相随。除却天边月,没人知。
> 昨夜夜半,枕上分明梦见,语多时。依旧桃花面,频低柳叶眉。　半羞还半喜,欲去又依依。觉来知是梦,不胜悲。

这两首词通过别后梦中的一次会见,表现对前情的留恋和别后的凄凉。前词的全部内容实际只是后词写的梦中人的一番陈诉。它在构思布局上别具匠心,而语言浅白如话,可以同那些以词句雕琢为工的词家明显区别开来。值得注意的是韦庄词里还有部分直接抒写情怀的作品,如〔菩萨蛮〕:

> 人人尽说江南好,游人只合江南老。春水碧于天,画船听雨眠。　炉边人似月,皓腕凝双雪。未老莫还乡,还乡须断肠。

韦庄共写了五首〔菩萨蛮〕,风格都相近。它上承白居易、刘禹锡的〔忆江南〕等作品,而下启南唐冯延巳、李煜等词家,可说是花间词里的别调。

除韦庄外,牛希济的〔生查子〕:

> 春山烟欲收,天澹星稀小。残月脸边明,别泪临清晓。 语已多,情未了,回首犹重道。——记得绿罗裙,处处怜芳草。
>
> 新月曲如眉,未有团圞意。红豆不堪看,满眼相思泪。 终日劈桃瓤,人在心儿里;两朵隔墙花,早晚成连理。

饶有南朝乐府民歌情味。李珣的〔南乡子〕:

> 乘彩舫,过莲塘,棹歌惊起睡鸳鸯。带香游女偎伴笑,争窈窕,竞折团荷遮晚照。
>
> 相见处,晚晴天,刺桐花下越台前。暗里回眸深属意,遗双翠,骑象背人先过水。

把南国水乡风光和劳动妇女的生活气息带到词里来,给人以清新开朗的感觉。然而这些作品却正是那些用词来点缀纸醉金迷生活的人们所不能欣赏的;因此他们的成就在后来崇拜花间派的词家那里反而没有得到继承。

第三节 李煜及南唐其他词人

五代时期有几个跟花间词人同时而稍晚的词家,集中在当时南唐的首都金陵,这就是一般文学史家所称的南唐词人。重要作家有冯延巳、李璟和李煜,以李煜的成就为较高,影响也较大。

南唐在李昪统治时期曾经扩充国境到湖北、湖南和浙江的部分地区。金陵、扬州本来是长江下游最繁盛的都市,这时经济继续有所发展,中原人士有不少到这里来避乱,南唐的国君又都比较爱好文学,因此南唐的文化发展也比其他割据一方的国家强一些。陈世修在《阳春集序》中说:

> 金陵盛时,内外无事,朋僚亲旧或当宴集,多运藻思为乐府新词,俾歌者倚丝竹歌之,所以娱宾而遣兴也。

南唐词主要是在这种生活基础上产生的,它跟欧阳炯在《花间集序》里所描写的并没有什么两样。然而南唐在中主李璟的后期就面临周、宋的威胁,国势日弱,终至委靡不振。这些没落小王朝的君臣,既不能励精图治,振作有为,即使还强欢作乐,苟且偷安,却不能不流露他们绝望的心情,这就构成了南唐词的感伤基调。它和那些依恃山川的险固而流宕忘返的西蜀词人的表现又稍有不同。

冯延巳(904—960),字正中,广陵(今江苏扬州)人,曾官至中主朝宰相。遗有《阳春集》,留词一百多首。其中〔鹊踏枝〕十几首向来认为最能代表他的成就。

> 谁道闲情抛掷久?每到春来,惆怅还依旧。日日花前常病酒,不辞镜里朱颜瘦。　河畔青芜堤上柳,为问新愁,何事年年有?独立小桥风满袖,平林新月人归后。
>
> 几日行云何处去?忘了归来,不道春将暮。百草千花寒食路,香车系在谁家树?　泪眼倚楼频独语,双燕飞来,陌上相逢

否?撩乱春愁如柳絮,悠悠梦里无寻处。

这些词跟花间词人不同的地方是逐渐摆脱了对于妇女的容貌、服饰的描绘,而着力抒写人物内心无可排遣的哀愁。与此相联系,语言也比较清新流转,不像花间词人的雕琢、堆砌。"托儿女之辞,写君臣之事",本来是封建历史时期诗人的传统手法之一,作者把词中人的"闲情"、"春愁"写得这样缠绵悱恻,即隐约流露了他对南唐没落王朝的关心和忧伤。冯词这些内容和手法把从温庭筠以来的婉约词风更推前一步,并为后来的晏殊、欧阳修等所继承。

南唐中主李璟(916—961)即位初期还能承李昪的馀威,扩展国土到福建,成为南方的大国。后期由于内外危机交迫,只得奉表称臣于周。他遗词四首,比较著名的是那首〔摊破浣溪沙〕。

菡萏香销翠叶残,西风愁起绿波间,还与韶光共憔悴,不堪看。 细雨梦回鸡塞远,小楼吹彻玉笙寒。多少泪珠无限恨,倚阑干。

内容还是离愁别恨,但境界更阔大,感慨也更深沉了。从作品所流露的浓厚感伤情调看,当是他后期的作品。

李煜(937—978),字重光,他工书,善画,洞晓音律,具有多方面文艺才能。当九六一年他继中主即位的时候,宋已代周建国,南唐形势更岌岌可危。他在对宋委曲求全中过了十几年苟且偷安的生活,还纵情声色,侈陈游宴。南唐为宋所灭后,他被俘到汴京,过了二年多的囚徒生活,终于在九七八年的七夕,被宋太宗派人毒死。

李煜从南唐国主降为囚徒的巨大变化,明显地影响了他的创作,使他前后期的词呈现出不同的风貌。他前期有些词写他对宫庭豪华生活的迷恋,实际是南朝宫体和花间词风的继续。如下面这首〔浣溪沙〕:

红日已高三丈透,金炉次第添香兽,红锦地衣随步绉。 佳人舞点金钗溜,酒恶时拈花蕊嗅,别殿遥闻箫鼓奏。

这些词尽管在人物、场景的描写上较花间词人有较大的艺术概括力量,但当南唐王朝进一步走向没落时,他还那样得意洋洋地写他日以继夜的酣歌狂舞生活,那是十足的亡国之音。当时南唐另一个头脑比较清醒的词人潘佑就曾讽刺他说:"桃李不须夸烂漫,已输了春风一半。"[①] 可说是这个亡国之君精神面貌的最好写照。

在南唐内外危机深化的过程中,李煜逐渐也感觉到他无法摆脱的没落命运,因此在部分词里依然流露了沉重的哀愁。如〔清平乐〕:

别来春半,触目柔肠断。砌下落梅如雪乱,拂了一身还满。雁来音信无凭,路遥归梦难成。离恨恰如春草,更行更远还生。

这首词相传是他亡国前不久的作品,虽然还是伤离念别的传

[①] 这是潘佑题红罗亭词残句,原见《鹤林玉露》。

统题材；但从"拂了一身还满"的落花和"更行更远还生"的春草里已可以感觉到他心情的沉重。

南唐的亡国使他丢掉了小皇帝的宝座，也使他在词创作上获得了一些新的成就。这一段由南唐国主转变为囚徒的经历，使他不能不从醉生梦死的生活里清醒过来，面对残酷的现实，在词里倾泻他"日夕以眼泪洗面"的深哀巨痛，像下面这些词里所表现的：

春花秋月何时了，往事知多少？小楼昨夜又东风，故国不堪回首月明中！雕阑玉砌应犹在，只是朱颜改。问君能有许多愁？恰似一江春水向东流。

——〔虞美人〕

帘外雨潺潺，春意阑珊，罗衾不耐五更寒。梦里不知身是客，一饷贪欢。　独自莫凭阑！无限江山，别时容易见时难。流水落花春去也，天上人间。

——〔浪淘沙〕

此外如〔乌夜啼〕、〔子夜歌〕及另一首〔浪淘沙〕也都是这时期写的传诵人口之作。李煜在这些词里所念念不忘的"故国""往事"实际只是一个"雕阑玉砌"里的小皇帝的生活，这种生活既是必然没落的，他本身的局限和当时的处境，也不可能使他看到任何更好的前途。这样，他就只能沉没在像一江春水似的长愁里而不能自拔。这些词在过去历史时期曾经感动过不少失去了自己美好生活的人们，却依然缺乏一种使人看到自己的前途而为之奋斗的力量，这是我国文学史上许多以感伤为其基调的诗人的共同特征,他们跟那些格调悲壮的诗人可以明显区别开来。

李煜在我国词史上的地位,更多地决定于他的艺术成就。这首先表现在他改变了晚唐五代以来词人通过一个妇女的不幸遭遇,无意流露或曲折表达自己心情的手法,而直接倾泻自己的深哀与剧痛。这就使词摆脱了长期在花间尊前曼声吟唱中所形成的传统风格,而成为诗人们可以多方面言怀述志的新诗体,对后来豪放派词家在艺术手法上有影响。和李词的直接抒情的特点相联系,他善于用白描的手法抒写他的生活感受,如"小楼昨夜又东风,故国不堪回首月明中"、"梦里不知身是客,一晌贪欢",都构成了画笔所不能到的意境,写出他国破家亡后的生活感受。他还善于用贴切的比喻将抽象的感情形象化,如"恰似一江春水向东流"、"流水落花春去也"等句都是。语言也更明净、优美,接近口语,进一步摆脱花间词人镂金刻翠的作风。

李词这些艺术成就,不仅决定于他个人不平常的遭遇和在词创作上的努力,同时由于晚唐五代以来,一些词人在艺术上的不断探索,积累了丰富的创作经验,使他有可能在这基础上继续提高。这其间,西蜀韦庄早就在花间词派里独树一帜,而南唐的冯延巳、李璟更直接引导他向这方面前进。文人运用民间新诗体,怎样吸收前代诗人艺术上的成就,并适当改变传统题材、手法的局限,使它可以较自由地表情达意,需要一个艺术探索的过程。建安诗人之于五言诗,初盛唐诗人之于七言诗,南唐词人之于词,就这方面说,有其共同的意义;虽然他们作品的思想价值和对后人的影响并不一致。

小　　结

　　唐代是我国文学史上一个光辉的时代,诗歌、散文、小说都取得了杰出的成就。
　　诗歌的成就尤为突出。唐代诗人之众和作品之多都超过了已往各代。仅《全唐诗》所录就有二千三百多人,近五万首诗。唐诗内容的广泛也是空前的。它反映了唐代历史发展的过程,也全面地反映了社会各阶层人物的生活状况和精神面貌。它歌咏了重大的政治题材,也描写了社会的一般习俗风尚。它有丰富的社会生活的内容,也有祖国壮丽的自然景色的画面。可以说,唐诗是唐代社会一部生动的艺术的历史。在艺术上,唐诗也达到高度成熟的境地。除李白和杜甫两个伟大诗人而外,其他如陈子昂、孟浩然、王维、高适、岑参、白居易、韩愈、孟郊、李贺、杜牧、李商隐等人,也都各自具有独创的风格,在诗歌史上形成了百花争艳的繁荣局面,使我国文学里现实主义和浪漫主义的传统,得到了丰富和发展。李白、杜甫成为浪漫主义和现实主义的两个屹立并峙的高峰,而且他们的一些杰出的诗歌,还不同程度地体现了现实主义和浪漫主义的结合。唐诗还完成了我国古典诗歌各种形式的创造。古体诗的五古、七古、乐府歌行,近体诗的五律、七律、五绝、七绝、排律,无不齐备,这些形式,上承风骚,下启词曲,并成为我国文学史上流传最普遍、影响最深远的诗体。唐人在这方面的成就,不仅空前,而且也几乎可以说是后人所难以企及的。以后宋、元、明、清各代的诗歌,都把唐诗当作他们学习的榜样。

先秦散文是我国散文发展中的一个高峰。西汉时期又出现了《史记》这样杰出的散文著作。东汉以来,文字渐趋整饬。经过魏晋南北朝时期的发展,散文渐为骈文所代替。骈文统治文坛达数百年之久,中唐时期兴起了以韩愈、柳宗元为首的古文运动,摧毁了骈文的统治,完成了文体的革新,使古典散文再一次放出光彩。他们的散文一方面要求语言的创新,一方面要求文从字顺,符合语言的自然规律,为我国散文树立了新的标准。韩愈、柳宗元不只是唐代,也是我国文学史上杰出的散文大师。先秦散文与《史记》还属于子、史的性质,韩、柳却在这些以外发展了文学性的散文,有杂文,有寓言,有人物传记,有山水游记,反映了广泛的现实生活,并大大提高了散文的抒情、叙事、议论、讽刺的艺术功能,标志着我国散文发展的新阶段。

魏晋南北朝时期的小说,基本是怪异传说和人物轶事的简单记录。唐人传奇的出现标志着我国小说的成熟。它已越出一般记录传闻的范围,成为文人有意识的创作。它有了精密完整的故事情节,丰富具体的环境描写,鲜明生动的人物性格。它较广泛地反映了城市人民生活的面貌,为文学创作带来了新的生活气息。

伴随佛教发展而兴起的唐代变文,为我国文学增添一种新的文学样式。它散文韵语掺杂,唱词说白兼用,形式自由灵活,艺术表现上也更为通俗生动。变文中讲唱历史故事、民间传说或当时社会重大事件的作品,反映了较广泛的现实生活,也写出了一些具有反抗精神的人物,特别值得我们重视。宋以后的通俗文学,诸如话本、诸宫调、弹词、宝卷等,都受到它的直接或间接的影响。

中晚唐时期出现的文人词,是一种新的诗歌形式。虽然温庭筠及花间派词人一开始就将它推上了艳情的颓靡道路,但它仍为宋词的发展准备了文学上的条件。经过宋代一些杰出的词人的努力,终于成为我国文学的百花坛上一枝丰美的花朵。敦煌曲子词是仅存的唐代民间词。内容比较广泛,风格比较朴素,感情比较健康,不仅直接影响当时文人词,而且与两宋民间词、宋元散曲一脉相承。

从唐代一些诗歌与记载来看,唐代民歌是十分发达的。可惜流传下来的极少。但无疑它在当时对唐代文人诗歌发生了深刻的影响。如刘禹锡的有名的《竹枝词》便是摹仿民歌之作。

唐代文学的辉煌成就,表现了我们民族高度的智慧与巨大的创造力。唐代文学不仅在我国文学史上占有极重要的地位。在国外,对亚洲的日本、朝鲜、越南等许多毗邻国家文学的影响也是很大的。

阅读书目

《王无功文集》五卷本会校
〔唐〕王绩撰　韩理洲校　上海古籍出版社1987年排印本

《王子安集注》十六卷
〔唐〕王勃撰　〔清〕蒋清翊注　上海古籍出版社1995年排印本

《卢照邻集》七卷　《杨炯集》十卷
〔唐〕卢照邻 杨炯撰　徐明霞点校　中华书局1980年排印本

《骆临海集笺注》十卷
〔唐〕骆宾王撰　〔清〕陈熙晋注　上海古籍出版社1985年据中华书局上海编辑所1961年排印本修订重印

《陈子昂集》
〔唐〕陈子昂撰　徐鹏点校　中华书局上海编辑所1960年排印本

《王右丞集笺注》二十八卷
〔唐〕王维撰　〔清〕赵殿成注　上海古籍出版社1984年排印本

《王维集校注》
〔唐〕王维撰　陈铁民校注　中华书局1997年排印本

《孟浩然集校注》
　　〔唐〕孟浩然撰　徐鹏校注　人民文学出版社1989年排印本
《高适诗集编年笺注》
　　〔唐〕高适撰　刘开扬编注　中华书局1981年排印本
《高适集校注》
　　〔唐〕高适撰　孙钦善校注　中华书局1984年排印本
《岑参集校注》
　　〔唐〕岑参撰　陈铁民　侯忠义校注　上海古籍出版社1981年排印本
《王昌龄诗注》
　　〔唐〕王昌龄撰　李云逸注　上海古籍出版社1984年排印本
《李太白全集》三十六卷
　　〔唐〕李白撰　〔清〕王琦辑注　中华书局1979年排印本
《李白全集校注汇释集评》三十卷
　　〔唐〕李白撰　詹锳主编　百花文艺出版社1996年排印本
《杜诗详注》二十五卷
　　〔唐〕杜甫撰　〔清〕仇兆鳌注　中华书局1979年校点排印本
《杜诗镜铨》二十卷
　　〔唐〕杜甫撰　〔清〕杨伦注　上海古籍出版社1980年据中华书局上海编辑所1960年版重印
《元次山集》十卷《拾遗》一卷
　　〔唐〕元结撰　孙望校　中华书局1960年据《四部丛刊》本

校点排印

《刘长卿集编年校注》
〔唐〕刘长卿撰　杨世明编注　人民文学出版社1999年排印本

《韦苏州集》十卷
〔唐〕韦应物撰　《四部备要》本

《白居易集笺校》七十一卷 外集三卷
〔唐〕白居易撰　朱金城笺校　上海古籍出版社1989年排印本

《元稹集》
〔唐〕元稹撰　冀勤点校　中华书局1982年排印本

《张籍诗集》八卷
〔唐〕张籍撰　中华书局上海编辑所1959年排印本

《王建诗集》十卷
〔唐〕王建撰　中华书局上海编辑所1959年排印本

《韩昌黎诗系年集释》十二卷
〔唐〕韩愈撰　钱仲联集释　上海古籍出版社1984年排印本

《韩昌黎文集校注》八卷 文外集二卷
〔唐〕韩愈撰　马其昶注　上海古籍出版社1986年排印本

《柳宗元集笺释》四卷 附诸家评论辑要
〔唐〕柳宗元撰　王国安笺释　上海古籍出版社1993年排印本

《孟郊集校注》
〔唐〕孟郊撰　华忱之 喻学才校注　人民文学出版社1995

年排印本

《刘禹锡集》四十卷

〔唐〕刘禹锡撰　卞孝萱等点校　中华书局1990年排印本

《刘禹锡集笺证》三十卷　外集十卷

〔唐〕刘禹锡撰　瞿蜕园笺证　上海古籍出版社1989年排印本

《李贺诗集》

〔唐〕李贺撰　叶葱奇疏证　人民文学出版社1959年排印本

《李商隐诗集疏注》

〔唐〕李商隐撰　叶葱奇疏注　人民文学出版社1985年排印本

《樊川文集》二十卷　外集一卷　别集一卷

〔唐〕杜牧撰　上海古籍出版社1978年据《四部丛刊》校点排印本

《樊川诗集注》四卷　附别集一卷　外集一卷　补遗一卷

〔唐〕杜牧撰　〔清〕冯集梧注　上海古籍出版社1978年新1版排印本

《贾岛集校注》

〔唐〕贾岛撰　齐文榜校注　人民文学出版社2001年排印本

《皮子文薮》十卷

〔唐〕皮日休撰　萧涤非　郑庆笃整理　上海古籍出版社1981年排印本

《郑谷诗集笺注》

〔唐〕郑谷撰　严寿澂　黄明　赵昌平笺注　上海古籍出版社1991年排印本

《唐宋传奇集》
　　鲁迅校录　文学古籍刊行社1956年排印本

《唐人小说》
　　汪辟疆校录　上海古籍出版社1978年排印本

《韦庄集》十卷　附补遗
　　〔唐〕韦庄撰　向迪琮校订　人民文学出版社1958年排印本

《花间集校》
　　〔后蜀〕赵崇祚编　李一氓校　人民文学出版社1958年排印本

《李璟　李煜词》
　　〔南唐〕李璟　李煜撰　詹安泰校注　人民文学出版社1958年排印本

《全唐诗》
　　〔清〕彭定求等编纂　中华书局1960年排印本

《全唐诗补编》
　　陈尚君辑校　中华书局1992年排印本

《唐诗三百首》
　　〔清〕蘅塘退士（孙洙）编　〔清〕陈婉俊补注　中华书局1959年排印本